KB162682

을유세계문학전집 · 110

# 한눈팔기

을유세계문학전집 · 110

# 한눈팔기

道草

나쓰메 소세키 지음 · 서은혜 옮김

을유문화사

옮긴이 서은혜

연세대학교 국어국문학과를 졸업하고, 일본 도쿄도리츠대학 대학원에서 일본 문학을 공부하였다. 현재 전주대학교 인문대학 일본언어문화학과 교수다. 옮긴 책으로 『그리운 시절로 띄우는 편지』, 『체인지링』, 『우울한 얼굴의 아이』, 『책이여, 안녕!』, 『회복하는 인간』, 『오에 겐자부로론』, 『사죄와 망언 사이에서』, 『세키가하라 전투』, 『선생님의 가방』, 『개인적인 체험』 등이 있다

을유세계문학전집 110
한눈팔기

발행일·2021년 2월 25일 초판 1쇄
지은이·나쓰메 소세키 | 옮긴이·서은혜
펴낸이·정무영 | 펴낸곳·(주)을유문화사
창립일·1945년 12월 1일 | 주소·서울시 마포구 서교동 469-48
전화·02-733-8153 | FAX·02-732-9154 | 홈페이지·www.eulyoo.co.kr
ISBN 978-89-324-0503-2 04830 978-89-324-0330-4(세트)

• 저작권법에 의해 보호를 받는 저작물이므로 무단전재와 복제를 금합니다.
• 이 책의 전체 또는 일부를 재사용하려면 저작권자와 을유문화사의 동의를 받아야 합니다.
• 책값은 뒤표지에 있습니다. 잘못된 책은 구입하신 곳에서 바꾸어 드립니다.

## 차례

1

겐조가 먼 곳에서 돌아와 고마고메 안쪽에 집을 마련한 것은 도쿄를 떠난 지 몇 년 만이었던가? 그는 고향 땅을 밟는 반가움 속에 한 가닥 쓸쓸함을 느꼈다.

그의 몸엔 뒤에 버리고 온 먼 나라 냄새가 아직 배어 있었다. 그는 그것이 싫었다. 하루라도 빨리 그 냄새를 털어내 버려야 한다고 생각했다. 그러면서도 그 냄새 속에 숨어 있는 그의 긍지와 만족은 오히려 깨닫지 못했다.

그는 이런 기분을 지닌 사람에게 흔히 볼 수 있는 안정되지 못한 태도로 센다기에서 오이와케로 나가는 길을 하루 두 번씩 규칙적으로 오갔다.

어느 날 보슬비가 내렸다. 그는 비옷도 장화도 없이 그저 우산만 들고 평소처럼 혼고 쪽으로 부지런히 걷고 있었다. 그런데 인력거집 바로 앞에서 뜻밖의 사람과 딱 마주쳤다. 그 사람은 네즈 신사 뒷문 고개를 올라와 그와 반대로 북쪽을 향해 걸어온 모양으로 겐조가 앞쪽을 무심결에 바라보았을 때, 이십 미터쯤 앞에서부터 이미 그의 시야에 들어와 있었다. 그는 자기도 모르게 그 사람을 외면하고 말았다.

겐조는 모른 체하고 그 사람 옆을 지나치려 했다. 하지만 그는 다시 한 번 이 남자의 얼굴을 확인할 필요가 있었기에 두 사람이 대략 사오 미터 거리로 다가섰을 때 한 번 더 그쪽으로 눈길이 갔다. 상대는 그의 모습을 빤히 바라보고 있었다.

거리는 조용했다. 두 사람 사이엔 그저 가느다란 빗줄기가 끊임없이 내리고 있을 뿐이니 서로의 얼굴을 확인하는 것은 전혀 어려움이 없었다. 겐조는 얼른 눈길을 돌리고 다시 정면을 향한 채 걷기 시작했다. 하지만 상대방은 길가에 멈춰 선 채, 전혀 걸음을 옮길 낌새 없이 꼼짝 않고 그가 지나가는 것을 지켜보고 있었다. 겐조는 자신의 걸음에 따라 그의 시선이 조금씩 움직이고 있다는 것을 느낄 정도였다.

그는 이 남자를 몇 년이나 안 만났던 걸까? 그가 이 남자와 인연을 끊은 것은 아직 스무 살이 되지 않은 옛날이었다. 그리고 오늘까지 십오륙 년의 세월이 흘렀지만 그동안 그들은 단 한 번도 얼굴을 마주친 적이 없었던 것이다.

그의 지위와 처지도 그 시절과는 완전히 달라졌다. 검은 수염을 기르고 중절모를 쓴 지금 모습과 상고머리 옛 모습을 비교해 보면 자신조차 격세지감을 느낄 정도였다. 하지만 거기에 비하면 상대방은 너무 안 변했다. 그는 아무리 적어도 육십오륙 세는 되었을 그 사람의 머리카락이, 어째서 지금도 그냥 검은 걸까 싶어 내심 이상했다. 모자도 없이 외출하는 옛날 버릇이 지금도 남아 있는 그 사람의 유별남도 그에겐 범상치 않은 기분이 들게 했다.

그는 애당초 그 사람을 만나고 싶지 않았다. 어쩌다 만나더라도 그 사람이 자기보다 멋진 차림새를 하고 있었으면 좋겠다 싶었다. 하지만 지금 눈앞에 본 그 사람은 누가 봐도 그다지 유복한 처지로는 안 보였다. 모자를 쓰지 않는 것이야 본인의 자유라지만, 하오리*나 옷매무새로 판단하건대 아무래도 중류 이하로 살고 있는 저잣거리 노인네로밖에 보이지 않았다. 그는 그 사람이 들고 있던 우산이 무거워 보이는 천 우산이라는 사실까지 눈치채고 있었다.

그날, 그는 집으로 돌아온 후에도 도중에 만난 남자가 잊히지 않았다. 문득문득 길가에 서서 자신을 빤히 바라보고 있던 그 사람의 눈초리가 떠올라 괴로웠다. 하지만 아내에겐 아무 말도 하지 않았다. 기분이 좋지 않을 때는 아무리 이야기하고 싶은 것이 있어도 아내에게 털어놓지 않는 것이 그의 버릇이었다. 아내 역시 입을 다물고 있는 남편에 대해서는 볼일이 없는 한, 결코 입을 열지 않는 여자였다.

## 2

다음 날, 겐조는 다시 같은 시각에 같은 곳을 지났다. 그다음

날도 마찬가지였다. 하지만 모자를 쓰지 않은 남자는 어디서도 나타나지 않았다. 그는 기계처럼 또는 의무처럼 평소 다니던 길을 오갔다.

이렇게 무사히 닷새가 지난 후 엿새째 되는 날 아침, 모자를 쓰지 않은 남자가 느닷없이 다시 네즈 신사 언덕의 그늘에서 나타나 겐조를 놀라게 했다. 지난번과 거의 같은 장소, 시간도 거의 지난번과 다르지 않았다.

그때 겐조는 상대가 자신에게 다가오는 것을 의식하면서 평소처럼 기계같이 또한 의무와도 같이 걸으려 했다. 하지만 저쪽의 태도는 정반대였다. 누구라도 불안할 수밖에 없을 만큼 두 눈에 힘을 주고 그를 응시했다. 틈만 보이면 그에게 접근하려는 그 사람의 마음이 흐리멍덩한 눈동자 안쪽에서 생생하게 읽혔다. 가능한 한 냉정하게 그 옆을 지나친 겐조의 가슴에 불길한 예감이 스쳤다.

'도저히 이걸론 안 돼.'

하지만 그날 집에 돌아와서도 그는 끝내, 모자를 안 쓴 남자 이야기를 아내에게 하지 않았다.

그와 아내가 결혼한 것은 지금부터 칠팔 년 전인데 이미 그 시절에는 이 남자와의 관계가 오래전에 끊겨 있었고 더구나 결혼한 곳이 고향인 도쿄도 아니었으니, 아내 쪽에서는 그 사람을 직접 알 리가 없었다. 그러나 소문으로는, 혹은 겐조 자신의 입으로 이미 이야기를 했을지도 모르고 또는 그의 친척으로부터 들어서 알고 있을 수도 있었다. 그런 것은 겐조에겐 아무래도 상관없는 일이었다.

다만 이 사건에 관해서 지금도 간혹 그의 흉중에 떠오르는 결혼 후의 일이 하나 있었다. 오륙 년 전, 그가 아직 지방에 있을 무렵, 어느 날 여자 글씨로 쓴 두툼한 편지 봉투가 뜬금없이 그의 근무처 책상 위에 놓였다. 그때 그는 뜨악한 얼굴로 그 편지를 읽었다. 하지만 아무리 읽어도 끝이 없었다. 한 스무 장이나 되는 종이에 빈틈없이 작은 글씨로 써 내려갔는데 대략 오분의 일쯤 읽고서 그는 결국 그것을 아내 손에 건네주고 말았다.

그때 그는 자기 앞으로 이런 기다란 편지를 쓴 여자의 정체를 아내에게 설명할 필요가 있었다. 그리고 그 여자와 관련해서 어쩔 수 없이 이 모자 안 쓴 남자를 끌어다 대야 했다. 겐조는 그런 필요에 몰렸던 과거의 자신을 기억했다. 하지만 제멋대로인 그가 얼마나 면밀하게 아내에게 설명을 해 주었던가, 하는 부분은 이미 잊어버렸다. 아내는 아직 또렷이 기억을 하고 있겠지만 지금 그에겐 그런 사실을 새삼 그녀에게 캐물어 볼 마음도 들지 않았다. 그는 이 긴 편지를 쓴 여자와 모자 안 쓴 남자를 나란히 놓고 생각하는 것이 질색이었다. 그것은 그의 불행한 과거를 멀리서부터 불러일으키는 매개가 되기 때문이었다.

다행히 그는 목하 그런 것에 얽매일 만한 여유가 없는 상황이었다. 그는 집에 돌아가 옷을 갈아입고는 곧장 자기 서재로 들어갔다. 그는 시종 6첩짜리 좁은 다다미 위에 할 일이 산처럼 쌓여 있는 듯한 기분이었다. 하지만 사실은 일을 한다기보다도 해야만 한다는 자극 쪽이 훨씬 강하게 그를 밀어붙이고 있었다.

자연스레 그는 짜증스러울 수밖에 없었다.

그가 먼 곳에서 가지고 온 책 상자를 이 육첩 방 안에서 열었을 때, 그는 산 같은 양서 속에 양반다리로 앉아 한 주간이고 두 주간이고 지냈다. 그리고 아무것이나 손에 걸리는 것을 닥치는 대로 집어 들고는 두세 페이지씩 읽었다. 그러다 보니 정작 서재 정리는 언제까지나 끝나지 않았다. 결국엔 이런 꼴을 보다 못한 친구 하나가 와서 순서고 나발이고 없이 그냥 서가에 책들을 꽂아 버렸다. 그를 알고 있는 대다수 사람들은 그가 신경 쇠약을 앓고 있다고 평했다. 그 자신은 그것이 자신의 성격이라고 믿고 있었다.

3

겐조는 사실 그날그날의 일에 쫓기고 있었다. 집에 돌아와서도 마음대로 쓸 수 있는 시간은 별로 없었다. 더구나 그는 읽고 싶은 것을 읽고, 쓰고 싶은 것을 쓰고, 생각하고 싶은 문제를 생각하고 싶었다. 그래서 그의 마음은 거의 여유라는 것을 몰랐다. 그는 시종 책상 앞에 들러붙어 있었다.

오락을 위한 장소엔 거의 발을 들여놓지 못할 만큼 바쁜 그는 언젠가 요곡*을 배우라는 친구들의 권유를 단칼에 거절했지만, 내심 도대체 남들은 어떻게 그런 시간이 나는 걸까 놀라웠다. 그러면서도 시간에 대한 자신의 태도가 마치 수전노와 닮아 있다는 사실은 전혀 깨닫지 못했다.

당연히 그는 사교를 피해야만 했다. 인간 역시 피하지 않으면 안 되었다. 그의 머리와 활자와의 교섭이 복잡해질수록 인간으로서의 그는 고독에 빠질 수밖에 없었다. 그는 어렴풋이 그런 쓸쓸함을 느끼는 경우도 있었다. 하지만 한편에서는 또 마음 깊은 곳에 별난 뜨거운 덩어리가 있었다. 겐조는 삭막한 광야 쪽을 향해 인생길을 걸으면서 그것이 오히려 옳다고 믿었다. 따스한 인간의 피를 고갈시키러 가는 것이라고는 결코 생각하지 않았다.

그는 친척들에게서 기인 취급을 받았다. 하지만 그렇다고 그다지 고통스러울 것도 없었다.

'배운 게 다르니 어쩔 수 없지.'

그는 내심 언제나 이렇게 생각하고 있었다.

'역시 자화자찬이네.'

이것이 늘 아내의 해석이었다.

가엾게도 겐조는 이런 아내의 비평을 초월하지 못했다. 그런 소리를 들을 때마다 언짢은 얼굴을 했다. 때로는 자신을 이해하지 못하는 아내를 정말로 못마땅하게 여긴 적도 있었다.

어떨 때는 야단을 쳤다. 또 때로는 무작정 몰아붙였다. 그가 그렇게 난리를 쳐 봤자 아내의 귀엔 허풍을 떠는 것으로밖에는 들리지 않았다. 아내는 '자화자찬'이라는 네 글자를 '허풍선이'라는 네 글자로 정정할 뿐이었다.

그에겐 이복 누나 하나와 형 하나가 있었다. 친척이라고 해도 이 두 집뿐이었던 그는 불행히도 그들 모두와 별로 가까운 왕래가 없었다. 자기 누나나 형과도 소원해진다는 이상한 사실은 그에게도 별로 기분 좋은 일은 아니었다. 하지만 친척 관계보다는 자기 일 쪽이 그에겐 중요해 보였다. 도쿄로 돌아온 후 이미 그들을 서너 번 만났다는 기억도 그에겐 상당한 변명 거리가 되었다. 만약 모자를 안 쓴 남자가 뜬금없이 그의 길을 막아서지 않았다면 그는 평소대로 센다기 마을을 날마다 두 번씩 규칙적으로 왕래할 뿐, 당분간 다른 방향으로는 발을 옮기지 않았을 것이다. 만약 그사이에 몸이 좀 편해지는 일요일이 왔다면 축 처진 사지로 다다미 위에 널브러져 반나절의 안식을 탐하면 되었으리라.

하지만 다음 일요일이 왔을 때, 그는 문득 길에서 두 번 만난 남자가 떠올랐다. 그래서 갑자기 결심한 듯이 누나 집을 찾아갔다. 누나네 집은 요츠야의 쓰노카미자카 옆인데 큰길에서 한 블록 정도 안으로 들어간 곳이었다. 자형이 겐조의 사촌 형뻘되는 남자이니 요컨대 누나에게도 사촌이었다. 하지만 나이는 동갑이나 한 살 차이 정도로 겐조가 보기엔 두 사람 모두 한 세대 위였다. 자형이 원래 요츠야 구청에 다녔던 까닭에 거기를 그만둔 오늘날도 여전히 익숙한 곳을 떠나기 싫어한 누나는 지금 직장에 다니기가 불편함에도 여전히 원래 살던 낡아 빠진 집에 살고 있었다.

## 4

누나는 천식 때문에 늘 쌕쌕하고 있었다. 그런데도 천성이 억척스러워서 정말 심할 때가 아니면 가만히 있지 못했다. 뭐든지 일을 만들어 좁아터진 집 안을 온종일 빙글빙글 돌아다니지 않으면 못 견디는 것이다. 그렇게 불안정하고 어수선한 태도가 겐조가 보기엔 너무나 안돼 보였다.

누나는 게다가 정말 수다스러운 여자이기도 했다. 또 그 말하는 품새에 품위라곤 전혀 없었다. 그녀와 마주 앉을 때면 겐조는 늘 씁쓸한 얼굴로 침묵할 수밖에 없었다.

'이게 내 누나라니.'

그녀와 이야기를 나눈 후면 겐조의 가슴엔 언제나 이런 술회가 남았다.

그날 겐조는 언제나 그렇듯이 앞치마를 두르고 벽장 속을 헤집고 있는 누나를 보았다.

"어머나, 웬일로 이렇게 다 왔어? 자, 이거 깔아."

누나는 겐조에게 방석을 권하더니 대청 쪽으로 손을 씻으러 갔다.

겐조는 그 틈에 방 안을 둘러보았다. 난간에는 그가 어린 시절부터 보아 온 낡아 빠진 액자가 걸려 있었다. 낙관으로 적혀 있는 츠츠이 켄이라는 이름은 분명 하타모토*인 서예가라든가, 글씨를 무척 잘 쓴다고, 열대여섯 살이었던 옛날 이 집 주인이 말해 준 것이 생각났다. 그 무렵엔 이 집 주인을 형, 형, 하고 부르며 뻰질나게 놀러 다니곤 했다. 나이로 따지자면 삼촌 조카 정도 차이가 있었지만 둘이서 곧잘 방 안에서 씨름을 해서 누나한테 잔소리를 듣거나 지붕 위에 올라가 무화과를 따 먹고는 껍질을 이웃집 마당에 던져 놓았다가 불평을 듣기도 했다. 자형이 상자에 든 컴퍼스를 사다 준다고 말만 하고 아무리 기다려도 사 주질 않아서 몹시 원망스러웠던 적도 있었다. 누나와 싸우고는 이젠 그쪽에서 사과를 해도 절대 용서하지 않겠다고 각오를 했지만 아무리 기다려도 사과를 하지 않으니 마지못해 이쪽에서 어슬렁거리며 찾아간 주제에, 너무 어색한 나머지 저쪽에서 들어오라고 할 때까지 잠자코 입구에 서서 머뭇거리던 바보짓도 있었다…….

낡은 액자를 바라보던 겐조는 어린 시절 자신에게 밝은 기억의 탐조등을 비추었다. 그렇게 신세를 진 누나 부부에게 지금은 그다지 호의조차 지니고 있지 못한 스스로를 불쾌하게 여겼다.

"요즘 몸은 좀 어때요? 심해지거나 하진 않아요?"

그는 앞에 앉은 누나를 보며 물었다.

"응, 고마워. 요샌 좀 괜찮아서 그냥 이럭저럭 집안일은 하고 있지만 역시 나이는 못 속이니까. 아무래도 옛날처럼 바지런히 움직이진 못해. 옛날에 겐짱이 놀러 오던 무렵엔 꽤나 빈틈없이, 그야말로 솥을 뒤집어 놓고 닦았지만, 이젠 도저히 그럴 힘이 없지. 그래도 덕분에 이렇게 날마다 우유도 마시고……."

겐조는 적으나마 약간의 용돈을 매달 누나에게 잊지 않고 보냈다.

"약간 여윈 것 같은데."

"뭘, 내 체질이 원래 그렇잖아. 옛날부터 살이 찐 적이 없는걸. 성격이 고약하니까 아무래도 그렇지. 신경질 때문에 살이 찔 수가 없는 거야."

누나는 살점이라곤 없는 가느다란 팔을 걷더니 겐조 앞에 내밀어 보였다. 쑥 들어간 그녀의 눈 아래 거무스레한 반원형 그늘이, 처진 살갗을 우울하게 물들이고 있었다. 겐조는 잠자코 그 거칠거칠한 손바닥을 응시했다.

"그래도 겐짱이 출세했으니 정말 다행이야. 네가 외국에 가 있을 때는, 이젠 살아서는 두 번 다시 못 만난다 싶었는데, 이렇게 건강하게 돌아왔잖아. 아버지나 어머니가 살아 계셨더라면 얼마나 기뻐하셨을까?"

누나의 눈엔 어느새 눈물이 어려 있었다. 누나는 겐조가 어렸을 때, "누나가 곧 돈 벌어서 겐짱이 갖고 싶은 건 뭐든지 다 사 줄게" 하고 입버릇처럼 말했다. 그런가 하면 "이런 망나니, 얘는 절대 인간 노릇 못할 거야" 하기도 했다. 겐조는 누나의 옛날 말이나 말투 따위를 떠올리며 마음속으로 쓴웃음을 지었다.

## 5

그런 오랜 기억을 돌이키자니 오랫동안 못 만났던 누나의 노화가 한층 겐조의 눈에 뜨였다.

"그런데 누나, 올해 몇이죠?"

"이젠 할머니야. 반백 살에 하나 더했으니."

누나는 누렇고 성긴 이를 드러내며 웃어 보였다. 쉰한 살이라니 겐조도 뜻밖이었다.

"그럼 나하고는 띠동갑도 더 되네. 나는 기껏해야 열 살이나, 열한 살쯤 차이 나는 줄 알았어."

"무슨, 띠동갑은. 내가 겐짱보다는 열여섯이나 더 먹었지, 자형이 양띠 삼벽이고 누나가 사록이니까. 겐짱은 아마 칠적*이었지?"

"뭔 소린지 모르겠지만, 어쨌든 서른여섯이에요."

"따져 보렴, 분명 칠적일테니."

겐조는 어떻게 자기 별을 따지는 것인지조차 몰랐다. 나이 이야기는 그걸로 끝이었다.

"오늘은 안 계세요?" 하고 그는 자형인 히다에 관해 물었다.

"어젯밤도 숙직이었어. 아니, 자기 몫만 하면 한 달에 서너 번이면 되는데 다른 사람이 부탁을 하니까. 거기다 하룻밤이라도 더 자주기만 하면 돈이 좀 더 들어오잖아. 그러니까 그냥 남의 몫까지 맡게 되는 거지. 요즘은 거기서 자는 거랑 집에 들어오는 게 반반쯤 될 거야. 어쩌면 그쪽에서 자는 게 오히려 많을지도 모르고."

겐조는 잠자코 장지문 옆에 놓인 히다의 책상을 바라보았다. 벼루 상자니 봉투, 두루마리 종이 따위가 질서정연하게 놓여 있는 옆에 부기용 장부가 빨간 표지를 이쪽으로 두고 두세 권 세워져 있었다. 예쁘게 빛나는 조그만 주판 역시 그 아래 놓여 있었다.

들리는 이야기로는 히다는 요즘 이상한 여자와 관계가 생겨, 자기 직장 바로 가까이에 집을 얻었다는 소문이었다. 숙직이라는 둥 하면서 집에 돌아오지 않는 것은 어쩌면 그 탓인지도 모르겠다고 겐조는 생각했다.

"자형은 요즘 어때요? 나이도 꽤 먹고 했으니 전보다는 많이 성실해졌죠?"

"뭘, 여전하지. 그 작자는 혼자 놀다 가려고 태어난 사내니까 별수가 없어. 무슨 만담이니, 연극이니, 스모니, 돈만 있으면 줄곧 나돌아 다니니까. 그래도 이상하게, 나잇값을 하는 건지 뭔지 몰라도 옛날에 비하면 약간 좋아진 것 같아. 전에는 겐짱도 알다시피 정말 엉망이었잖아. 걷어차고 패고 머리끄덩이를 잡고 온 방을 끌고 다니고……."

"그렇다고 누나도 당하고만 있진 않았잖아?"

"뭔 소리야? 난 손을 올린 적은 단 한 번도 없어."

겐조는 지기 싫어하는 누나의 기억이 떠올라 무심결에 웃었다. 두 사람의 육박전이 지금 누나가 말하듯이 일방적으로 당하기만 하는 것은 결코 아니었다. 특히 말씨름은 누나 쪽이 히다에 비해 열 배는 셌다. 그럼에도 이 억척스러운 누나가 남편에게 속아 그가 집에 오지 않으면 당연히 회사에 묵을 것이라고 믿어 의심치 않는다는 것이 묘하게 불쌍해 보였다.

"오랜만에 외식이나 할까요?" 하고 그는 누나의 얼굴을 보며 말했다.

"고마워. 근데 지금 초밥을 주문했으니까, 별거 아니지만 먹고 가."

누나는 손님만 오면 시간에 상관없이 뭔가를 먹여 보내야만 성이 풀리는 여자였다. 겐조는 할 수 없이 엉덩이를 붙이고 앉아 마음에 담고 온 이야기를 누나에게 털어놓자 생각했다.

## 6

최근 겐조는 쓸데없이 머리를 써서 그런지, 아무래도 위장 상태가 좋질 않았다. 간혹 생각났다는 듯이 운동을 해 봤자 가슴이나 배 쪽이 외려 묵직해질 따름이었다. 그는 조심해서 세 끼 식사 말고는 가능하면 입에 먹을 것을 대지 않으려 신경을 썼다. 그래도 누나의 강요엔 배기질 못했다.

"김말이는 몸에 좋아. 모처럼 누나가 겐짱에게 대접하려고 주문했으니까 꼭 먹어야 돼. 싫어?"

겐조는 할 수없이 맛도 없는 김말이를 입에 넣고, 담배 때문에 거칠어진 입속에서 우물우물했다.

누나가 워낙 떠들어 대는 통에 그는 하고 싶은 말을 꺼낼 수가 없었다. 묻고 싶은 문제가 있는데 이렇게 수동적으로 듣고만 있어야 하다니, 그는 점점 답답해져 왔다. 하지만 누나는 그런 낌새조차 전혀 눈치채지 못하는 모양이었다.

남에게 뭘 먹이는 걸 좋아함과 동시에 물건을 나눠 주기도 좋아하는 그녀는 겐조가 지난번에 좋다고 칭찬했던 낡아 빠진 달마도를 그에게 줄까, 하고 물었다.

"그런 물건 우리 집에 있어 봤자니까, 가져가렴. 자형도 필요 없어. 너저분한 달마 따위."

겐조는 받겠다고도, 안 받겠다고도 하지 않고 그저 쓴웃음만 지었다. 그러자 누나는 무슨 비밀 이야기라도 하듯이 갑자기 목소리가 낮아졌다.

"실은 겐짱, 네가 귀국하면 이야기하려다가 어쩌다 보니 여태 말을 못한 게 있어. 겐짱 귀국 직후엔 너무 바쁠 것 같고, 내가 또 찾아가더라도 올케가 있으면 좀 이야기하기도 그래서. 그렇다고 알다시피 글을 모르니 편지도 못 쓰겠고……."

누나의 서론은 길기도 했지만 우스꽝스럽기도 했다. 어린 시절 그렇게 연습을 시켜도 기억력이 나빠서 아무리 쉬운 글자도 결국 머리에 담질 못한 채 쉰이 넘은 오늘날까지 살아온 여자다, 싶으니 겐조는 피붙이지만 가엾기도 하고 창피하기도 했다.

"그래서 누나가 하려는 이야기는 도대체 뭐예요? 실은 나도 오늘은 좀 할 이야기가 있어서 왔는데."

"그래? 그럼 네 이야기부터 듣는 게 순서겠네. 왜 빨리 말하지 그랬어?"

"아니, 말을 하기가 그래서."

"너도 참, 그렇게 사양하지 않아도 되잖아, 남매간에."

누나는 자기 수다가 남의 입을 틀어막고 있었다는 명백한 사실을 전혀 깨닫지 못했다.

"아니, 누나 쪽부터 먼저 처리합시다. 뭐예요? 할 말이라는 게."

"실은 겐짱에겐 정말 미안해서 말하기도 힘든데 나도 점점 나이를 먹고 몸은 약해지고, 거기다 남편이란 작자가 저 모양이니. 자기 한 몸 좋으면 마누라 같은 건 어찌되든 내 알 바 아니라는 낯짝이나 하고 있고. 워낙 월급이 적은 데다가 사람들도 사귀고 해야 하니까 할 수 없긴 하지만 말이야……."

누나 이야기는, 누가 여자 아니랄까 봐 엄청 에둘러 가고 있었다. 좀처럼 목적지에 닿을 것 같지 않았지만 겐조는 요점을 금세 알아들었다. 요컨대 다달이 주고 있는 용돈을 조금 더 올려달라는 이야기였다. 지금도 남편이 툭하면 그걸 빌려 간다는 소리를 듣고 있는 그가 보기에 이런 요구는 가엾기도 하고 부아가 치밀기도 했다.

"제발 누나 좀 살려 주는 셈치고. 누나도 이런 몸으로는 그다지 오래가지 못 할 테니까."

이것이 누나 입에서 나온 마지막 말이었다. 겐조는 싫다는 말을 차마 하지 못했다.

## 7

그는 이제부터 집에 돌아가 오늘 밤 안으로 처리해야 할 일이 있었다. 시간의 가치라는 것을 전혀 모르는 누나와 마주 앉아 언제까지 어쩌고저쩌고 떠들고 있는 것은 그에게 적지 않은 고통임이 분명했다. 그는 적당히 돌아갈 생각이었다. 가까스로 자리를 뜨기 직전에야 모자 안 쓴 남자 이야기를 꺼냈다.

"실은 저번에 시마다를 만났어요."

"어머나, 어디서?"

누나는 놀랐다는 듯한 음성이었다. 누나는 배우지 못한 도쿄내기들이 곧잘 보이는, 꾸민 듯이 과장된 표정을 기회만 되면 하고 싶어 했다.

"오타노하라 근방에서."

"그럼 너희 집 바로 옆이네. 그래서 뭐라고 말이라도 걸든?"

"말을 걸기는? 굳이 할 말도 없잖아."

"그렇지. 겐짱 쪽에서 뭐라고 하지 않으면 그쪽에서 뭐라고 할 처지가 아니지."

누나의 말은 어떻게든 겐조의 비위를 맞추려는 투였다. 그녀는 겐조에게 "옷차림이 어땠어?" 하고 묻고는 "형편이 별로인가 보네" 했다. 약간의 동정도 담겨 있는 듯했다. 하지만 그 남자와의 옛일을 이야기하기 시작하자 미워서 견딜 수 없다는 듯한 말투가 되었다.

"아무리 악연이 어쩌고 하지만 그런 악연도 없을 거야. 오늘이 기한이니 무슨 일이 있어도 가져가겠다면서 아무리 알아듣게 말을 해도 턱 하니 주저앉아 꼼짝을 안 하는 거야. 결국 이쪽도 화가 나니까, 미안하지만 돈은 없으니 물건이라도 좋으면 냄비든 솥단지든 가져가십시오, 했거든. 아 그랬더니 글쎄, 그럼 솥을 가져가겠다, 이러잖아. 정말 기가 막혀서."

"솥을 가져가다니, 무거워서 어떻게 들고 가려고."

"근데 그런 못된 인간이니 무슨 짓을 해서든 안 가져간다고도 못하지. 그냥 그날 먹을 밥도 못 짓게 만들겠다는 심보로 그런 짓을 하는 인간이니까. 그러니 무슨 좋은 꼴을 보겠니?"

겐조의 귀에는 이런 이야기가 단지 우습기만 하진 않았다. 그 사람과 누나 사이에 벌어진 이런 말썽 속에 뒤엉켜 있는 옛날 자신의 그림자는 그에겐 우습다기보다는 오히려 서글픈 것이었다.

"난 시마다를 두 번 만났어, 누나. 앞으로 또 언제 만나게 될지 모르고."

"그냥 모른 체하면 되지. 몇 번을 마주친들 무슨 상관이야?"

"그런데 일부러 그 주변을 돌아다니면서 우리 집을 찾고 있는 건지 다른 일로 지나다가 우연히 마주친 건지, 그걸 모르니까."

이 의문은 누나도 풀 수 없었다. 그녀는 오직 겐조에게 편할 듯한 소리만 무의미하게 반복했다. 그것이 겐조에겐 입에 발린 소리로만 들렸다.

"여긴 그 후로 전혀 안 오는 거죠?"

"응, 최근 이삼 년은 전혀 안 와."

"그전엔?"

"그전엔, 자주 오는 건 아니었지만 그래도 가끔씩 왔었지. 왔다 하면 또, 언제나 11시쯤이거든. 장어덮밥 같은 거라도 먹지 않으면 절대 안 돌아가는 거야. 삼시 세 끼 중에서 한 끼라도 남의 집에서 먹자, 라는 게 그 인간의 심보니까. 그런 주제에 옷은 또 괜찮은 걸 걸치고 온다니까…….”

누나가 하는 이야기는 툭하면 옆길로 새곤 했지만 듣다 보니 역시나 금전적인 문제로, 자신이 도쿄를 떠난 후에도 여전히 두 사람 사이에 상당한 왕래가 지속되고 있었다는 것을 짐작할 수 있었다. 하지만 그 이상은 아무것도 알 수 없었다. 현재의 시마다에 관해서는 전혀 단서가 없었다.

8

“시마다는 지금도 원래 살던 곳에 살고 있을까?”

이런 간단한 질문조차 누나는 확실한 대답을 못 했다. 겐조는 약간 맥이 풀렸다. 그렇다고 자기 쪽에서 나서서 시마다가 지금 살고 있는 곳을 알아낼 생각까진 없었기에 굳이 실망할 것도 없었다. 그는 이런 경우 아직은 그렇게까지 성가신 짓을 할 필요가 없다고 믿고 있었다. 설령 한다고 해도 그건 일종의 호기심을 만족시키려는 것에 불과하다고 생각했다. 게다가 현재 그는 이런 호기심을 경멸해야만 했다. 그의 시간은 그런 짓에 쓰기엔 지나치게 고가였다.

그는 그저 상상의 눈으로 어린 시절 보았던 그 사람의 집과 그 집 주변을 마음속에 떠올려 보았다.

그곳엔 길 한쪽으로 폭이 넓은 개울이 한 정(丁)*이나 이어져 있었다. 물이 흐르지 않는 그 개울 속은 썩은 흙탕물이었다. 여기저기 푸른색이 솟아나 끔찍한 냄새까지 그의 코를 찔렀다. 그는 그 너저분한 모퉁이를 --씨 저택이라는 이름으로 기억하고 있었다.

개울 너머로 나가야*가 죽 늘어서 있었다. 그 나가야에는 한 집에 하나 정도 비율로 사각의 어두운 창이 열려 있었다. 돌담과 아슬아슬하게 붙어 세워진 이 나가야가 어디까지나 이어져 있어서 저택 안은 전혀 안 보였다.

이 저택 반대쪽으로 조그만 단층집들이 띄엄띄엄 서 있었다. 낡은 집, 새 집이 옥작복작 뒤섞여 있던 그 마을은 물론 어수선했다. 노인의 치아처럼 군데군데 비어 있었다. 그 빈 곳을 조금 사서, 시마다는 자기 집을 마련한 것이었다.

겐조는 그 집이 언제 지어졌는지 몰랐다. 어쨌든 그가 처음 그 집에 간 것은 신축 후 얼마 되지 않아서였다. 네 칸짜리 좁은 집이었지만 나무 문 같은 건 꽤나 신경을 썼다는 것이 어린 눈에도 보였다. 칸 나누기에도 공을 들였다. 6첩 방은 동향이었고 소나무 잎을 깔아 둔 좁은 정원엔 너무 크다 싶을 정도의 멋들어진 석등이 놓여 있었다.

깔끔을 떨던 시마다는 제 손으로 걸레를 만들어 끊임없이 대청마루와 기둥에 젖은 걸레질을 했다. 그러고는 맨발로 남향 거실 앞으로 나가서는 풀을 뽑았다. 때로는 곡괭이를 들고 대문 앞 하수구를 손봤다. 그 하수구엔 길이 4척* 정도 되는 나무다리가 걸려 있었다.

시마다는 이 집말고도 볼품없는 셋집 한 채를 지었다. 그리고 양쪽 집 사이를 빠져나와 뒤쪽으로 나갈 수 있도록 3척 정도의 길까지 냈다. 뒤쪽은 들이라고도, 밭이라고도 하기 어려운 습지였다. 풀을 밟으면 질척질척 물이 배어 나왔다. 가장 낮은 곳은 늘 얕은 연못처럼 되어 있었다. 시마다는 조만간 거기 조그만 셋집을 더 지을 모양이었다. 하지만 그런 생각은 언제까지나 실현되지 않았다. 겨울이 되면 청둥오리가 올 테니 한 마리 잡아야지, 라는 둥 말했다…….

겐조는 옛날 기억을 이것저것 떠올렸다. 지금 거기 가 보면 분명 놀랄 만큼 변해 있을 거야 싶으면서도 여전히 그는 20년 전 광경을 오늘 일처럼 생각했다.

"어쩌면 네 자형은 연하장 정도는 아직 보내고 있을지도 몰라."

겐조가 돌아가려는 참에 누나는 이런 소리를 하면서 은근히 히다가 올 때까지 있으라고 잡았지만, 그럴 필요까진 없었다.

그는 그날 오랜만에 안부도 물을 겸, 이치가야 야쿠오지 앞에 있는 형네 집에도 들러 시마다에 관해 물어볼까도 싶었지만 시간이 늦어졌고 어차피 물어본들 뭐하랴 싶은 생각이 점점 강해져서 그 길로 고마고메로 돌아왔다. 그날 밤은 또 이튿날 일로 쫓겨야만 했다. 그러다 보니 시마다 일은 까맣게 잊어버렸다.

## 9

그는 다시 평소의 자신으로 돌아왔다. 자기 직업에 활력의 대부분을 쏟았다. 그의 시간은 고요히 흘러갔다. 하지만 그 고요함 중에 끊임없이 짜증스러움이 섞여 그를 늘 괴롭혔다. 멀찌감치 그를 바라보고만 있어야 하는 아내는 속수무책으로 태연함을 가장했다. 그것이 겐조에겐 아내로선 있을 수 없는 냉담함으로 여겨졌다. 아내는 아내대로 내심 그와 마찬가지 비난을 남편에게 돌렸다. 남편이 서재에서 보내는 시간이 길어지면 길어질수록 부부 사이의 교류는, 꼭 볼일이 아니고는 사라질 수밖에 없다는 것이 아내 생각이었다.

그녀는 자연스레 겐조를 서재에 혼자 두고 아이만을 상대했다. 그 아이들은 서재엔 거의 들어가지 않았다. 어쩌다 들어가면, 정해 놓고 말썽을 부려 겐조에게 야단을 맞았다. 아이들을 야단치는 주제에 자기 옆에 얼씬거리지 않는 아이들에 대해 그는 거꾸로 약간의 서운한 마음을 가지고 있었다.

일주일 후 일요일, 그는 외출을 하지 않았다. 기분 전환 삼아 4시쯤 목욕을 다녀왔더니 갑자기 느긋하고 좋은 기분이 들어서 그는 팔다리를 다다미 위에 대자로 뻗고는 자기도 모르게 까무룩 잠이 들었다. 그렇게 저녁 식사 시간이 되어 아내가 깨울 때까지는 죽은 사람처럼 잤다. 그런데 일어나 밥상머리에 앉았을 때, 그는 약간 한기가 들며 등줄기가 서늘해지는 느낌이었다. 그러고는 두 번쯤 커다란 재채기를 했다. 옆에 앉은 아내는 잠자코 있었다. 겐조는 아무 말도 안 했지만 내심 이렇게 남 생각을 할 줄 모르는 아내에게 반감이 생기는 걸 의식하면서 젓가락을 들었다. 아내 쪽에서는 오히려 남편이 어째서 자기에게 뭐든

허물없이 털어놓고 능동적으로 아내 노릇을 하게 해 주지 않는 걸까 싶어 불쾌했다.

그날 밤 그는 분명 감기 기운이 있다는 것을 알아차렸다. 조심하고 일찍 자자고 생각했지만 시작해 놓은 일을 하다 보니 12시가 넘도록 깨어 있었다. 그가 잠자리에 들 때쯤 가족은 이미 모두 자고 있었다. 뜨거운 칡즙이라도 마시고 땀을 내고 싶다고 생각하면서도 겐조는 할 수 없이 그냥 차가운 이불 속으로 기어 들어갔다. 그는 심상치 않은 한기를 느꼈고 좀처럼 잠이 들지 못했다. 하지만 두뇌에 쌓인 피로가 이윽고 그를 깊은 수면으로 이끌어 갔다.

이튿날 눈을 떴을 때는 의외로 안정되어 있었다. 그는 이불 속에서 감기는 이미 지나갔다고 생각했다. 하지만 막상 일어나 세수를 하려니 평소 하던 냉수마찰이 겁날 만큼 몸이 무거워졌다. 억지로 밥상에는 앉았지만 아침밥은 전혀 맛이 없었다. 평소엔 정해 놓고 세 공기는 먹었지만 그날은 한 공기만 먹고는 매실 장아찌를 더운 물에 넣어 후후 불어 가며 마셨다. 하지만 왜 그러는지는 자신도 몰랐다. 이때도 아내는 겐조 곁에 앉아 시중을 들면서도 한마디 말이 없었다. 그는 그런 태도가 일부러 작정하고 냉담하게 구는 듯해서 화가 났다. 겐조는 일부러 두세 번 기침을 해 보았지만 아내는 여전히 알은체도 하지 않았다.

겐조는 서둘러 와이셔츠를 챙겨 입고 양복으로 갈아입은 다음 평소 시간 대로 집을 나섰다. 아내는 언제나처럼 모자를 들고 남편을 현관까지 배웅했지만 이때 그에겐 그런 모습이 그저 형식만을 중시하는 여자로밖에 보이지 않아 한층 더 정나미가 떨어졌다.

밖에 나서자 본격적으로 오한이 들었다. 혓바늘이 돋고 열이 있는지 온몸이 나른하게 가라앉았다. 그는 자기 맥을 짚어 보고는 너무 빠른 것에 놀랐다. 손가락 끝에 느껴지는 툭툭, 하는 소리가 초를 새기는 회중시계 소리와 뒤섞여 그의 귀에 이상한 연주처럼 들렸다. 그런데도 그는 참아 가며 할 수 있는 만큼 일을 해냈다.

## 10

겐조는 정각에 귀가했다. 양복을 갈아입을 때 아내는 언제나처럼 그의 평상복을 든 채 그 옆에 서 있었다. 그는 불쾌한 얼굴을 그쪽으로 돌렸다.

"자리를 깔아 줘. 누울 테니."

"예."

아내는 그의 말대로 이불을 깔았다. 그는 얼른 그 속으로 들어가 누웠다. 감기 기운이 있다는 말은 아내에게 한마디도 하지 않았다. 아내 쪽도 전혀 알아챘다는 눈치를 보이지 않았다. 그러면서 양쪽 모두 내심 불만이었다.

겐조가 눈을 감고 잠이 들락 말락 하고 있는데 아내가 베갯머리에 와서 불렀다.

"당신 식사하실 거죠?"

"밥 같은 거 안 먹어."

아내는 잠시 말이 없었다. 그나마 바로 일어나 방을 나가지는 않았다.

"여보, 어디 안 좋으세요?"

겐조는 아무 대답 없이 얼굴을 반쯤 이불깃에 묻고 있었다. 아내는 말없이 살짝 그의 이마에 손을 얹었다.

저녁이 되어 의사가 왔다. 단순한 감기일 것이라는 진단과 함께 물약 같은 걸 주었다. 그는 아내가 먹여 주는 약을 먹었다.

이튿날은 열이 더 올라갔다. 의사의 지시대로 고무로 된 얼음 주머니를 이마 위에 올려놓은 아내는, 이불 아래 끼워 쓰는 니켈로 된 기구를 하녀가 사 올 때까지, 주머니가 떨어지지 않도록 자기 손으로 누르고 앉아 있었다.

뭐에 홀린 듯한 몽롱한 기분이 이삼 일 이어졌다. 겐조의 머리엔 그동안의 기억이라는 것이 거의 없을 정도였다. 정신이 들었을 때, 그는 태연한 얼굴로 천장을 보았다. 그리고 머리맡에 앉아 있는 아내를 보았다. 문득 그는 아내에게 도움을 받았다는 사실을 깨달았다. 하지만 아무 말도 없이 다시 고개를 돌려 버렸다. 그러니 아내의 가슴엔 남편의 마음이 전혀 전해지지 않았다.

"당신 왜 그러세요?"

"감기에 걸린 거라고 의사가 그러잖아."

"그건 알아요."

대화는 그걸로 끝이었다. 아내는 못마땅한 표정으로 그대로 방을 나갔다. 겐조는 손바닥을 쳐서 다시 아내를 불러들였다.

"내가 어쨌다는 거야?"

"어쩌긴요? 당신이 편찮으시니 나는 이렇게 얼음주머니를 갈아대고 약을 먹여 드리고 하는 거잖아요? 그런데 저리로 가라는 둥 귀찮다는 둥, 해도 해도 너무……."

아내는 말을 잇지 못하고 고개를 숙였다.

"내가 언제? 그런 기억 없어."

"그야 열이 높을 때 하신 말씀이니 아마 기억 못하시겠지요. 하지만 평소에 그렇게 생각하지 않는다면 아무리 아프다고 해도 그런 소리를 하실 리가 없을 거예요."

이런 경우, 겐조는 아내의 말속에 숨어 있는 진심을 헤아려 반성을 하기보다는 어떻게든 머리를 써서 그녀를 군말 못하게 만들고 싶어 하는 남자였다. 사실 여부를 떠나 단순히 논리적으로 보자면 아내 쪽이 이번에도 패했다. 열에 들떠 있거나 수면제에 취해 있을 때 혹은 꿈을 꾸고 있을 때 인간은 딱히 자기가 생각하고 있는 것만 지껄인다고는 할 수 없으니까. 하지만 그런 논리로는 아내를 굴복시키기에는 부족했다.

"좋아요. 어차피 당신은 나를 하녀처럼 취급할 작정이시니까. 자기 하나만 편하면 된다는 거죠……."

겐조는 일어서 나가는 아내의 뒷모습을 마뜩찮게 바라보았다. 그는 논리의 권위로 자신을 속이고 있다는 사실을 전혀 깨닫지 못했다. 학문의 힘으로 연마한 그의 머리로 보자면 이 명백한 논리조차 진심으로 순복하지 못하는 아내는 그야말로 고집불통일 뿐이었다.

11

그날 저녁 아내는 질냄비에 담은 죽을 들고 다시 겐조의 머리맡에 앉았다. 그것을 공기에 덜어 가며 "일어나시지 않을래요?" 하고 물었다.

그의 혓바늘은 여전했다. 묵직하게 부어 있는 듯한 입안에 뭘 밀어 넣을 마음이 전혀 없었다. 그런데도 그는 어인 일로 이부자리 위에 일어나 앉아 아내의 손에서 죽 공기를 받아들었다.

하지만 거칠거칠한 알갱이가 모래를 씹듯이 목구멍으로 내려가는 탓에 그는 겨우 한 공기를 먹고 입가를 훔치고 다시 드러누웠다.

"아직 입맛이 없으시네요."

"아무 맛이 없어."

아내는 오비* 속에서 명함 한 장을 꺼냈다.

"이런 사람이 당신 주무시는 동안에 찾아왔었는데 편찮으시다 하고 돌려보냈어요."

겐조는 누운 채 손을 뻗어 베이지색 화지로 된 명찰을 받아들고 이름을 읽어 보았지만 본 적도 들은 적도 없는 사람이었다.

"언제 왔어?"

"아마 그저께였죠? 이야기하려다가 아직 열이 안 내리기에 일부러 말 안 하고 있었어요."

"전혀 모르는 사람인데."

"그래도 시마다에 관해 잠깐 뵙고 싶어서 왔다던데요."

아내는 특히 시마다, 라는 단어에 힘을 주어 말하면서 겐조의 얼굴을 보았다. 그러자 그의 머리에는 지난번 길에서 만났던 모자를 안 쓴 남자의 그림자가 금세 떠올랐다. 열이 가실 때까지 그는 이 남자에 관해 생각할 겨를이 전혀 없었던 것이다.

"당신, 시마다를 알아?"

"그 기다란 편지가 오쓰네라는 여자 분한테서 왔을 때 당신이 이야기해 주셨잖아요?"

겐조는 별 대답없이 일단 내려놓았던 명함을 다시 집어 들고 바라보았다. 시마다에 관해 그녀에게 얼마나 자세히 이야기를 했었는지 확실치 않았다.

"그게 언제였지? 꽤나 오래된 일이지?"

겐조는 그 만리장서(萬里長書)를 아내에게 보여 주던 때의 기분이 떠올라 쓰게 웃었다.

"그렇죠. 벌써 한 7년 될 걸요. 우리가 아직 센본도오리에 살 때니까."

센본도오리라는 것은 그들이 그 무렵에 살고 있던 어느 도회지 변두리의 동네 이름이었다.

아내는 잠시 후에 "시마다 이야기라면 당신한테 안 들어도 시아주버니한테 들어 알고 있어요" 했다.

"형이 뭐라고 했는데?"

"뭐라긴요, 아무튼 별로 좋은 사람은 아니라는 이야기잖아요?"

아내는 아직 그 남자에 관해 겐조의 마음을 알고 싶은 모양이었다. 하지만 그는 거꾸로 그것을 피하고 싶었다. 그는 잠자코 눈을 감았다. 쟁반에 담은 질냄비와 공기를 들고 자리를 뜨기 전에 아내는 한 번 더 이렇게 말했다.

"그 명함을 준 이가 다시 올 것 같아요. 조만간 병환이 나으시면 다시 찾아뵙겠습니다, 하고 돌아갔으니까."

겐조는 할 수 없이 다시 눈을 떴다.

"오겠지. 어차피 시마다의 대리인을 자처했으면 또 올 수밖에 없을 테니까."

"만나실 거예요? 또 오면?"

그는 만나고 싶지 않았다. 아내 역시 남편을 그 이상한 남자와 만나게 하고 싶지 않았다.

"만나시지 않는 편이 낫겠죠."

"만나도 돼. 무서울 거 없으니까."

아내에겐 남편의 말이 언제나처럼 쓸데없는 고집으로 들렸다. 겐조는 이런 행동이 싫어도 옳은 방법이니 어쩔 수 없다고 여겼다.

## 12

겐조의 감기는 오래지 않아 완쾌했다. 활자를 읽고, 만년필로 쓰고, 혹은 팔짱을 낀 채 그저 생각에 잠기고 하는 일상이 다시 이어지게 되었을 무렵, 언젠가 헛걸음을 했던 남자가 갑자기 다시 그의 집 현관에 나타났다.

겐조는 화지에 새긴 요시다 도라키치라는, 한번 본 적이 있는 명함을 받아들고 한동안 바라보고 있었다. 아내는 조그만 소리로 "만나실 거예요?" 하고 물었다.

"만날 테니 방으로 안내해."

아내는 거절하고 싶다는 듯이 잠시 망설였다. 하지만 남편의 결정을 알았다는 듯, 아무 말 없이 서재를 나갔다.

요시다는 꽤나 살이 찌고 몸집이 좋은 40대 남자였다. 줄무늬 하오리를 입고 그 무렵까지 유행하던 하얀 치리멘 헤코오비* 에 번쩍번쩍하는 시곗줄을 둘러 감고 있었다. 사용하는 말을 보아도 그는 완전히 조닌*이었다. 그렇다고 결코 성실한 상인으론 보이지 않았다. "역시 그렇군요" 해야 할 곳에서 굳이 "여억시나~" 하고 늘여 빼기도 하고 "그렇고말고요" 대신, 사뭇 감탄했다는 듯이 "어련하실라고요" 하고 대답하기도 했다.

겐조에겐 만남의 순서상 우선 요시다의 신원부터 물어볼 필요가 있었다. 하지만 그보다 능란한 요시다는 묻기도 전에 자기 쪽에서 개략적으로 자기소개를 했다.

그는 원래 다카사키에 있었다. 그리고 거기 있는 병영을 드나

들며 군량미를 납품하는 일을 했다.

"그런 관계로 점차 장교님들 신세를 지게 되어서요, 그중에서도 시바노 어른과는 특별히 거래가 많아졌습니다."

겐조는 시바노라는 성씨를 듣고 문득 생각이 났다. 그것은 시마다의 후처 딸이 결혼한 군인의 성이었다.

"그런 인연으로 시마다를 아셨군요."

두 사람은 한동안 시바노라는 사관에 관해 이야기를 나누었다. 그가 지금 다카사키에 있지 않다는 것, 더 멀리 서쪽으로 전임하고 몇 년이나 지났다는 것, 변함없이 술꾼이어서 살림살이가 쪼들린다는 것, 이 모두가 겐조에게는 처음 듣는 소식임이 분명하지만 동시에 그다지 흥미를 끄는 화제도 아니었다. 이 부부에 대해 아무런 악감이 없는 겐조는 그저 그런가, 하고 건성으로 듣고 있을 뿐이었다. 그러나 화제가 본론으로 들어가 마침내 시마다 이야기가 나왔을 때 그는 절로 기분이 나빠졌다.

요시다는 열심히 이 노인의 궁핍함에 대해 늘어놓았다.

"사람이 너무 좋다 보니 자기도 모르게 남한테 속아서 몽땅 털리는 거죠. 도저히 될 성 부르지 않은 일에 쓸데없이 돈을 내준다거나 하니까요."

"사람이 너무 좋다고요? 지나치게 탐욕스러운 것 아닐까요?"

설령 요시다의 말대로 노인이 빈궁하다 할지라도, 겐조는 이렇게밖에 해석할 수 없었다. 더구나 빈궁하다는 말부터가 수상쩍었다. 정작 대변자라는 요시다조차 굳이 그 점을 변호하진 않았다. "어쩌면 그럴지도 모르죠" 하더니 나머지는 웃음으로 얼버무렸다. 그래 놓고는 다달이 어떻게 좀 도와줄 수는 없겠느냐는 소리를 바로 이어서 꺼냈다.

솔직한 겐조는 무심결에 자신의 경제 사정을 처음 만난 이 남자에게 털어놓게 되었다. 그는 자기 손에 들어오는 백이삼십 엔의 월급이, 어떻게 소비되어 버리는지를 상세히 설명하고 다달이 남는 것은 한 푼도 없다는 사실을 상대에게 납득시키고자 했다. 요시다는 예의 "여억시나~"와 "어련하실라고요"를 연발하면서 얌전히 겐조의 말을 들었다. 하지만 그가 어디까지 그를 신용하고 어디서부터 그를 의심하는지는 겐조도 알 수 없었다. 다만 그쪽에서는 어디까지나 굽히고 나오는 것을 주된 무기로 삼고 있는 모양이었다. 불손한 말은 물론이고 강요하는 듯한 낌새는 눈곱만큼도 없었다.

13

이로써 요시다가 들고 온 용건은 처리되었다고 해석한 겐조는 마음속으로 이제 그가 돌아가리라 예상했다. 하지만 그의 태도는 명백히 이런 예상을 배신하는 것이었다. 돈 문제는 더 이상 건드리지 않았지만 이러쿵저러쿵 쓸데없는 세상 돌아가는 이야기를 끝없이 늘어놓으며 꼼짝하지 않았다. 그리고 아무렇지도 않게 화제를 다시 시마다의 처지로 돌려놓았다.

"어떠실까요? 노인네도 나이는 못 이기는지 요즘은 얼마나 마음 약한 소리를 하는지, 원래처럼 그렇게 지내시면 안 되실까요?"

겐조는 잠깐 말이 막혔다. 할 수 없이 입을 다물고 두 사람 사이에 놓인 재떨이만 바라보고 있었다. 그의 머릿속에는 묵직해 보이는 천 우산을 받고 심상찮은 눈빛으로 그를 응시하던 노인의 모습이 생생하게 떠올랐다. 그는 그이의 신세를 졌던 옛날을 잊진 않았다. 하지만 그 인격에 대해 반사적으로 일어나는 혐오감 역시 어쩔 수 없었다. 그 두 가지 사이에 끼어 버린 그는 한동안 입을 열 수가 없었다.

"저도 일부러 이렇게 찾아뵙고 했으니 이것만은 부디 마음을 좀 바꿔 주시도록 부탁드립니다."

요시다는 더더욱 정중해졌다. 아무리 생각해도 더는 아는 체하고 싶지 않았던 겐조였지만, 다시 거절하는 것이 도리가 아니라는 것도 어쩔 수 없이 인정할 수밖에 없었다. 그는 싫더라도 옳은 쪽으로 따라가자고 마음을 굳혔다.

"그렇다면 좋습니다. 알겠다고 전해 주십시오. 하지만 왕래가 생긴다 하더라도 옛날 같은 교류는 도저히 할 수 없으니 그 부분은 오해가 없도록 전해 두십시오. 그리고 지금 내 형편으로는 이쪽에서 찾아다니며 노인에게 뭔가를 해 준다거나 하기는 어려우니……."

"그러면 그저 드나들 수 있게 해 주신다는 말씀이군요."

겐조는 드나든다는 말을 듣기가 괴로웠다. 그렇다고도 아니라고도 차마 못하고 다시 입을 다물었다.

"아니 뭐, 그걸로 됐습니다. 옛날과 지금은 사정이 전혀 다르니까."

요시다는 자기 할 일이 겨우 끝났다는 표정으로 이렇게 말하더니 지금까지 손에 들고 주무르던 담뱃갑을 허리춤에 찌르고는 바로 돌아갔다.

겐조는 그를 현관까지 배웅하고 곧장 서재로 들어갔다. 그날 일을 서둘러 해치우자는 생각으로 바로 책상 앞에 앉았지만 마음 한구석이 께름칙해서 생각처럼 진척되지 않았다.

그런 참에 아내가 얼굴을 내밀었다. "여보" 하고 두 번쯤 불렀지만 겐조는 책상 앞에 앉은 채 돌아보지 않았다. 아내는 말없이 그대로 돌아서 버렸고 겐조는 진척 없는 일을 저녁때까지 계속했다.

평소보다 늦은 저녁 밥상에 앉아서야 그는 아내와 말을 나눴다.

"아까 왔던 요시다라는 남자는 도대체 누구예요?"

"원래 다카사키에서 육군에 납품인가 뭔가를 하고 있었다더군" 하고 겐조가 답했다.

이야기가 그것만으로 끝날 리 없었다. 그녀는 요시다와 시바노, 그와 시마다의 관계 같은 것에 대해 자기가 납득할 때까지 남편이 설명해 주길 바랐다.

"결국 돈을 요구하는 거죠?"

"뭐, 그렇지."

"그래서 당신 뭐랬어요? 거절하신 거 맞죠?"

"응, 거절했어. 거절하는 거 말고 다른 수가 없으니까."

두 사람은 각자, 속으로 자기 집의 경제 상황을 생각했다. 매달 지출하고 있는, 또는 지출해야만 하는 금액은 그에게 몹시 힘겨운 노동의 대가였고, 그것으로 모든 살림을 꾸려야만 하는 아내에게도 여유라곤 전혀 없었다.

14

겐조는 그만 자리를 뜨려 했다. 하지만 아내에겐 아직 묻고 싶은 것이 남아 있었다.

"그걸로 알아듣고 간 거예요, 그 남자가? 좀 이상하네."

"거절당하면 어쩔 수가 없잖아. 싸움을 할 수도 없을 거고."

"그래도 또 오겠죠? 그렇게 점잖게 돌아갔지만."

"오면 어때?"

"그래도 싫은데…… 귀찮아요."

겐조는 옆방에서 아내가 대화를 엿듣고 있었음을 눈치챘다.

"당신 모조리 엿들었지?"

아내는 남편의 질문에 긍정도, 부정도 하지 않았다.

"들었으니 됐잖아."

겐조는 이렇게 말하고 다시 서재로 가려 했다. 그는 제멋대로였다. 더 이상 아내에게 설명할 필요 따위, 아예 없는 것이라고 믿었다. 아내 역시 그런 점에서는 남편의 권리를 인정하는 여자였다. 하지만 겉으로 남편의 권리를 인정하는 만큼 마음속엔 늘 불만이 있었다. 사사건건 권력을 휘두르는 남편의 태도가 그녀에게 결코 유쾌할 리 없었다. 어째서 조금 더 마음을 열지 않는 걸까 하는 생각이 언제나 그녀의 가슴속에 있었다. 그러면서도 남편의 마음을 열게 할 만한 재능도 요령도 자신에겐 충분히 갖추어져 있지 않다는 사실은 전혀 깨닫지 못하고 있었다.

"당신, 시마다와 왕래를 해도 된다고 마음먹고 계시는 거죠?"

"어어."

겐조는 '그래서 뭐?' 하는 표정이었다. 아내는 늘 이쯤에서 입을 다무는 것이 상례였다. 그녀의 성격상, 남편이 이런 태도를 보이면 갑자기 정나미가 떨어져 거기서 한 발 더 나갈 마음이 사라지는 것이다. 그 무뚝뚝한 태도가 또 남편의 성질을 건드려 그로 하여금 더욱 힘으로 내리누르게 만들었다.

"당신이나 당신 가족에 관한 이야기가 아니니까 상관없잖아? 내 맘대로 정해도."

"그러시겠죠. 내가 무슨 상관있나요? 상관있다고 해 봤자, 신경 쓸 양반도 아니고."

학문을 한 겐조가 듣기에 아내가 하는 말은 완전히 비논리적이었다. 그로서는 그런 비논리가 머리 나쁜 증거라고밖에 여겨지지 않았다. '또 시작이군' 하는 생각이 들었다. 그런데 아내는 곧장 본론으로 돌아가 그의 주의를 끌 만한 소리를 했다.

"그래도 아버님께 미안하잖아요? 이제 와서 그 사람과 왕래를 하다니."

"아버님이라면 내 아버지?"

"물론 당신 아버님이죠."

"내 아버지는 벌써 돌아가셨잖아."

"그런데 돌아가시기 전에 시마다와는 절교했으니 앞으로 일절 왕래해선 안 된다고 말씀하셨다면서요?"

겐조는 아버지와 시마다가 다투고 의절했던 당시 광경을 생생하게 기억하고 있었다. 하지만 그는 자기 아버지에 대해 정이 갈 만한 좋은 기억이 별로 없었다. 게다가 절교 운운할 정도로 그렇게 엄중한 소리를 들은 기억은 없었다.

"당신 어디서 그런 소릴 들었어? 난 그런 말 한 적 없는데."

"당신이 아니고 시아주버니께 들었어요."

아내의 대답은 겐조에게 그다지 이상할 게 없었다. 동시에 아버지의 의지나 형의 말 역시 그에겐 별로 영향을 끼치지 않았다.

"아버지는 아버지, 형은 형, 나는 나니까 어쩔 수 없어. 내 입장에서는 왕래를 거절할 만한 이유가 없으니까."

이렇게 잘라 말한 겐조는 내심 그런 교류가 끔찍하게 싫다는 사실을 의식하고 있었다. 하지만 그런 마음은 아내에겐 전혀 전해지지 않았다. 그녀는 그저 자기 남편이 늘 그렇듯, 쓸데없는 고집을 부리느라 모든 이들의 의견을 무시하는 것이라고만 생각했다.

## 15

겐조는 옛날에 그 사람 손을 잡고 걷곤 했다. 그이는 겐조에게 조그만 양복을 지어 입혔다. 어른들조차 그런 외국 복장을 잘 하지 않던 오랜 옛날이었으니 재봉사는 아이들이 입을 만한 스타일 따위를 알 리가 없었다. 윗옷의 허리 부분에 단추 두 개가 달려 있고 가슴은 열려 있는 옷이었다. 흰 물방울무늬 옷감도 거칠거칠 딱딱하고 촉감이 몹시 나빴다. 특히 바지는 엷은 갈색에 세로줄 무늬가 들어간, 조마사(調馬師)가 아니면 안 입을 물건이었다. 하지만 당시 그는 그걸 입고 신이 나서 손을 잡고 걸었다.

모자 역시 그 무렵의 그에겐 신기했다. 납작한 냄비 바닥 같은 모양의 펠트를 상고머리에 두건처럼 쓰는 것이 그에겐 엄청난 만족감을 주었다. 평소처럼 그 사람 손을 잡고 극장에 마술을 보러 갔는데, 마술사가 그 모자를 빌려 가더니 값비싼 검은 비단으로 된 그 모자를 안쪽에서 바깥쪽까지 손가락으로 뚫어 보였을 때, 얼마나 놀랍고도 걱정이 되었던지, 다시 제 손으로 돌아온 모자를 몇 번이나 어루만진 적도 있었다.

그 사람은 또 그를 위해 꼬리가 기다란 금붕어를 몇 마리나 사 주기도 했다. 사무라이 그림이 있는 우키요 판화나 2, 3매 연속 그림까지 그가 사 달라는 대로 사 주었다. 겐조는 자기 몸에 맞는 붉은 가죽 미늘 갑옷과 용머리 투구까지 가지고 있었다. 하루 한번 꼴로 그는 그것들을 입고 금종이로 만든 지휘봉을 휘두르곤 했다.

그는 또한 어린이용 단검도 갖고 있었다. 단검 손잡이엔 쥐가 빨간 고추를 끌고 가는 모습이 조각되어 있었다. 겐조는 은으로 된 그 쥐와, 산호로 깎아 만든 고추를 보물처럼 소중히 여겼다. 그는 가끔씩 이 단검을 뽑아 보고 싶었다. 또 몇 번인가 뽑아 본 적도 있었다. 하지만 단검은 끝내 빠지질 않았다. 이 봉건 시대 장식품 역시 그 사람의 호의로 어린 겐조의 손에 건네진 것이었다.

그 사람은 곧잘 그를 데리고 배에 올랐다. 배에서는 언제나 허리춤에 짚을 두른 사공이 그물을 던지곤 했다. 모쟁이라든가 숭어 같은 것들이 뱃전에서 튀어 오르는 모습이 어린 그의 눈에 백금처럼 빛나곤 했다. 사공은 때로 십 리 혹은 이십 리씩이나 노를 저어나가 감성돔 같은 것도 잡았다. 그런 경우 높은 파도가 배를 흔들어 대어 그는 금세 멀미가 났다. 그리고 배 안에 드러누워 버리는 일이 많았다. 그에게 가장 재미있는 일은 그물에 복어가 걸리는 것이었다. 그는 삼나무 젓가락으로 복어의 배를 작은북처럼 두드리면서 부풀어 올랐다가 가라앉았다 하는 것을 보며 즐거워했다…….

요시다와 만난 후, 겐조의 가슴에는 불현듯 이런 어린 시절의 기억들이 잇달아 떠오르곤 했다. 그 기억들은 모두 단편적이지만 선명하게 그의 마음에 그려졌다. 그리고 단편적이라곤 하지만 그 모두가 결코 그 사람과 떼어 놓을 수 없는 것들이었다. 하찮은 사실들을 끌어 모으면 모을수록 그것은 무진장한 것처럼 보였고 또한 그 무진장한 장면들 속에는 반드시 모자를 안 쓴 남자의 모습이 아로새겨져 있다는 사실을 발견했을 때, 그는 괴로웠다.

'이런 광경을 선명히 기억하고 있는데 어째서 내가 그때 어떤 심정이었는지는 생각나지 않을까?'

이것이 겐조에겐 커다란 의문이었다. 실제로 그는 유년 시절에 이렇게까지 신세를 졌던 사람에 대해 당시 자기 기분이 어떤 것이었던지를 완전히 잊어버렸다.

'하지만 그런 걸 잊어버릴 리가 없으니, 어쩌면 애당초 그 사람에 대해서만은 은혜나 의리에 어울리는 정이라는 게 없었는지도 몰라.'

겐조는 이런 생각도 들었다. 그리고 아마도 그런 것이라고 스스로 해석했다.

그는 이렇게 떠오른 유년 시절 이야기를 아내에게는 하지 않았다. 감정적인 사람이니 그렇게 하면 그녀의 반감을 어쩌면 줄 일 수 있을지도 모르겠다는 생각 따위는 하지 않았다.

## 16

정해진 날이 왔다. 요시다와 시마다는 어느 날 오후, 겐조의 집 현관에 함께 나타났다.

겐조는 이 옛사람에 대해 어떤 말투를 써서 어떻게 응대를 하면 좋을지 알 수 없었다. 고민할 것 없이 저절로 그런 것들을 정해 줄 만한 자연스러운 충동이 지금 그에겐 완전히 결여되어 있었다. 그는 이십 년이나 만나지 못한 사람과 무릎을 맞대고 앉아서도 그다지 반갑다는 느낌도 없이 오히려 냉담함에 가까운 응답만 하고 있었다.

시마다는 일찍이 교만하다는 소리를 듣던 남자였다. 겐조의 형이나 누나는 오직 그것만으로도 그를 질색할 정도였다. 실은 겐조 자신도 그런 점이 겁났다. 지금의 겐조는 어쩌다 말끝에라도 이런 남자가 자신의 자존심을 상하게 하기엔 자기는 너무나 잘난 존재라고 스스로를 평가하고 있었다.

그런데 시마다는 생각보다 정중했다. 보통 처음 만나는 사람들이 인사말에 쓰는 '……입니까?'라는 둥 '……하지 않습니다'라는 식의 말투로 말끝을 맺으려 일부러 주의를 기울이고 있는 것 같았다. 겐조는 옛날 그 사람이 자신을 겐 도련님, 겐 도련님, 하고 부르던 어린 시절을 떠올렸다. 관계가 단절된 후에도 만나기만 하면 역시나 겐 도련님, 겐 도련님 하는 통에 질색했던 과거도 자연스레 마음속에 떠올랐다.

'이런 식이라면 괜찮겠지.'

겐조는 그래서 가능하면 불쾌한 표정을 두 사람에게 보이지 않으려 애썼다. 저쪽에서도 가능하면 평온하게 갈 작정이었던지, 겐조가 기분 상할 만한 이야기는 한마디도 하지 않았다. 당연히 양쪽 모두의 화제가 될 만한 옛날이야기는 거의 나오질 않았다. 그러니 툭하면 대화가 끊기곤 했다.

겐조는 문득 비 오던 날 아침 일이 생각났다.

"요전번에 두 번인가 길에서 뵈었는데, 가끔 그 근방을 지나십니까?"

"실은 그, 다카하시네 맏딸의 혼처가 바로 요 앞이라서요."

다카하시가 누군지, 겐조는 전혀 몰랐다.

"네에."

"그 왜, 아시지요? 시바의."

시마다의 후처 친척이 시바에 사는데 그 집안이 무슨 칸누시* 라든가 스님이라든가 하는 이야기를, 겐조는 어린 시절 들었던 듯도 했다. 하지만 그 친척이라고는, 요조라는 동갑 아이를 두세 번 만났을 뿐 다른 사람을 본 기억은 전혀 없었다.

"시바라면 아마 오후지 씨 동생 되는 분의 시댁이죠?"

"아니, 동생이 아니라 언니예요."

"네……."

"요조는 죽었지만, 다른 자매들은 다들 시집을 잘 가서요, 잘들 살아요. 그 왜, 맏딸은 아마 알고 계시겠지만, ~에게 갔지요."

~라는 이름은 겐조에게도 낯설진 않았다. 하지만 이미 오래전에 죽은 사람이었다.

"남은 건 여자와 아이들뿐이어서 힘드니까 숙부, 숙부하고 저를 따르지요. 게다가 최근엔 집을 손보느라 감독할 필요가 있어서 거의 매일같이 이 앞을 지납니다."

겐조는 옛날 이 남자가 자기를 데리고 연못 끝의 책방에 가서 서예 책을 사 주었던 일이 생각났다. 하다못해 1전(一錢)이라도 에누리하지 않고는 물건을 산 적이 없는 이 남자는 그때도 겨우 5리(厘)를 거슬러 받겠다고 가게 앞에 주저앉아 꼼짝을 하지 않았다. 도오키쇼[董其昌]*의 접는 글씨본을 끌어안고 그 곁에서 머뭇거리던 그에게는 그런 태도가 너무나 꼴불견이고 불쾌했다.

'이런 사람이 감독을 하다니, 목수나 미장이들은 얼마나 치를 떨까?'

겐조는 그렇게 생각하면서 시마다의 얼굴을 보며 쓴웃음을 지었다. 하지만 시마다는 전혀 눈치채지 못하는 듯했다.

17

"그나마 책을 남겨 놓고 간 덕분에 그 남자가 죽고 나서도 너무 힘들지는 않게 그럭저럭 해 나갈 수가 있어요."

시마다는 ~가 쓴 책을 온 세상 사람들이 모두 알고 있을 것이라는 듯한 말투로 말했다. 하지만 겐조는 불행히도 그 책 이름을 몰랐다. 사전이나 교과서겠지, 하고 짐작했지만 굳이 물어볼 생각도 없었다.

"책이라는 것이 참 고마운 물건이라서 하나 써 두면 그게 언제까지나 팔리니 말이올시다."

겐조는 잠자코 있었다. 할 수 없이 요시다가 나서서 역시 돈을 벌려면 책이 제일이라는 식의 이야기를 했다.

"장례는 끝났지만 ~가 죽고 나니 여자들만 남아서 실은 내가 책방과 교섭을 했지요. 그래서 해마다 얼마씩 정해 놓고 저쪽에서 돈을 받게 해 두었어요."

"허어, 대단하네요. 역시나 학문을 하시려면 그만큼 자금이 필요하니까, 손해를 보는 듯도 하지만 막상 완성되고 나면 결국은 그 편이 이율이 높은 셈이니까 못 배운 사람들은 상대가 안 돼요."

"결국은 이득이죠."

그들의 대화는 겐조에게 아무런 흥미도 일으키지 못했다. 더구나 아무리 맞장구를 치려 해도 칠 수 없는 이상한 방향으로만 흘러가고 있었다. 하릴없는 그는 그저 두 사람의 얼굴을 번갈아 쳐다보다가 때때로 정원을 바라보았다.

이 정원은 제대로 손질이 되어 있지 않아 볼썽사나웠다. 언제 잎을 정리했는지 모를 소나무 한 그루가 숨 막힐 듯 시커먼 잎들을 담장 옆에 드리우고 있을 뿐, 나무랄 것도 거의 없었다. 비질을 제대로 하지 않은 지면도 작은 돌멩이들이 섞여 울퉁불퉁했다.

"이 댁 선생도 한탕 하시면 어떨까요?"

요시다는 뜬금없이 겐조 쪽을 향해 말했다. 겐조는 쓴웃음이 나올 수밖에 없었다.

할 수 없이 "예예, 그러면 좋죠" 하고 맞장구를 쳤다.

"뭐, 식은 죽 먹기죠, 서양에만 다녀오면."

이건 나이 든 쪽의 말이었다. 그건 마치 자기가 학자금을 내어 겐조에게 유학이라도 시켰다는 듯 들렸기에 그는 마뜩잖은 표정을 지었다. 하지만 노인은 그런 것엔 전혀 아랑곳하지 않았다. 못마땅한 듯한 겐조의 모습을 보고도 시치미를 떼고 앉아 있었다. 마침내 요시다가 예의 담뱃갑을 허리춤에 끼우면서 "그럼 오늘은 이만 실례하기로 할까요?" 하고 재촉을 하니 겨우 돌아갈 생각을 하는 모양이었다.

두 사람을 보내고 방으로 돌아온 겐조는 다시 방석 위에 앉아 팔짱을 끼고는 생각에 잠겼다.

'도대체 뭐 하러 온 거지? 이거야 원, 누구를 놀리러 온 거나 마찬가지지. 이러는 게 그쪽은 재미있을까?'

눈앞에 시마다가 들고 온 선물이 그대로 놓여 있었다. 그는 멍하니 그 싸구려 과자 봉지를 바라보았다.

아무 말 없이 찻잔이니 담배 쟁반 따위를 치우고 있던 아내는 마침내 말없이 앉아 있는 그 앞에 멈춰 섰다.

"당신, 왜 그러고 앉아 계세요?"

"이제 일어설 참이야."

겐조는 일어서려 했다.

"그 사람들 또 올까요?"

"올지도 모르지."

그는 이렇게 내뱉고는 다시 서재로 들어갔다. 한바탕 빗자루로 방을 쓸어 대는 소리가 들렸다. 그리고 과자 봉지를 두고 다투는 아이들 소리도 들려왔다. 모두 가라앉아 조용해졌나 싶더니 석양 하늘에서 빗방울이 떨어지기 시작했다. 겐조는 사야지,

사야지 하면서 아직도 못 사고 있는 장화를 생각했다.

18

며칠이나 비가 이어졌다. 그리고 활짝 개던 날, 물이라도 들인 듯한 하늘의 깊은 광휘가 대지 위에 쏟아졌다. 매일 우울하게 앉아 바느질에만 매달리던 아내는 대청마루에 나와 이 푸른 하늘을 올려다보았다. 그러더니 갑자기 장롱 서랍을 열었다.

그녀가 옷을 갈아입고 남편의 얼굴을 보러 왔을 때, 겐조는 턱을 고이고 앉아 멍하니 너저분한 마당을 바라보고 있었다.

"당신 무슨 생각을 그리 하세요?"

겐조는 잠깐 고개를 돌려 아내의 외출복 차림을 보았다. 순간, 우울한 그의 눈에 문득 자기 아내의 모습이 신선해 보였다.

"어디 가나?"

"네."

아내의 대답은 그에게 너무 간결하게 여겨졌다. 그는 다시 쓸쓸한 원래 모습으로 돌아갔다.

"애들은?"

"애들도 데려갈게요. 두고 가면 시끄러워서 귀찮으실 테니."

그 일요일 오후를 겐조는 혼자서 조용히 보냈다.

아내가 돌아온 것은 그가 저녁 식사를 마치고 다시 서재로 들어간 후였으니 이미 전등을 켜고 나서도 한두 시간 지난 뒤였다.

"다녀왔어요."

늦어서 미안하다고조차 말하지 않는 그녀의 무뚝뚝함이 그는 마음에 들지 않았다. 그는 잠깐 돌아보았을 뿐 한마디도 하지 않았다. 그러자 그것이 또 아내의 마음에 어두운 그림자를 드리우는 이유가 되었다. 아내 역시 그대로 서 있다가 거실 쪽으로 가 버렸다.

두 사람 사이엔 더는 이야기를 할 기회가 없었다. 얼굴만 보면 뭔가 이야기를 하고 싶어질 만큼 금슬 좋은 부부도 아니었다. 어쩌면 그런 친밀감을 표현하기엔 서로에게 너무 진부하기도 했다.

이삼 일이 지나서야 아내는 비로소 그날 외출했던 일을 밥상의 화제로 올렸다.

"지난번 친정에 갔다가 모지 삼촌을 만나서 너무 놀랐어요. 아직 타이완에 있는 줄만 알았는데 어느새 돌아와 있더라고요."

모지 삼촌이라는 이는 그들 사이에선 조심해야 할 사람으로 되어 있었다. 겐조가 아직 지방에 있을 때, 그가 느닷없이 기차를 타고 내려와 갑자기 쓸 일이 있으니 돈을 좀 빌려달라고 사정을 해서, 겐조는 지방 은행에 맡겨 두었던 저금을 찾아 빌려주었는데, 인지까지 턱 하니 붙인 차용증이 우편으로 배달되었다. 게다가 "다만 이자에 관해서는……" 운운하는 문구까지 덧붙여 적어 놓은 것을 본 겐조는 너무 고지식한 사람이구나, 했었지만 웬걸, 빌려준 돈을 그대로 떼이고 말았다.

"지금 뭘 한대?"

"뭘 하고 있는지 알게 뭐예요? 회사를 만든다나 뭐라나, 겐조 씨에겐 꼭 지지를 받고 싶으니 조만간 찾아오겠답디다."

겐조는 다음 말을 들을 필요도 없었다. 그가 돈을 빌려주었을 때도 이 삼촌은 무슨 회사를 만들고 있다고 했고 그는 정말로 그 말을 믿었다. 장인 역시 의심하지 않았다. 삼촌은 그런 장인을 꼬드겨서 모지까지 끌고 갔다. 그러고는 이것이 지금 건축 중인 회사라며 아무 상관없는 남이 짓고 있는 건물을 보여 주었다. 이런 식으로 그는 장인에게서 몇 천이나 되는 자본을 뜯어냈던 것이다.

겐조는 더 이상 이 사람에 관해서는 알고 싶은 것도 없었다. 아내 역시 말하기도 싫은 모양이었다. 그런데도 언제나 그렇듯 이야기는 거기서 끝나지 않았다.

"그날은 날씨가 너무 좋기에 오랜만에 큰댁에도 들러 왔어요."

"그래?"

아내의 친정은 고이시카와 다이였고 겐조의 형네 집은 이치가야 야쿠오지 앞이니 아내가 그다지 많이 돌아온 것은 아니었다.

19

"시아주버니께 시마다가 다녀갔다고 했더니 놀라시더라고요. 이제 와서 새삼스럽게 찾아올 염치가 있느냐면서. 당신도 그런 자를 상대하지 않으면 좋겠다고."

아내 얼굴에는 약간의 비꼬는 기색이 있었다.

"그 소릴 들으려고 당신은 일부러 야쿠오지까지 돌아온 거야?"

"또 그런 식으로 듣기 싫은 소리를 하신다. 당신은 어쩌면 그렇게 남이 하는 일이 다 못마땅하실까? 너무 격조한 것이 죄송해서 오는 길에 잠깐 들렀던 것뿐인데."

그가 거의 가는 일이 없는 형네 집엘 아내가 가끔씩 찾아가는 것은 요컨대 남편을 대신해서 친척 간의 도리를 다하는 것이니 아무리 겐조라도 그걸 뭐랄 수는 없는 일이었다.

"시아주버니는 당신 걱정을 하시더라고요. 그런 자하고 왕래하다가 또 무슨 말썽이 생길지 모르는데, 하시면서."

"말썽이라니, 무슨 말썽?"

"그야 일어나기 전에는 아주버님도 아실 리가 없겠지만 어쨌든 좋을 건 없다고 생각하시는 거겠죠?"

좋을 게 있으리라곤 겐조 역시 생각하지 않았다. "그래도 도리라는 게 있으니까."

"아니, 돈을 주고 절연을 한 이상, 도리가 아닐 건 또 뭐가 있어요?"

절연금은 옛날에, 양육비라는 이름으로 겐조의 아버지 손으로 시마다에게 건넸다.

겐조가 스물두 살 되던 해 봄이었다.

"거기다가 그 돈을 주던 십사오 년도 더 전부터 당신은 이미 당신 집으로 돌아오셨잖아요?"

몇 살 때부터 몇 살 때까지 그가 온전히 시마다의 손으로 길러

졌었는지, 겐조도 확실히는 몰랐다.

"세살부터 일곱 살까지래요. 시아주버니가 그러셨어요."

"그랬었나?"

겐조는 꿈결처럼 지나가 버린 자신의 옛날을 회고했다. 그의 머릿속엔 현미경으로 보는 듯한 세밀화들이 잔뜩 떠올랐다. 하지만 어느 것 하나 날짜가 적혀 있지 않았다.

"증서에 떡 하니 그렇게 적혀 있다니까 틀릴 리는 없겠지요."

그는 자신의 이적에 관한 서류라는 것을 본 적이 없었다.

"안 봤을 리가 없죠. 분명 잊어버리셨을 거예요."

"설령 여덟 살에 집으로 돌아왔다 치더라도 복적할 때까지는 적잖게 왕래가 있었으니까 어쩔 수 없지. 완전히 인연이 끊겼다고도 못하니까."

아내는 입을 다물었다. 겐조는 왠지 쓸쓸했다.

"나도 실은 못마땅해."

"그러니까 관두시라고요. 말도 안 돼요, 여보. 이제 와서 그런 사람하고 엮인다는 건. 도대체 무슨 생각일까요, 그쪽에선?"

"그걸 나도 전혀 모르겠어. 그쪽에서도 꽤나 어색할 텐데 말이야."

"시아주버님께선 아마도 또 돈이나 뜯어낼 작정일 테니 조심해야 한다고 하셨어요."

"돈 이야기는 처음부터 거절을 해 버렸으니 괜찮아."

"그래도 이제부터 또 뭔 소리를 할지 알 게 뭐예요?"

아내의 마음속엔 처음부터 이런 걱정이 있었다.

이미 그런 이야기는 막아 낸 것이라 믿고 있던 겐조의 머릿속에 희미한 불안이 다시 싹텄다.

20

그런 불안은 얼마간 그가 하는 일에도 영향을 미쳤다. 하지만 그의 일은 또 그런 불안의 그림자를 어딘가에 묻어 버릴 만큼 바쁘기도 했다. 그리하여 시마다가 다시 겐조의 현관에 나타나기 전에 이미 월말이 되어 있었다.

아내는 너저분하게 연필로 적어 넣은 가계부를 들고 그에게 왔다.

자기가 밖에서 번 돈 전부를 아내의 손에 맡기고 있던 겐조에게 이건 뜻밖의 일이었다.

아내는 지금까지 한 번도 월말이라고 해서 그에게 지출 명세서 같은 걸 내민 적이 없었다.

'뭐, 어떻게든 꾸려 나가고 있겠지.'

그는 늘 이렇게 생각했다. 그리고 자기가 돈이 필요할 땐 아내에게 주저없이 청구했다.

다달이 사들이는 책값만으로도 꽤나 큰돈일 때도 있었다. 그래도 아내는 태연했다. 경제에 관해 어두운 그로서는, 가끔 아내가 너무 방만한 건 아닌가, 미심쩍을 정도였다.

"매월 씀씀이는 다 적어서 나한테 보여 줘야 해."

아내는 마뜩찮은 표정이었다. 자기 딴에는 자신만큼 야무진 살림꾼은 세상 천지에 없을 것이라고 생각했던 것이다.

"예."

대답은 이걸로 끝이었다. 그리고 월말이 되어도 끝내 가계부는 겐조에게 오지 않았다. 겐조도 기분이 좋을 땐 그냥 넘어갔다. 하지만 그렇지 않을 땐 심술을 부리듯이 굳이 그걸 보겠다고 고집을 부리는 경우가 있었다. 그런 주제에 막상 보면 뭐가 뭔지 알 수가 없었다. 설령 장부 그 자체야 아내의 설명을 들으면 이해가 되더라도 실제로 한 달 반찬 값이 얼마나 드는지, 쌀은 또 얼마나 필요한지, 또 그것이 비싼 건지 싼 건지는 전혀 알 수가 없는 것이다.

이번에도 그는 아내에게서 장부를 받아들고 쓱 하고 훑어보았을 뿐이다.

"뭐 달라진 거 있어?"

"어떻게든 해 주셔야……."

아내는 현재의 집안 살림에 대해 남편에게 상세하게 설명했다.

"신기하군. 그러면서 지금까지 용케 꾸려 왔구먼."

"실은 다달이 적자예요."

겐조도 남으리라고 생각하지는 않았다. 지난 월말엔 옛날 친구 너덧 명이 어딘가 소풍을 간다나 하면서 그에게도 권유의 엽서를 보내 왔지만, 그는 2엔이라는 회비가 없다는 이유로 거절한 기억도 있었다.

"그래도 어떻게든 가까스로 맞출 수는 있을 것 같은데."

"되든, 안 되든 이 수입으로 꾸려 나갈 수밖엔 없겠지만요."

아내는 머뭇거리며, 장롱 서랍에 넣어 두었던 자기 기모노와 오비를 전당포에 잡힌 사정을 이야기했다.

그는 예전에 형이나 누나가 자기들 외출복을 보자기에 싸들고 살짝 나가거나 혹은 들고 들어오기도 하는 것을 곧잘 목격했었다. 남들에게 안 들키려는 듯 신경을 쓰던 그들의 태도는 마치 숨어서 나쁜 짓이라도 하는 것 같아서 어린 마음에도 어딘가 그늘을 드리웠다. 이런 일이 떠올라 그는 한층 처량한 느낌이 들었다.

"전당포라니, 당신이 직접 갔던 거야?"

그 자신은 지금까지 단 한 번도 전당포 문턱을 넘은 적이 없었다. 자기보다 더욱 가난을 경험한 적 없는 그녀가 태연히 그런 곳을 드나들 리도 없을 것 같았다.

"아뇨, 부탁했어요."

"누구한테?"

"야마노 집 할머니한테요. 거긴 단골 전당포에 아예 장부가 있어서 편리하거거든요."

겐조는 더 이상 묻지 않았다. 남편이랍시고 제대로 된 기모노 한 벌 해 준 적이 없는데, 아내가 친정에서 가져온 옷을 전당 잡혀 살림을 꾸려 나가야 한다는 것은 분명 남편의 수치였다.

## 21

겐조는 조금 더 일을 하기로 마음먹었다. 그리고 그런 결심으로 노력한 결과가 몇 장의 지폐로 변해, 오래지 않아 매월 아내 손에 넘어가게 되었다.

그는 자신이 새로 받게 된 것을 양복 안주머니에서 꺼내 봉투째로 다다미 위에 던졌다.

말없이 그것을 집어 든 아내는 봉투 속을 보고는 금세 어디서 지폐가 왔는지를 알아챘다. 가계의 부족분은 이렇게 해서 무언중에 메워졌던 것이다.

그때 아내는 별로 기쁜 기색도 없었다. 하지만 만약 남편이 부드러운 말과 함께 그것을 건네주었더라면 분명히 기쁜 얼굴을 할 수 있었을 텐데, 싶었다. 겐조는 또 겐조대로, 만약 아내가 기쁜 낯으로 받아 주었으면 상냥하게 말을 덧붙였으련만, 하고 생각했다. 따라서 물질적 요구에 부응하기 위해 마련했던 이 돈은, 두 사람 사이에 존재하는 정신적 골을 메우는 방편으로서는 오히려 실패로 돌아가고 말았다.

아내는 그때의 서운함을 만회해 보려고 이삼 일 지나 겐조에게 옷감 한 장을 보였다.

"당신 옷을 한 벌 맞출까 싶은데 이건 어떨까요?"

아내의 얼굴은 명랑하게 빛나고 있었다. 하지만 겐조의 눈에는 그것이 마치 서툰 기교처럼 보였다. 그는 불순하다고 의심했고 그녀의 애교에 넘어가지 않겠다고 생각했다. 그녀는 한기를 느끼고 자리를 떴다. 아내가 나가고 나서 그는 어째서 자신이 반려자에게 한기를 느끼게 만들어 버리는 심리 상태에 빠져 있는지를 생각하며 점점 더 불쾌해졌다.

아내와 이야기를 나눌 기회가 오자 그는 말했다.

"나는 절대 당신이 생각하듯이 냉정한 인간이 아냐. 단지 내가 갖고 있는 따뜻한 애정을 가둬 두고 밖으로 나가지 못하게 만드니까 어쩔 수 없이 그렇게 되는 거야."

"누가 그런 심술궂은 짓을 한다는 거예요?"

"당신이 줄곧 그러잖아?"

아내는 원망스러운 눈초리로 겐조를 보았다. 겐조의 논리 따위는 아내에게 통하지 않았다.

"당신은 요즘 정말 신경이 어떻게 됐나 봐요. 왜 좀 더 온당하게 나를 봐주지 않는 거죠?"

겐조의 마음엔 아내 말에 귀를 기울일 만한 여유가 없었다. 그는 스스로도 부자연스러운 냉담함에 대해 부아가 치밀 정도로 고통을 느끼고 있었다.

"당신은 아무도 어쩌지 않는데 자기 혼자서 괴로워하시니까 어쩔 수가 없어요."

두 사람은 서로가 철저하게 이야기를 나눈다는 것이 불가능한 한 쌍이라는 생각이 들었다. 따라서 양쪽 모두 현재의 자신을 개선할 필요 또한 느낄 수 없었다.

겐조가 새로 구한 여분의 일감은 그의 학문이나 교육에 비해 그다지 어려운 건 아니었다. 다만 그는 거기에 들이는 시간과 노력이 싫었다. 무의미하게 시간을 낭비한다는 것이 목하 그에겐 무엇보다 두려웠다. 그는 살아 있는 동안, 뭔가를 이루어 낸다, 그리고 이루어 내야 한다고 생각하는 남자였다.

그가 여분의 일감까지 마치고 돌아오는 것은 언제나 석양이 질 무렵이었다.

어느 날 그는 지쳐 버린 걸음을 서둘러 자기 집 현관문을 거칠게 열어젖혔다.

그러자 안에서 나온 아내가 그의 얼굴을 보자마자 "여보, 그 사람이 또 왔었어요" 했다. 아내는 시마다를 언제나 그 사람, 그 사람 했고 겐조도 그녀의 모습과 말에서 누가 왔는지 짐작이 갔다. 그는 말없이 거실로 들어가 아내의 시중을 받으며 옷을 갈아입었다.

## 22

그가 화롯가에 앉아 담배를 한 대 피우고 있으려니 금세 저녁 밥상이 그 앞에 날라져 왔다. 그는 아내에게 물었다.

"올라왔었어?"

뭐가 올라왔다는 것인지 아내가 못 알아들을 만큼 뜬금없는 질문이었다. 조금 놀라 겐조의 얼굴을 바라보던 그녀는 대답을 기다리고 있는 남편을 보고서야 비로소 알아차렸다.

"그 사람요? 그래도 안 계시는데."

아내는 시마다를 방에 들이지 않은 것이 마치 남편을 불쾌하게 한 일이기라도 하다는 듯이 변명 같은 대답을 했다.

"안 들여보냈어?"

"예. 잠깐 그냥 현관에서."

"뭐라고 그래?"

"더 일찍 찾아뵈야 할 것을 여행을 다녀오느라고 못 와서 미안하다고요."

겐조에게는 미안하다는 말이 일종의 조롱처럼 들렸다.

"여행 같은 걸 하나 보지? 시골에 볼일이 있을 것 같지도 않은데. 당신한테 어딜 갔는지 이야기해?"

"그런 이야긴 안 하던데요. 그냥 딸이 좀 오라고 해서 다녀왔다고 했어요. 아마 그 오누이 씨라는 사람 집이겠죠."

오누이 씨가 시집간 시바노라는 남자를 겐조도 옛날에 만난 적이 있었다. 시바노의 현재 임지도 지난번 요시다에게 들어 알고 있었다. 사단인가 여단이 있는 주고쿠 근처 어느 도시였다.

"군인인가요? 그 오누이 씨라는 사람이 시집을 간 것이?"

겐조가 갑자기 이야기를 멈춘 까닭에 아내는 한동안 짬을 두었다가 물었다.

"잘 아네."

"언젠가 아주버님이 그러시더라고요."

겐조는 옛날에 보았던 시바노와 오누이 씨의 모습을 함께 떠올렸다. 시바노는 어깨가 넓고 얼굴이 좀 검은 편이었지만 이목구비로 말하자면 잘생긴 축에 속하는 남자였다. 오누이 씨 역시 늘씬한 몸매에 얼굴은 갸름하고 하얬다. 특히 속눈썹이 진하고 옆으로 긴 눈이 아름다웠다. 그들이 결혼한 것은 아직 시바노가 소위인가 중위일 때였다. 겐조는 그 신혼집 문을 한번 들어선 기억이 있었다. 그때 시바노는 군대에서 돌아와 몸을 쭉 뻗고 긴 화로 한쪽에 걸쳐 둔 판자 위의 술컵을 들고 벌컥벌컥 들이켰다. 오누이 씨는 하얀 살갗을 드러내고 경대 앞에서 머리를 매만지고 있었다. 겐조는 자기 몫으로 차려 놓은 생선 초밥을 열심히 접시에서 집어 먹었다…….

"오누이 씨라는 사람이 꽤나 예쁜가 봐요?"

"왜?"

"아니, 당신하고 결혼한다는 이야기가 있었다면서요?"

그러고 보니 그런 이야기도 없었던 건 아니었다. 겐조가 아직 열대여섯 살 무렵, 어떤 친구 하나를 길에 세워 둔 채 저 혼자 잠깐 시마다의 집에 들렀는데, 우연히 문 앞 도랑의 짧은 다리 위에 서서 길을 바라보고 있던 오누이 씨가 살짝 미소를 지으며 마주친 겐조에게 목례를 보냈다. 이를 목격한 그의 친구는 마침 독일어를 막 배우기 시작한 녀석이었던 까닭에 "프라우 문에 기대 기다리도다" 해 가며 그를 놀렸다. 하지만 오누이 씨는 그보다 한 살 위였다. 게다가 그 무렵 겐조는 여자에 대해 미추(美醜)의 감각도 없었고 호오(好惡) 역시 없었다. 그리고 수치심 비슷한 일종의 기묘한 정서가 있어 여자에게 접근하고 싶어 하는 그를 자연의 힘으로, 고무공처럼 오히려 여자로부터 튕겨 내곤 했다. 그와 오누이 씨의 결혼은 다른 문제들이 있고 없고는 차치

해 두고, 도저히 될 성 부르지 못한 일로 끝나고 말았다.

## 23

"당신은 왜 그 오누이 씨라는 사람과 결혼 안 했어요?"

겐조는 추억에 잠겼다가 깨어난 사람처럼 밥상에서 눈을 들었다.

"무슨 말도 안 되는 소리야? 그런 생각은 시마다 혼자 하다 만 건데. 게다가 난 아직 어린애였다고."

"그 사람의 진짜 자식이 아니잖아요?"

"그야 물론이지. 오누이 씨는 오후지 씨가 데려온 아이니까."

오후지 씨는 시마다의 후처였다.

"만약 그 오누이 씨라는 사람과 함께였다면 어땠을까요? 지금쯤."

"그걸 어떻게 알아? 함께가 아닌데."

"어쩌면 그편이 행복했을지도 모르겠네요."

"그럴지도 모르지."

겐조는 좀 짜증스러워졌다. 아내도 그만 입을 다물었다.

"왜 그런 걸 묻는 거야? 싱겁게."

아내는 추궁을 당하는 듯한 느낌이었다. 그녀는 이를 넘겨 버릴 용기가 없었다.

"어차피 처음부터 저는 마음에 안 드셨으니까……."

겐조는 젓가락을 집어 던지고 손을 머리털 속에 쑤셔 박았다. 그러고는 비듬을 털어 내기 시작했다.

두 사람은 다른 방에서 각자의 일을 했다. 겐조는 밤 인사를 하러 온 아이들이 다녀가고 나서 평소처럼 책을 읽었다. 아내는 아이들을 재워 놓고 낮에 하던 바느질을 이어 갔다.

오누이 씨 이야기가 다시 두 사람 사이에 문제가 된 것은 하루가 지나서, 그것도 우연한 계기에서였다.

그때 아내는 엽서 한 장을 들고 겐조의 방으로 들어왔다. 그것을 남편에게 건네준 그녀는 언제나처럼 그대로 나가지 않고 그 옆에 앉았다. 겐조가 엽서를 받아든 채 읽으려 하지 않으니 더는 참지 못한 아내는 마침내 남편을 재촉했다.

"여보, 그 엽서 히다 씨한테서 온 거예요."

겐조는 겨우 책에서 눈을 들었다.

"그 사람 일로 뭔가 볼일이 생겼대요."

정말 엽서에는 시마다의 일로 만나고 싶으니 와 달라면서 날짜와 시각이 명기되어 있었다. 그를 일부러 부르게 된 무례함에 대해 정중히 사과도 하고 있었다.

"무슨 일일까요?"

"전혀 모르겠군. 의논할 일도 없을 거고. 이쪽에서 상의하자고 한 게 아예 없으니."

"모두 다 만나지 말자고 충고라도 하시려는 것 아닐까요? 시아주버님도 오신다고 적혀 있잖아요, 거기?"

엽서엔 아내가 말한 그대로 적혀 있었다.

형 이름을 보았을 때, 겐조의 머리엔 다시 한 번 오누이 씨의 그림자가 스쳤다. 시마다가 그와 이 여자를 결혼시켜 훗날까지 양가의 관계를 이어 가고자 했던 것과 마찬가지로 여자의 생모는 또 그의 형과 자기 딸을 부부로 만들고 싶다는 희망을 가진 듯했기 때문이었다.

"겐짱네 집하고 좀 달리 되었더라면, 나도 날마다 겐짱 집에 갈 수 있었을 텐데."

오후지 씨가 겐조에게 이런 소리를 했던 것도 돌아보면 오랜 옛날이었다.

"그래도 오누이 씨가 지금 시집간 곳은 원래부터 약혼이 되어 있던 거잖아요?"

"약혼이라도 경우에 따라서는 거절할 마음이었겠지."

"도대체 오누이 씨는 어느 쪽으로 가고 싶었던 걸까요?"

"그걸 어떻게 알아?"

"그럼 시아주버니 쪽은 어땠어요?"

"그것도 알 게 뭐야."

겐조의 어린 시절 기억 속엔 아내의 물음에 답할 만한 서정적인 이야깃거리가 단 하나도 없었다.

## 24

겐조는 결국 응하겠다는 답장 엽서를 써 보냈다. 그리고 정해진 날이 오자, 약속대로 쓰노카미자카로 찾아갔다.

그는 시간에 관해서는 더없이 정확한 남자였다. 한편에선 우직할 정도인 그의 성격은 다른 한편에서는 그를 신경질적으로 만들었다. 그는 도중에 두 번쯤 시계를 꺼내 보았다. 사실 그는 일어날 때부터 잠들 때까지 줄곧 시간에 쫓기고 있었다.

그는 문득문득 자신의 일에 관해 생각했다. 그 일은 결코 생각대로 진행되지 않았다. 목적에 한 걸음 다가서면, 목적은 다시 한 걸음 그에게서 멀어졌다.

그는 또 자기 아내에 관해서도 생각했다. 한동안 극심했던 그녀의 히스테리는 저절로 가벼워진 지금도 그의 가슴에 여전히 어두운 불안의 그림자를 드리우곤 했다. 그는 아내의 친정에 관해서도 생각했다. 경제적으로 압박을 받을 듯한 낌새는 그의 정신에 배를 탔을 때 느끼는 듯한 둔중한 동요처럼 자리해 불안함의 씨앗이 되었다.

그는 또 자기 누나와 형, 그리고 시마다를 함께 묶어 생각해야만 했다. 모두가 퇴폐의 그림자이며 조락(凋落)의 색깔이었고 피와 살과 역사로 그들과 엮여 있는 자신까지도 함께 생각하지 않으면 안 되었다.

누나 집에 도착했을 때, 그의 마음은 가라앉았지만 반대로 기분은 격앙되어 있었다.

"아이고, 이렇게 일부러 오게 했습니다." 히다가 인사했다. 이것은 옛날 겐조를 대하던 그의 태도는 아니었다. 하지만 변화하는 세상사 속에서 그가 하나뿐인 누나의 남편이 되는 이 사람에게만은 승자가 될 수 있었다는 긍지는, 겐조에게 만족스럽다기보다는 오히려 고통스러웠다.

"좀 찾아가고 싶어도 이래저래 어찌나 바쁜지 말이야. 어젯밤만 해도 숙직을 하느라고. 실은 오늘 밤도 부탁을 받았지만 처남과 약속이 있으니까 거절을 하고 이제 막 들어오는 참이었어."

히다의 말을 잠자코 듣고 있으려니, 그가 웬 여자 하나를 회사 근처에 두고 있다는 이야기는 마치 헛소문 같았다.

고풍스러운 표현을 하자면, 그저 계산에 능할 뿐 이렇다 할 학문이나 재간도 없는 그를, 회사에서 그렇게 찾아댈 리도 없으련만, 겐조의 마음에는 이런 의문마저 솟았다.

"누나는요?"

"게다가 오나쓰가 또 그 천식 때문에."

누나는 히다의 말대로 반짇고리 위에 올려놓은 받침 베개에 기대어 쌕쌕하고 있었다.

안방을 잠깐 들여다본 겐조의 눈에 그녀의 흐트러진 머리카락이 처참하게 비쳤다.

"좀 어때요?"

그녀는 머리를 똑바로 들어 올리는 것도 힘든지 조막만한 얼굴을 옆으로 눕힌 채 겐조를 보았다. 인사를 하려는 노력이 곧장 호흡에 영향을 준 모양으로 지금까지 약간 안정되어 있던 기침이 발작처럼 터졌다. 기침이 채 끝나기도 전에 연달아 터져 나와서 옆에서 보는 것도 고통스러웠다.

"힘들겠네."

그는 혼잣말처럼 중얼거리며 눈썹을 찡그렸다.

낯선 40대 여자 하나가 누나 뒤편에서 등을 문지르고 있었고 그 곁에 삼나무 젓가락과 물엿 그릇이 쟁반 위에 놓여 있었다. 여자는 겐조에게 목례를 보냈다.

"엊그제부터 이렇게."

누나는 이렇게 삼사 일씩이나 먹지도 자지도 못하고 쇠약해져 가다가 다시 생명이 주는 탄력을 받아 점차 원래로 돌아가는 것이 연례행사처럼 되어 있었다. 그걸 모르는 겐조도 아니었지만 막상 눈앞에서 맹렬한 기침과 꺼져 들어가는 듯한 호흡을 보고 있으려니 병에 걸린 당사자보다 자기 쪽이 오히려 불안해서 견딜 수가 없었다.

"말을 하려고 하면 기침이 더 나는 모양이군요. 가만히 계세요. 나는 저쪽으로 갈 테니."

기침이 한바탕 지나가고 나서 겐조는 이렇게 말하고 원래 있던 방으로 돌아왔다.

## 25

히다는 아무렇지도 않은 얼굴로 책을 읽고 있었다. "괜찮아, 아는 지병이니까"라며 겐조가 하는 위로의 말을 받아넘겼다. 같은 일이 일 년에 몇 번씩 반복되는 동안 자연히 시들어 말라 가는 가엾은 마누라의 모습은 이 사내에겐 전혀 아무런 감정도 일으키지 못하는 듯했다.

실제로 그는 30년 가까이 함께 해 온 자기 아내에게 단 한 마디 부드러운 말도 걸어 본 적이 없는 남자였다.

겐조가 들어오는 것을 본 그는 얼른 보고 있던 책을 내려놓더니 안경을 벗었다.

"지금 처남이 안방에 간 동안에 시시한 걸 읽기 시작했어요."

히다와 독서라니, 이 또한 지극히 어울리지 않는 조합이었다.

"뭔가요, 그게?"

"아니, 겐짱이 읽을 만한 건 아냐, 옛날 거라서."

히다는 웃으면서 책상 위에 엎어 두었던 책을 겐조에게 내밀었다. 뜻밖에도 『조잔 기담』*이어서 겐조는 좀 놀랐다. 그렇다곤 해도 자기 아내가 지금이라도 숨이 넘어갈 듯 기침을 해 대고 있는데 마치 남의 일이라는 듯이 이런 걸 태연히 읽을 수 있다는 것이 이 남자의 성격을 너무나 잘 보여 주고 있었다.

"난 고루하니까 이런 옛날 강담물*을 좋아해서."

그는 『조잔 기담』을 평범한 강담물로 여기고 있는 모양이었다. 하지만 그것을 쓴 유아사 조잔을 강담사라 생각할 정도는 아니었다.

"역시 학자인 거겠죠, 이 남자는. 쿄쿠테이 바킨*과 어느 쪽이 나을까요? 난 바킨의 『핫켄덴』도 갖고 있는데."

정말 그는 오동나무 책 상자 안에 화지에 활판 인쇄한 예약본 『핫켄덴』을 소중히 모셔 두고 있었다.

"겐짱은 에도 명소 도감을 갖고 있어요?"

"아뇨."

"그건 진짜 재미있는 책이더라고요. 난 정말 좋아해. 빌려 줄까요? 무엇보다 에도라고 부르던 옛날의 니혼바시라든가 사쿠라다를 전부 알 수 있으니까."

그는 도코노마*에 있는 또 다른 책 상자에서 미농지판 연황색 표지를 붙인 고서를 한두 권 끄집어 냈다. 그러고는 마치 겐조를 '에도 명소 도감'이라는 이름도 못 들어본 사람처럼 취급했다. 겐조에겐 어린 시절, 그 책을 헛간에서 끄집어 내다가 한 페이지, 또 한 페이지 빠짐없이 삽화를 보는 것이 무엇보다 큰 즐거움이었던 시절의 그리운 기억이 있었다. 그중에서도 스루가초*라는 곳에 그려져 있는 에치고야*의 노렌*과 후지산이 지금 그의 기억을 대표하는 초점이었다.

'이래서는 도저히 그 시절의 유장한 기분으로, 연구와 직접 관계없는 책을 읽을 여유는 약에 쓰려 해도 없을 거야.'

겐조는 마음속으로 이렇게 생각했다. 그저 여유 없이 쫓기고 또 쫓기고 있는 지금의 자신이 원망스럽기도 하고, 가엾기도 했다.

형이 약속 시간까지 나타나지 않으니 히다는 그 시간을 메우려는 것인지 열심히 책 이야기를 이어 가려 했다. 책에 관한 이야기라면 아무리 해도 겐조가 싫어할 리 없다는 확신이라도 지니고 있는 듯 보였다. 불행히도 그의 지식은 『조잔 기담』을 보통 강담물이라 여기는 수준이었다. 그래도 그는 옛날에 나온 풍속화보*를 한 권도 빠짐없이 철해서 보관하고 있었다.

책 이야기가 바닥나자 그는 할 수없이 화제를 바꾸었다.

"조오* 씨, 올 때가 됐는데. 그렇게까지 말을 했으니 잊을 리는 없을 거고. 어제 숙직을 했으니까 늦어도 11시까진 돌아가야 하는데. 마중을 보낼까요?"

이때 또 변화가 있었는지, 불이라도 붙은 듯이 기침을 시작하는 소리가 안방 쪽에서 들려왔다.

## 26

마침내 격자문을 열고 현관에서 나막신을 벗는 소리가 들렸다.

"이제 왔나 보네요" 하고 히다가 말했다.

현관에서 들어온 그 발소리는 곧장 안방으로 들어갔다.

"또 나빠졌어? 놀랐어. 전혀 몰랐네. 언제부터?"

짤막한 말들이, 감탄사나 질문처럼 방에 앉아 있는 두 사람 귀에 울렸다. 그 음성은 히다의 추측대로 역시 겐조의 형이었다.

"조오 씨, 아까부터 기다렸어."

성질이 급한 히다는 얼른 방에 앉아 말을 걸었다. 마누라의 천식 따위 아무래도 좋다는 식의 말본새가 이 남자의 특징을 잘 드러냈다. '정말 막돼먹은 인간이야'라고들 말하는 대로 그는 이런 경우에도 자기 생각밖에 할 줄 모르는 모양이었다.

"지금 가요."

조타로도 좀 화가 난 것인지 좀처럼 안방에서 나오지 않았다.

“미음이라도 좀 먹으면 좋잖아요. 싫어? 그렇게 아무것도 안 먹으면 몸이 더 처지지.”

누나가 숨이 차서 제대로 대답을 못하니까 등을 문질러 주던 여자가 말마디마다 적당한 대꾸를 했다. 평소에 겐조보다 자주 그 집에 드나들고 있는 형은 이 낯선 여자와도 잘 아는 모양이었다. 덕분에 그들의 대화는 좀처럼 끝나지 않았다.

히다는 뚱하니 부어 있었다. 아침에 일어나 세수할 때처럼 양 손으로 검은 얼굴을 박박 문질러 댔다. 마침내 겐조 쪽을 보고는 조그맣게 이런 소리를 했다.

“겐짱, 저러니까 안 되는 거야. 말만 많아서 말이야. 이쪽에서야 사람 손이 모자라니 어쩔 수 없이 부탁은 하지만.”

히다의 비난은 겐조가 잘 모르는 그 여자를 향한 것이 분명했다.

“누구예요, 저 사람은?”

“그 왜, 머리 손질하는 오세이잖아요. 옛날에 겐짱이 놀러 올 무렵, 곧잘 우리 집에서 봤잖아요?”

“그런가…….”

겐조에겐 히다 집에서 그런 여자를 만난 기억이 전혀 없었다.

“모르겠네요.”

“모를 리가 있나요? 오세이라니까. 저 여자는 잘 아는 것처럼 정말 친절하고 성실하고 좋은 여자이긴 한데 저래서 안 된다니까. 말이 너무 많아.”

사정을 잘 모르는 겐조는 히다의 말이 그저 자기 형편에 맞춘 과장처럼 들릴 뿐, 그다지 와 닿지 않았다.

누나는 다시 기침을 시작했다. 한바탕 기침 소리가 지나갈 때까지는 히다 역시 입을 다물었다. 조타로도 안방을 나오지 않았다.

"어쩐지 아까보다 더 심한 것 같네요."

좀 불안해진 겐조는 그렇게 말하며 일어서려 했다. 히다는 대번에 그를 말렸다.

"뭘, 괜찮아, 괜찮아. 저게 지병이니까 문제없어요. 모르는 사람이 보면 좀 놀라지만. 나는 벌써 몇 년째 익숙해져 버려서 아무렇지도 않다니까요. 사실 또 저러는 걸 일일이 신경 썼다면 어떻게 오늘날까지 한집에 살았겠어요?"

겐조는 뭐라고 할 말이 없었다. 다만 속으로 자기 아내가 히스테리 발작을 일으키던 때의 괴롭던 심정이 저절로 떠올랐다.

누나의 기침이 일단 가라앉고 나자, 조타로는 비로소 건너왔다.

"아이고, 미안해요. 더 일찍 와야 하는데 하필 또 거절 못할 손님이 오는 바람에."

"왔어? 조오 씨. 기다렸잖아. 뭐야, 정말. 누구라도 부르러 보낼까 하던 참이었어."

히다는 겐조의 형에 대해서는 이렇게 편한 말투를 쓸 만한 입장이었다.

## 27

세 사람은 곧장 이야기를 시작했다. 히다가 먼저 입을 열었다. 그는 별것 아닌 일에도 무척 뜸을 들이는 남자였다. 그리고 그렇게 무게를 잡으면 잡을수록 자기 존재가 주변에 강하게 인식된다고 생각하는 모양이었다. "히다 씨, 히다 씨, 하고 추켜세우기만 하면 된다니까." 모두들 등 뒤에서 비웃고 있었다.

"그런데 조오 씨, 어떻게 된 걸까?"

"그러게."

"아무래도 이건 처음부터 이야기가 다르니까, 겐짱에게 이야기를 할 것도 없지 않나 싶은데, 나로서는."

"그렇지. 이제 와서 새삼스럽게 그런 소리를 끄집어 낸다고 해서 이쪽에서 상대할 필요도 없을 테니까."

"그래서 나도 아예 퉁겨 버렸다니까. 이제 와 그런 소릴 꺼낸다는 건, 마치 자기가 죽인 아이를 다시 살려 달라고 부처님한테 빌러 가는 거나 마찬가지니까 관두라고. 그런데 암만 말을 해도 주저앉아서 꼼짝을 안 하니 별수가 있나. 어쨌든 그 사내가 이제 와서 그렇게 우리 집에 뻔뻔스레 찾아오는 것도, 실은 역시 옛날 그 돈 관계가 있었기 때문이지. 하지만 그건 옛날, 옛날 아주 옛날이야기고. 게다가 그냥 빌린 것도 아닌데……."

"그냥 빌려줄 작자도 아니고."

"그러니까. 입으로는 친척이니 어쩌니 하는 주제에, 돈에 관해서는 생판 남만도 못하다니까."

"찾아왔을 때 그렇게 말하지 그랬어?"

히다와 형의 대화는 좀처럼 제자리를 찾지 못했다. 특히 히다는 겐조가 거기 있다는 사실조차 잊어버린 듯했다. 겐조는 입을 열지 않을 수가 없었다.

"도대체 무슨 일이에요? 시마다가 여기도 갑자기 찾아왔던가요?"

"이런, 일부러 불러놓고는 제 할 말만 해서 미안합니다. 자, 조오 씨, 내가 겐짱에게 일단 일의 전말을 이야기할까?"

"예예, 그러세요."

이야기는 의외로 단순했다. 어느 날 시마다가 갑자기 히다를 찾아왔다. 자기도 나이 들어 의지할 곳이 없어 불안하다는 이유를 대면서, 옛날처럼 시마다라는 성으로 돌아와 달라고 겐조에게 잘 말해 달라고 부탁을 했다. 히다는 너무 뜬금없는 요구에 놀라 처음엔 거절했다. 하지만 무슨 소릴 해도 듣질 않아서 어쨌든 그의 희망만은 겐조에게 전달하겠다고 약속했다. 이게 전부였다.

"좀 이상하네요."

겐조는 아무리 생각해도 이상하다고밖에 여겨지지 않았다.

"이상하지."

형도 같은 의견인 모양이었다.

"물론 이상한 건 맞아. 무엇보다 예순이 넘어서 약간 흐려졌을 테니까."

"욕심 때문에 흐려진 거 아닌가?"

히다와 형은 웃었지만, 겐조는 거기 낄 수가 없었다. 그는 언제까지나 이상하다는 기분에 짓눌렸다. 그의 머리로 판단하자면 그런 일은 도저히 있을 수가 없었다. 그는 요시다가 처음 왔을 때의 일을 떠올렸다. 다음에 요시다와 시마다가 함께 왔을 때의 광경이 생각났다. 마지막으로 그가 없는 동안 여행에서 돌아왔다면서 시마다가 혼자 찾아왔을 때 했다는 말을 기억해 냈다. 하지만 어디를 어떻게 생각해도 이런 결과가 나올 만한 실마리는 없었다.

"아무래도 이상하군요."

그는 같은 말을 스스로에게 한 번 더 되풀이했다. 그러고는 겨우 기분을 바꾸어 말했다.

"그래도 뭐 문제될 건 없겠지요. 그냥 거절하면 되는 거니까."

## 28

겐조가 보기에 시마다의 요구는 이상할 만큼 비논리적이었다. 따라서 그것을 처리하는 것도 어려울 것이 없었다. 그냥 간단히 거절해 버리면 되는 것이다.

"그래도 일단 자네한테 이야기를 해 두지 않으면 내 잘못이 되니까요" 하고 히다는 변명이라도 하듯 말했다. 그는 어디까지나 이 만남을 심각한 것으로 만들어야 성이 찰 모양이었다. 그래서 하는 이야기도 자꾸 바뀌었다.

"게다가 상대가 상대이니. 자칫 잘못했다간 무슨 짓을 할지 모르니까 조심해야 한다고요."

"약간 흐려져 있다면서, 상관없지 않을까?" 하고 형이 반농담으로 그의 모순을 지적하자, 그는 더욱 정색을 했다.

"흐릿해져 있으니까 더 무서운 거죠. 상대가 정상적이라면 나도 그 자리서 단박에 거절해 버렸지."

이런 식의 굴절은 이야기 중에 가끔 일어났는데 요컨대 이야기는 처음으로 돌아가서 결국 히다가 대표로 시마다의 요구를 거절한다는 것으로 결론이 났다. 그것은 세 사람 모두가 처음부터 예측하고 있었던 것이어서 거기까지 도달하는 과정은 겐조가 보기에 오히려 시간 낭비에 불과했다. 하지만 그는 이 일에 대해 히다에게 고맙다고 인사를 해야 할 처지였다.

"아니, 무슨. 그런 인사치례를 하시면 오히려 미안하죠" 하며 히다는 득의양양이었다. 누가 보나 집에도 못 오게 분주한 사람은 아닐 만큼 신이 나서 앉아 있었다.

그는 거기 놓인 딱딱한 과자를 와작와작 씹었다. 그러면서 사이사이에 커다란 잔에 몇 번이나 차를 따라 마셨다.

"여전히 잘 드시네요. 지금도 장어덮밥을 두 그릇은 먹죠?"

"무슨, 인간도 쉰 넘으면 끝물이야. 원래는 겐짱이 보고 있는 앞에서 튀김 국수를 한 다섯 그릇씩 해치웠는데 말예요."

히다는 그 무렵부터 식탐이 엄청난 남자였고 많이 먹는 것을 자랑했다. 게다가 두툼한 뱃살을 칭찬받고 싶어서 틈만 나면 두드려 보이곤 했다.

겐조는 옛날 이 사람에게 이끌려 만담 따위를 보고 오면서 곧잘 둘이서 포장마차에 들어가 스시나 튀김 따위를 서서 먹던 때를 떠올렸다. 그는 겐조에게 좀 전에 보고 온 만담의 사자춤 등의 샤미센*을 가르쳐 주거나 또는 야바위를 쓴다, 같은 은어 따위를 암기시키기도 했다.

"역시 서서 먹는 게 제일이야. 나도 이 나이가 되기까지 꽤나 여기저기 먹으러 다녔지. 겐짱, 가루이자와에서 메밀국수 한 번 먹어 봐요, 속는 셈 치고. 기차가 서 있는 사이에 내려서 먹는 거죠. 플랫폼 위에 서서 말이야. 역시나 원조인 만큼 끝내준다니까."

그는 신심(信心)을 코에 걸고* 곧잘 사방팔방 놀러 다니는 남자였다.

"그보다도 선광사 경내에 원조 도하치켄[藤八拳]* 지남소라는 간판이 걸려 있어서 놀랐는데, 조오 씨."

"들어가서 한판 붙지 그랬어?"

"수련비를 내야 하는걸."

이런 이야기를 듣고 있으려니 겐조 역시 어느새 옛날로 돌아간 듯한 기분이 들었다. 동시에 지금의 자신이 다른 의미에서 그들과 동떨어져 어떤 위치에 서 있는지도 명확히 의식할 수밖에 없었다. 하지만 히다는 그런 건 전혀 아랑곳없었다.

"겐짱은 교토에 간 적이 있죠? 거기 땡땡 땡구르르 지리지리 찌리리, 하고 우는 새가 있다는 거 알아요?" 하는 둥 물었다.

좀 전부터 안정되어 있던 누나가 또다시 심하게 기침을 하기 시작했을 때에야, 그는 가까스로 입을 다물었다. 그리고 지긋지긋하다는 듯이 좌우 손바닥으로 검은 얼굴을 벅벅 문질렀다.

형과 겐조는 잠깐 안방을 들여다보러 갔다. 그리고 기침이 그칠 때까지 누나의 머리맡에 앉아 있다가 따로따로 히다의 집을 나섰다.

29

겐조는 자기 등 뒤에 이런 세계가 숨어 있었다는 사실을 못내 잊을 수가 없게 되었다. 이 세계는 평소엔 먼 과거의 것이었다. 하지만 한순간 느닷없이 현재로 바뀔 수밖에 없는 성격을 지니고 있었다.

그의 머리엔 거지 중을 닮은 히다의 상고머리가 떠올랐다가 가라앉곤 했다. 고양이처럼 턱이 짧은 누나가 숨이 차서 괴로워하는 모습이 어렴풋이 보였다. 핏기가 엷어진 형 특유의 말라빠진 긴 얼굴도 보이다 말다 했다.

옛날 이 세계 사람이었던 겐조는, 그 후 자연스럽게 이 세계를 혼자서 탈출해 버렸다.

그렇게 벗어난 채 오랜 동안 도쿄 땅을 밟지 않았다. 그는 지금 다시 그 속으로 뒷걸음질 쳐서 오랜만에 과거의 냄새를 맡았다. 그것은 그에게 삼분의 일의 반가움과 삼분의 이의 혐오를 불러오는 혼합물이었다.

그는 또 그 세계와는 전혀 관계없는 방향을 바라보았다. 그러자 그곳엔 가끔 그의 앞을 가로질러 가는 젊은 피와 빛나는 눈을 지닌 청년이 있었다. 그는 그들의 웃음에 귀를 기울였다. 미래의 희망을 울리는 종소리 같은 명랑한 그 울림이 겐조의 어두운 마음을 뛰게 했다.

어느 날 그는 그 청년 중 하나가 권하는 대로 이케노하타를 산책하고 오다가 히로코지에서 키리도시로 빠져나가는 길로 꺾었다. 그들이 새로 지은 기방*앞에 왔을 때, 겐조는 문득 생각났다는 듯이 청년의 얼굴을 보았다.

그의 머릿속에는 자신과는 전혀 인연이 없는 어떤 여자가 떠올랐다. 그 여자는 옛날 게이샤 노릇을 하던 시절 사람을 죽인 죄로 이십여 년을 교도소에서 어두운 세월을 보낸 후, 가까스로 세상에 얼굴을 내밀게 되었던 것이다.

"얼마나 괴로울까?"

용모를 목숨처럼 여기는 여자의 처지라면 거의 견딜 수 없을 쓸쓸함일 것이 분명하다고 겐조는 생각했다. 하지만 자기 앞에 언제까지나 봄날이 이어지리라고밖에 생각하지 못하는 이 청년에겐 그의 말이 아무런 효과가 없었다. 이 청년은 아직 스물서넛이었다. 그는 처음으로 자신과 청년 사이의 거리를 깨닫고 놀랐다.

'그러는 나 역시 이 게이샤와 마찬가지야.'

그는 마음속으로 자신에게 이렇게 말했다. 젊은 시절부터 새치가 많은 그의 머리에 요즘 흰머리가 부쩍 는 것 같았다. 자기는 아직 멀었다고 생각하는 사이, 십 년이 훌쩍 지나갔다.

"하지만 여보게, 남의 일이 아니라네. 사실 나도 청년 시절을 완전히 교도소 안에서 지냈으니까."

청년은 놀란 얼굴이었다.

"교도소라니요?"

"학교 말일세. 그리고 도서관. 생각해 보면 양쪽 모두 교도소 같은 거지."

청년은 답하지 않았다.

"하지만 내가 만약 오랜 동안 교도소 생활을 하지 않았더라면 오늘의 나는 결코 세상에 존재할 수 없었을 테니 어쩔 수 없는 일이지."

겐조의 말투는 반쯤 변명이었고, 반은 자조였다. 과거의 교도소 생활 위에 현재의 자신을 만들어 낸 그는 그 현재의 자기 위에서 어떻게든 미래의 자신을 만들어 내야만 하는 것이다. 그것이 그의 방침이었다. 그가 보기엔 올바른 방침임이 분명했다. 하지만 그 방침에 따라 앞으로 나가는 것이 이때 그에게는 쓸데없이 늙어 간다는 결과 말고는 아무것도 가져오지 못할 듯이 여겨졌다.

"학문만 열심히 하다가 죽어 봤자 인생 참 부질없지?"

"그렇지 않습니다."

그의 말은 끝내 청년에게 가 닿지 못했다. 그는 지금의 자신이, 결혼 당시의 자신과 얼마나 다르게 아내 눈에 비칠까를 생각하며 걸었다. 아내 역시 아이를 하나 낳을 때마다 늙어만 갔다. 머리카락이 놀랄 만큼 빠질 때도 있었다. 그리고 지금 벌써 세 번째 아이가 태 안에 있었다.

## 30

집에 돌아와 보니 아내는 안쪽의 6첩 방에서 제 팔을 베고 자고 있었다. 겐조는 그 옆에 흩어져 있던 빨간 헝겊 조각이니 자, 반짇고리 따위를 보고 '또야?' 하는 표정을 지었다.

아내는 잠이 많은 여자였다. 아침에도 때론 겐조보다 늦게 일어났다. 겐조를 출근시키고 다시 드러눕는 날도 적지 않았다. 이렇게 잠을 탐하지 않으면 머리가 마비되어 버린 듯해서 그날 하루 아무것도 제대로 못한다고 하는 것이 그녀가 늘 하는 변명이었다. 겐조는 어쩌면 그럴지도 모른다 싶다가도 무슨 그런 일이 있을까 싶기도 했다. 그가 잔소리를 하고 나서 아내가 자는 걸 보면 후자 쪽의 느낌이 강해졌다.

"게으름뱅이야."

그는 자신의 잔소리가 히스테리 기질의 아내에 대해 어떤 영향을 미치는지를 세심히 관찰하는 대신, 그저 그녀가 오기를 부리느라 이런 부자연스러운 태도를 그에게 드러낸다고 해석해서 넌덜머리 난다는 듯 혼잣말을 내뱉는 경우가 곧잘 있었다.

"어째서 밤에 일찍 안 자는 거야?"

그녀는 올빼미였다. 겐조가 이렇게 말할 때마다 밤엔 정신이

맑아져서 잘 수가 없으니 깨어 있는 것이라고 대답하곤 했다. 그리고 자기가 깨어 있고 싶을 때까지는 반드시 깨어서 바느질하는 손을 멈추지 않는 것이다.

그는 그런 아내의 태도를 미워했다. 동시에 그녀의 히스테리가 두려웠다. 그리고 혹시 자신의 해석이 틀린 건 아닐까 하는 불안에 가위눌렸다.

그는 거기 선 채 한참 동안 아내의 자는 얼굴을 응시했다. 굽힌 팔 위에 놓인 얼굴이 창백했다. 그는 잠자코 서 있었다. 오스미라는 이름조차 부르지 않은 채.

그는 문득 눈을 돌려 드러난 하얀 팔꿈치 옆으로 던져 놓은 종잇장을 보았다. 그것은 그냥 편지지가 겹쳐진 것도 아니었고 새로 인쇄한 것을 하나로 묶어 놓은 것으로도 보이지 않았다. 전체적으로 갈색을 띠었으니 이미 상당히 시간이 지나 있었고 고풍스러운 화지 노끈으로 정성껏 묶여 있었다. 한쪽이 아내의 머리 아래 깔려 있어서 그녀의 검은 머리카락이 겐조의 시야를 가리고 있었다.

그는 일부러 그걸 끌어내서 볼 마음도 없어 다시 눈길을 아내의 창백한 얼굴로 돌렸다.

그녀의 볼이 깎아 낸 듯 여위어 있었다.

"어머나, 엄청나게 여위셨네."

오랜만에 그녀를 찾아왔던 친척 여자 하나가 그녀를 보고는 놀란 듯 이렇게 말했었다. 그때 겐조는 아내를 여위게 만든 모든 원인이 오직 자기 한 사람에게 있는 듯한 느낌이 들었다.

한 삼십 분이나 지났나, 문소리가 나더니 두 아이가 밖에서 돌아왔다. 앉아 있던 겐조의 귀에 아이들과 유모의 문답이 손에 잡힐 듯 들렸다. 아이는 뛰어들 듯이 안으로 들어왔다. 그리고 아내가 시끄럽다고 아이들을 꾸짖는 소리가 이어졌다.

얼마 후, 아내는 좀 전에 자기 머리맡에 있던 종이 다발을 손에 들고 겐조 앞에 나타났다.

"아까 외출하신 동안에 시아주버니께서 다녀가셨어요."

겐조는 만년필 든 손을 멈추고 아내의 얼굴을 보았다.

"그냥 간 거야?"

"예. 잠깐 산책 나가셨으니 곧 돌아오실 거라고 붙잡았는데도 시간이 없다면서 안 올라오시더라고요."

"그래?"

"야나카에 친구 분 문상을 가신다던가? 서둘러야 해서 못 올라온다고 하셨어요. 다녀오시면서 시간이 나면 어쩌면 다시 들를지도 모르니까, 들어오시면 기다려 달라고 전하라고 하시던데요."

"무슨 일일까?"

"역시 그 사람에 관한 거라고 그러시던데요."

형은 시마다 일로 찾아왔던 것이다.

## 31

아내는 손에 든 종이 다발을 겐조 앞으로 내밀었다.

"이걸 당신한테 전해 달라고 하셨어요."

겐조는 뭔가 싫은 표정으로 받아들었다.

"뭐야?"

"전부 그 사람에 관한 서류랍디다. 당신이 보시면 참고가 될 것 같아서 문갑 서랍에 넣어 두었던 것을 오늘 꺼내 왔다고요."

"그런 서류가 있었던가?"

그는 아내에게서 건네받은 종이 다발을 든 채 멍하니 낡은 종이 색깔을 바라보고 있었다. 그리고 의미 없이 안팎을 뒤집어 보았다. 서류는 두께가 거의 2촌*이나 되었지만 바람이 안 통하고 습기 찬 곳에 오랫동안 처박아 둔 탓인지, 좀먹은 흔적이 한 줄 있어서 우연히 겐조의 눈에 띄었다. 그는 그 불규칙한 줄을 손가락 끝으로 살살 문질러 보았다. 하지만 이제 와서 새삼스럽게 정성껏 묶어 둔 노끈을 풀어 일일이 속을 살펴볼 마음도 들지 않았다.

'열어서 본들 무엇이 튀어나올까?'

그의 심정은 이 한마디로 잘 표현되었다.

"아버님께서 훗날을 위해서 전부 한 다발로 묶어서 보관해 두신 거래요."

"그래?"

겐조는 자기 아버지의 분별력이나 이해력을 그다지 신뢰하지 않았다.

"아버지라면 분명 이것저것 할 것 없이 보관해 두었을 거야."

"그래도 그게 다 당신을 위해서 마음을 쓰신 거잖아요? 저런 놈이니 내가 죽고 나면 무슨 소릴 할지 알 수가 없다, 그땐 이게 도움이 될 것이다 싶어서 일부러 다 모아 아주버님께 건네 주시더라잖아요."

"그랬나? 난 몰라."

겐조의 아버지는 뇌졸중으로 돌아가셨다. 아버지가 아직 건강했던, 훨씬 이전부터 그는 이미 도쿄에 없었다. 그는 부모의 임종도 보지 못했다. 이런 서류가 자기 눈에 띄지 않고 오랫동안 형 손에 보관되어 있었다는 것도 별로 이상할 건 없었다.

그는 결국 서류 묶음을 풀어 함께 겹쳐 있던 것들을 하나씩 떼어내기 시작했다. 절차서라고 쓴 것, 어음이라고 쓴 것, 메이지 21년 1월 약정금 청구증이라고 쓴 둘로 접은 종이 따위가 차례로 나타났다. 그 종이 끝에는 '右本日收取右月賦金(우본일수취우월부금)은 皆濟相成候(개제상성후)'*라고 시마다가 손으로 적고 검은 도장을 떡하니 찍어 놓았다.

"아버지는 다달이 3, 4엔씩 뜯겼네."

"그 사람한테요?"

아내는 그 종이를 거꾸로 들여다보고 있었다.

"전부해서 얼마나 되는지 모르겠군. 이것 말고도 한꺼번에 준 것도 있을 텐데. 아버지라면 분명 그 영수증도 받아 두었을 게 분명해. 어딘가 있겠지."

서류는 계속 나왔다. 하지만 겐조의 눈에는 이거나 저거나 도긴개긴 쉽게 알 수가 없었다. 그는 마침내 넷으로 접어 한꺼번에 쌓아 둔 두꺼운 뭉치를 집어 올려 펼쳤다.

"소학교 졸업장까지 들어 있네."

그 소학교의 이름은 때에 따라 달라졌다. 제일 오래된 것은 '제1대학구 제5중학구 제8번 소학'이라는 도장이 찍혀 있었다.

"뭐예요, 그게?"

"뭐였는지 나도 잊어버렸어."

"정말 오래된 거네."

증서 중에는 상장도 두세 장 섞여 있었다. 올라가는 용(龍)과 내려오는 용으로 둥근 윤곽을 만든 한가운데 갑과라고 적혔거나 을과라고 적혔거나 했고 그 아래는 필묵지(筆墨紙)라고 가로로 적혀 있었다.

"책을 받은 적도 있는데."

그는 『권선훈몽(勸善訓蒙)』이니 『여지지략(輿地誌略)』*이니를 끌어안고 기쁜 나머지 날듯이 집으로 돌아오던 옛일이 떠올랐다. 상을 받기 전날 밤에 꿈에서 본 푸른 용과 흰 호랑이를 떠올렸다. 이런 먼 일들이 평소와 달리 지금 겐조에겐 무척 가깝게 보였다.

## 32

아내에겐 이 곰팡내 나는 서류들이 몹시도 신기했다. 남편이 일단 내려놓은 것들을 다시 집어 들고 한 장씩 꼼꼼히 들쳐 보았다.

"신기하네요. 하등소학 제5급이니 6급이니. 그런 게 있었어요?"

"있었지."

겐조는 그러면서 다른 서류에 손을 뻗었다. 읽기 힘든 아버지의 필체가 그를 몹시 괴롭혔다.

"이것 좀 봐. 도저히 읽을 용기가 안 나네. 그렇지 않아도 읽기 힘든데 들입다 빨간 표시를 하고 선을 긋고 해 놓으니."

겐조의 부친과 시마다 사이의 담판에 관한 메모 비슷한 것이 아내 손으로 건너갔다. 아내는 여자답게, 그것을 면밀히 읽어 내려갔다.

"당신 아버님은 그 시마다라는 사람을 돌봐 주신 적이 있는 거네요."

"그런 이야기는 나도 들은 것 같아."

"여기 적혀 있잖아요. '동인유소(同人幼少)하여 근향상성(勤向相成)하기 어려워 당방(当方)에 받아들여 5개 년간 양육(養育)하는 연합(緣合)을 지님으로.'"

아내가 읽어 내리는 문장은 마치 옛 막부 시절의 조닌이 마을 관헌이나 누군가에게 제출한 소장처럼 들렸다. 그 어조에 마음이 움직인 겐조는 저절로 고풍스러운 제 아버지가 눈앞에 떠올랐다. 그 아버지가, 쇼군의 매 사냥 때의 모습 따위를 거기 걸맞은 경어로 들려주던 옛날 일도 생각났다. 하지만 사실에 대한 흥미가 주로 작용하고 있는 아내 쪽에서는 문체 따위엔 전혀 관심이 없었다.

"그런 연고로 당신은 그 사람 집에 양자로 보내졌군요. 여기 그렇게 적혀 있어요."

겐조는 불쌍한 자신이 가엾어졌다. 아내는 태연히 그다음을 읽기 시작했다.

"'겐조 3세 때 양자로 보내두었던 바 헤이키치와 그 처(妻) 오쓰네가 불화하여 끝내 이혼이 성립됨에 따라 당시 8세의 겐조를 당방에 받아들여 오늘까지 14개 년간 양육하였고' 그다음은 새빨갛게 복작복작해서 못 읽겠네."

아내는 자기 눈의 위치와 서류의 위치를 이리저리 바꾸어 가며 나머지를 읽으려 시도했다. 겐조는 팔짱을 낀 채 잠자코 기다리고 있었다. 아내는 마침내 쿡쿡 웃기 시작했다.

"뭐가 우스워?"

"아니요."

아내는 말없이 서류를 남편 쪽으로 돌려놓았다. 그리고 둘째 손가락 끝으로 조그맣게 빨간 글씨로 주처럼 적어 놓은 곳을 짚어 보였다.

"여길 좀 읽어 보세요."

겐조는 팔자 주름을 잡으며 그 한 줄을 어렵게 읽어 내려갔다.

"취급소 근무 중 도야마 오후지라고 하는 과붓집에 드나든 것이 발단. 뭐야, 이런 걸 다."

"그래도 사실이잖아요?"

"사실은 사실이지."

"그게 당신 여덟 살 때였군요. 그래서 당신은 자기 집으로 돌아온 거고."

"그래도 적을 돌려주지 않았어."

"그 사람이?"

아내는 다시 그 서류를 집어 들었다. 못 읽는 부분은 건너뛰고 읽을 수 있는 곳만 읽어도 아직 자기가 모르던 사실이 나올 거라는 흥미가 적잖게 그녀의 호기심을 불러일으켰다.

서류의 끝부분엔, 시마다가 겐조의 호적을 원래대로 두고 본가로 돌려주지 않을뿐더러 어느 틈에 호주로 고쳐 놓고 그의 인감을 도용하여 여기저기서 돈을 빌린 사실들을 열거해 놓았다.

결국 절연 시에 양육비 조로 시마다에게 건넨 돈의 증서도 나왔다. 거기엔 이리하여 겐조가 이연 복적함과 함께 당금(當今) --엔을 건네주시고, 자금 --엔은 매월 30일 자로 원부로서 차입하는 것으로 대담하여 운운하며 기다랗게 적혀 있었다.

"모조리 괴상한 문구로구먼."

"친척 관계자 히다 도라하치라고 밑에 도장을 찍어 두었으니 아마도 히다 상이 쓴 거겠죠?"

겐조는 바로 얼마 전에 만났던 히다의, 만사에 알은척하는 태도를 이 증서의 문구와 비교해 보았다.

## 33

장례식에 갔다 오는 길에 들를지도 모르겠다던 형은 끝내 얼굴을 내밀지 않았다.

"너무 늦어져서 그냥 집으로 가셨겠죠."

겐조로선 그게 편했다. 그의 일감은 전날 낮이나 밤을 바쳐 조사하고 생각해야만 제 의무를 다할 수 있는 성격의 것이었다. 따라서 필요한 시간을 타인이 갉아먹어 버리는 것은 그에게 엄청난 고통이었다.

그는 형이 두고 간 서류를 다시 한데 모아서 원래대로 노끈으로 묶으려 했다. 그가 손가락 끝에 힘을 주자 노끈이 툭, 하고 끊어졌다.

"너무 낡아서 약해진 거예요."

"설마."

"아니, 서류 쪽은 좀이 먹을 정도잖아요, 여보."

"그러고 보니 그럴지도. 그냥 서랍에 던져두고 오늘까지 내박쳐 두었으니. 형도 참 용케 이런 물건을 보관하고 있었네. 툭하면 닥치는 대로 팔아먹는 주제에."

아내는 겐조의 얼굴을 보며 웃음을 터뜨렸다.

"누가 그런 걸 사겠어요? 그런 좀먹은 종잇조각 같은 걸."

"그래도. 어떻게 쓰레기통에 처박지 않았다는 거지."

아내는 빨강과 흰색으로 꼬아 만든 가느다란 실을 화로 서랍에서 꺼내 오더니 거기 놓인 서류들을 새로 묶어 남편에게 건넸다.

"난 이걸 둘 데가 없어."

그의 주변은 책으로 꽉 차 있었다. 작은 상자엔 다 읽은 편지들과 노트가 가득했다. 빈틈이라곤 이불을 개어 얹은 한 칸짜리 선반뿐이었다. 아내는 쓴웃음을 지으며 일어섰다.

"아주버님이 이삼 일 안에 분명히 또 오실 거예요."

"그 일 때문에?"

"그것도 그거지만 오늘 조문을 가시면서 하카마*를 입어야 하니 빌려달라셔서 여기서 갈아입고 가셨거든요. 분명 돌려주러 오실 게 뻔하죠."

겐조는 자기 하카마를 빌려 입어야 조문을 갈 수 있는 형의 처지를 생각하지 않을 수 없었다.

처음 학교를 졸업했을 때, 그는 형에게서 물려받은 낡아 빠진 얇은 하오리를 입고 친구와 함께 이케노하타에서 사진을 찍었던 사실을 아직 기억하고 있었다. 그 친구 중 하나가 겐조를 향해 이중에서 누가 제일 먼지 마차에 오를까 하고 물었을 때 그는 대답하지 않고 그저 자신이 입은 하오리를 서글프게 내려다보았었다. 그 하오리는 낡은 비단 몬츠키*이긴 했지만 나쁘게 말하자면 가까스로 해지지 않고 있을 정도의 초라하기 짝이 없는 물건이었다. 친한 친구의 결혼 피로연에 초대를 받아 호시가오카 요릿집에 갔을 때도 입을 것이 없어서 하카마와 하오리를 모두 형에게 빌려 입은 적도 있었다.

그는 아내가 모르는 이런 추억들을 머릿속에 떠올렸다. 하지만 그것은 현재의 그를 자랑스럽게 만들기보다는 오히려 서글프게 했다. 금석지감(今昔之感) — 이런 진부한 말이 가장 잘 나타내는 정서가 저절로 그의 가슴에 솟아났다.

"하카마 정돈 있을 법도 한데."

"오랜 시간 동안에 모두 없어져 버렸겠죠."
"그것참."
"어차피 우리 집에 있으니까 필요할 땐 빌려드리면 되잖아요? 날마다 입는 것도 아닌데."
"우리 집에 있는 동안이야 그렇지만."
아내는 남편 몰래 자기 기모노를 전당포에 맡겼던 얼마 전 일이 떠올랐다. 남편에겐 언제 자기가 형과 같은 처지에 빠질지 모른다는 비관적인 철학이 있었다.
예전의 그는 가난하지만 혼자서 세상에 서 있었다. 지금 그는 여유 없이 쪼들리는 생활을 하는데다가 주위로부터는 든든한 의지처로 여겨지고 있었다. 그 점이 그는 괴로웠다. 더구나 자기 같은 인간이 친척들 중에서 가장 잘되었다고 여겨진다는 사실이 한심하기 짝이 없었다.

## 34

겐조의 형은 하급 공무원이었다. 도쿄의 한가운데 있는 커다란 관청에 다녔다. 그 굉장한 건물 안에서 오랜 동안 처량한 자기 모습을 발견한다는 것이 그에겐 일종의 부조화로 보였다.
"나는 이제 늙어서 말이야. 무엇보다 젊고 능력 있는 사람들이 계속 줄지어 들어오거든."
그 건물 안에서는 몇 백 명이나 되는 인간이 밤낮없이 열심히 일하고 있었다. 기력이 쇠해 가는 그의 존재는 마치 형태 없는 그림자 같은 것임이 분명했다.

"아, 정말 싫다."

움직이기 싫어하는 그의 머리엔 언제나 이런 생각이 숨어 있었다. 그는 허약했다. 나이보다 일찍 늙었고, 빨리 말라빠졌다. 그리고 윤기 없는 얼굴로, 죽으러 가는 사람처럼 일을 하러 다녔다.

"무엇보다 밤에 잠을 못 자니까 몸이 지쳐서 말이야."

그는 곧잘 감기에 걸려 기침을 했다. 때론 열도 났다. 그러면 언제나 그 열이 폐병의 전조일 것만 같아 겁을 먹었다.

사실 그의 직업은 건강한 청년들에게조차 힘든 것임이 분명했다. 그는 이틀에 한 번은 일터에서 묵어야 했다. 밤새도록 깨어서 야근을 해야만 하는 것이다. 이튿날 아침, 그는 멍해져서 집으로 돌아왔다. 그날 하루는 아무것도 할 의욕이 없어 그저 축 늘어져서 누워 지내는 일도 있었다.

그렇지만 그는 자신을 위해서, 또 가족을 위해서 일하는 수밖에 다른 도리가 없었다.

"이번엔 좀 위험한 것 같으니까 누구한테 부탁 좀 해 줄래?"

개혁이니 정리니 하는 소문이 있을 때마다 겐조는 곧잘 이런 소리를 형 입에서 들어야 했다. 도쿄를 떠나 있을 때는 일부러 편지까지 써서 부탁을 한 것도 한두 번이 아니었다.

형은 그때마다 아무개, 아무개 하며 굳이 영향력 있는 사람들을 거명했다. 겐조가 그저 이름이나 알고 있을 뿐, 자기 형의 자리를 보전해 달라고 부탁을 할 만큼 친한 이는 한 사람도 없었다. 겐조는 그저 턱을 괴고 앉아 고민을 할 따름이었다.

그는 이런 불안을 몇 번이나 겪으면서 예부터 지금까지 같은 직무에 종사하며 움직임도 발전도 없었다. 겐조보다 일곱 살 위인 그의 반생은 마치 변화를 허용하지 않는 기계 같아서 점차 소모되어 갈 뿐, 그 밖의 어떤 사실도 용인되지 않았다.

"이십사오 년씩이나 그런 일을 하다 보면 뭔가 될 수도 있을 텐데 말이야."

겐조는 가끔 자기 형을 이런 말로 평하고 싶어졌다. 노는 것 좋아하고 공부를 싫어하던 형의 옛날도 눈앞에 보이는 듯했다. 샤미센을 켜거나 일현금을 배우고 새알심을 만들어 냄비에 던져 넣고, 한천을 삶아 찬합에서 식히는 등, 그 무렵 그는 먹고 노는 일에 모든 시간을 썼다.

"모두 자업자득이라고 하면 그뿐이지."

이것이 지금 형이 가끔 남들에게 털어놓는 술회일 만큼 그는 한량이었다.

위의 형제들이 모두 죽는 바람에, 가문을 잇게 된 그는 아버지가 돌아가시길 기다렸다는 듯이 집을 팔아치웠다. 그걸로 원래 있던 빚을 청산하고 자기는 조그만 집으로 들어갔다. 그리고 그 집에 다 안 들어가는 가재도구는 팔아 버렸다.

오래지 않아 그는 세 아이의 아버지가 되었다. 그 가운데 그가 가장 귀여워하던 맏딸 아이가 철들기 얼마 전에 악성 폐결핵에 걸려서 그 딸을 구하기 위해 온갖 수단을 동원했다. 하지만 그가 한 모든 노력은 잔혹한 운명에 대해서는 완전한 헛수고였다. 이 년 넘게 앓다가 결국 아이가 죽었을 때, 그 집 장롱은 완전히 비어 있었다. 장례식에 필요한 하카마는커녕, 그럴듯한 몬츠키 하오리도 없었다. 그는 겐조가 외국에서 입던 낡은 양복을 얻어다가 그것을 소중히 차려입고 날마다 관청으로 출근했다.

## 35

이삼 일 지나 겐조의 형은 정말, 아내의 예상대로 하카마를 돌려주러 왔다.

"너무 늦어서 미안하네. 고마워."

그는 고시이타[腰板]* 위에 양쪽 끝을 접어 넣어 조그맣게 개킨 하카마를 보자기에서 꺼내더니 아내 앞에 놓았다.

대단한 허영꾼이어서 조그만 짐도 들기 싫어하던 예전에 비하면 지금 형은 정말 철이 들어 있었다. 그 대신 윤기도 없었다. 그는 건조한 손으로 지저분한 보자기 양 끝을 잡더니 정성껏 접었다.

"이건 참 좋은 하카마구먼. 최근에 맞춘 거야?"

"아니요, 요즘 그럴 여유가 없어요. 예전부터 있던 거예요."

아내는 결혼 때 이 하카마를 입고 젠체하고 앉아 있던 남편의 모습을 떠올렸다. 먼 곳에서 더없이 간략하게 거행한 그 결혼식에 형은 참석하지 않았다.

"아아, 그런가? 그러고 보니 어딘가 본 듯도 하지만, 옛날 물건은 정말 튼튼해. 전혀 해지질 않았으니."

"거의 안 입으니까요. 그래도 이 사람이 독신 시절에 용케 그런 물건을 살 생각을 했죠? 저는 지금도 신기하다 생각해요."

"어쩌면 혼례 때 입을 작정으로 일부러 맞춘 건지도 모르지."

두 사람은 그때의 남다른 결혼식에 대해 웃으며 이야기를 나누었다.

도쿄에서 굳이 그녀를 데리고 온 아내의 아버지는 딸에게 후리소데*를 입히면서 자신은 전혀 예복을 갖춰 입지 않았다. 얇은 모직 히토에*를 걸쳐 입고 마지막엔 양반다리로 앉기까지 했다. 할머니 한 분 말고는 아무도 의논할 사람이 없던 겐조 쪽은 더 심했다. 그는 결혼 예식에 대해 아무런 방침이 없었다. 원래 도쿄에 돌아오고 나서 결혼한다는 약속이 있었기에 중매자도 그 지역엔 없었다. 겐조는 이 중매자가 적어 보내 준 주의 사항 같은 것을 참고로 읽어 보았다. 그것은 멋들어진 종이에 해서체로 적은 엄숙한 것임이 분명했지만 그 안에 『아즈마카가미[東鑑]』* 따위가 예로 들어 있을 뿐, 아무런 도움이 되지 않았다.

"숫나비도 암나비도* 알 게 뭐예요, 글쎄? 우선 술잔도 이가 빠져 있더라고요."

"그걸로 삼삼구도*를 한 거야?"

"예, 그래서 이렇게 부부 사이가 삐걱거리는 거겠지요?"

형은 쓴웃음을 지었다.

"겐조도 꽤나 괴팍하니까 오스미 씨도 고생이지?"

아내는 그저 웃고 있었다. 굳이 형의 말에 대응할 것도 없었다.

"이제 올 때가 되었는데요."

"오늘은 기다려서 그 일을 이야기하고 가야지……."

형은 다음 말을 이어 가려 했다. 아내는 문득 일어나 안방으로 시계를 보러 갔다. 그리고 나오면서 지난번 서류를 들고 왔다.

"이게 필요하죠?"

"아니, 그건 그냥 참고 삼아 가져온 거니까 아마 필요 없을걸. 겐조에겐 벌써 보여 줬죠?"

"네, 보여 줬어요."

"뭐라던가요?"

아내는 뭐라 답할 말이 없었다.

"이 안에 정말 온갖 서류가 다 들어 있더라고요."

"아버님이 혹시 무슨 일이 있으면 안 된다고, 신경 써서 보관해 두셨으니까."

아내는 남편의 부탁으로 그 가운데 제일 중요한 듯한 부분을 그를 위해 대신 읽어 준 것은 말하지 않았다. 형도 더 이상 서류에 관해서는 말하지 않았다. 두 사람은 겐조가 돌아올 때까지 그저 잡담으로 시간을 보냈다. 겐조는 삼십 분쯤 지나서 돌아왔다.

## 36

그가 평소처럼 옷을 갈아입고 방으로 왔을 때 적색과 백색을 꼬아 만든 노끈으로 묶어 둔 서류는 형의 무릎 위에 있었다.

"저번엔 못 봤네."

형은 기름기 빠진 손가락 끝으로 일단 풀려던 매듭을 원래대로 다시 묶었다.

"지금 얼핏 보니까 이 안엔 자네에게 불필요한 것들이 섞여 있구먼."

"그런가요?"

이 소중하게 보관해 둔 서류를 형도 오랫동안 본 적이 없다는 것을 겐조는 알았다. 형은 또 자기 동생이 별로 열심히 그것을 조사하지 않았다는 사실을 눈치챘다.

"오요시의 송적원이 들어 있더라고."

오요시란 형의 아내 이름이었다. 그가 그녀와 결혼하면서 필요해서 구청장에게 보냈던 신청서가 거기서 나오리라곤 둘 다 생각지도 못했다.

형은 첫 번째 아내와 이혼을 했다. 두 번째 처와는 사별했다. 그 두 번째 아내가 아팠을 때, 그는 그다지 걱정하는 빛도 없이 곧잘 나돌아 다녔다. 병이라는 게 실은 입덧이니 걱정 없다는 듯도 보였지만 용태가 나빠진 후에도 그는 여전히 그런 태도를 바꾸려는 낌새가 없어서 남들은 그것이 마음에 안 드는 아내에 대한 앙갚음이라는 식으로 해석했다. 겐조 역시 어쩌면 그럴지도 모른다고 여겼다.

세 번째 아내를 맞을 때, 그는 자기가 원하는 여자를 정해 놓고 아버지의 허락을 구했다. 하지만 동생에겐 한마디 상의도 없었다.

그런 까닭에 자존심 강한 겐조가 형에 대해 품은 불만이 죄 없는 형수에게까지 영향을 끼쳤다. 그는 교양도 신분도 낮은 사람을 자기 형수라 부르기는 싫다고 주장하여 소심한 형을 괴롭혔다.

"정말 꽉 막힌 인간이야."

뒤에서 이렇게 비판하는 말들이 그를 반성하게 하기는커녕 오히려 오기를 부리게 만들었다.

악습을 중시하기 위해 학문을 한 것 같은 나쁜 결과에 빠지고도 스스로 그 사실을 몰랐던 그는 자신의 식견 없음을 발견하고도 그것이 마치 식견인 양 자랑하고 싶어 하는 구석이 있었다. 그는 회한의 눈으로 당시의 자신을 돌아보았다.

"송적원이 섞여 있으면 돌려드릴 테니 가져가시면 좋겠네요."

"아니, 사본이니까 필요 없어."

형은 홍백 노끈에 손을 대지 않았다. 겐조는 문득 날짜를 알고 싶어졌다.

"대체 언제쯤이었어요? 그걸 구청에 낸 게."

"이미 오래됐지."

형은 그렇게만 답했다. 그 입술에 얼핏 미소가 스쳤다. 처음도, 두 번째도 실패하고 마지막으로 겨우 자기 마음에 드는 여자와 함께하게 되었던 옛날을 잊을 만큼 그는 늙진 않았다. 동시에 그 사실을 입 밖에 낼 만큼 젊지도 않았다.

"연세가 그때……?"

"오요시 말인가요? 오요시는 제수씨와 한 살 차이야."

"아직 젊으시네."

형은 그 말엔 대답하지 않고 아까부터 무릎 위에 올려둔 서류의 매듭을 갑자기 풀기 시작했다.

"그리고 이런 게 들어 있더라. 이것도 자네에겐 관계없는 거지? 아까 보고 나도 좀 놀랐는데, 이거 좀 봐."

그는 복작복작한 낡은 종이들 사이에서 아무렇지도 않게 서류 한 장을 끄집어 냈다. 그것은 기요코라는 형의 맏딸아이 출생 신고서를 위한 메모였다.

'우자(右者) 본월(本月) 23일 오전 11시 50분 출생하였음'이라는 문구의 '본월 23일'에 선을 그어 지워 놓았는데 그 위로 좀이 먹은 불규칙한 선이 몇 줄 있었다.

"이것도 아버님 필체야, 그지?"

그는 그 종잇조각을 소중히 겐조 쪽으로 돌려놓아 보였다.

"봐, 좀이 먹었지? 물론 그럴 만도 하지만. 출생 신고만이 아냐, 벌써 사망 신고서도 냈는데 뭐."

결핵으로 죽은 아이의 생년월일을 형은 입속으로 조용히 읽었다.

37

형은 과거의 사람이었다. 화려한 앞날은 이미 그 앞에 놓여 있지 않았다. 툭하면 뒤를 돌아보곤 하는 그와 마주앉은 겐조는 자기가 나가야 할 삶의 방향으로부터 거꾸로 끌려오는 듯한 기분이 들었다.

'서글프네.'

겐조는 형의 길동무가 되기엔 미래의 희망을 너무 많이 가지고 있었다. 그렇지만 현재의 그 역시 꽤나 서글픈 존재임이 분명했다. 그런 현재로부터 차례로 펼쳐질 미래가 당연히 서글프리라는 것도 그는 잘 알고 있었다.

형은 지난번 의논했던 대로 시마다의 요구를 거절했다고 겐조에게 말했다. 하지만 어떤 과정을 거쳐 거절했는지, 또 상대방은 그에 대해 어떤 반응을 보였는지, 그런 자세한 점에 대해서는 전혀 확실한 이야기를 하지 않았다.

"어쨌든 히다가 그렇게 말하니까 확실하겠지, 뭐."

그 히다가 시마다를 만나러 가서 이야기를 한 것인지 아니면 편지로 의논의 결과를 알리고 만 것인지도 겐조는 알 수 없었다.

"아마 가지 않았을까 싶은데. 아니면 그 사람이 하는 일이니 편지로 끝내 버렸으려나? 그 부분은 물어볼 생각을 못했네. 아니, 그 후에 누나 문안도 할 겸 한번 갔을 때는 히다가 역시나 없어서 만나질 못했거든. 그때 누나 말로는 뭐가 그리 바쁜지 아직 그냥 그대로라고 했었으니까. 무책임한 사람이니, 어쩌면 가지는 않았을지도 몰라."

겐조가 알고 있는 히다도 무책임한 남자임엔 틀림없었다. 그 대신 부탁을 하면 뭐든지 받아들이는 성격이었다. 다만 남들이 고개 숙여 부탁하는 것이 좋아서 뭐든 받아들이다 보니 부탁하는 태도가 마음에 안 들면 쉽사리 움직이지 않았다.

"그래도 이번 일은, 시마다가 직접 히다를 찾아와 부탁한 것이니까."

형은 은연중에 히다가 직접 저쪽을 찾아가 이야기를 하지 않는 것은 도리가 아니라는 듯한 어조를 풍겼다. 그런 주제에 그는 이런 경우 결코 자기가 나서서 일을 해결하는 사람은 아니었다. 신경 써야만 할 말썽이 생기면 늘 외면해 버리곤 했다. 그리고 최대한 참으면서 혼자 괴로워하는 것이다. 겐조는 이런 모순이 화가 나거나 우습다기보다 어쩐지 딱해 보였다.

'나도 형제니까 남들이 보기엔 어딘가 닮아 있을지도 몰라.'

이렇게 생각하면 형이 딱해 보인다는 건 결국 자신을 동정하는 것이나 마찬가지였다.

"누나는 이제 괜찮아요?"

화제를 바꾸어 그는 누나의 병세가 어떤지 물었다.

"응, 정말 천식이란 게 이상하더라고. 그렇게 힘들어 하다가도 금세 좋아지니까 말이야."

"이제 이야기도 할 수 있어요?"

"할 수 있는 정도가 아니라 수다를 떤다니까, 언제나처럼. 누나 생각엔 시마다가 오누이 씨를 찾아가서 무슨 소리를 듣고 온 거 아니냐고 하던데?"

"설마. 그보다는 워낙 그런 사람이니 그렇게 비상식적인 소리를 하는 거라고 해석하는 게 맞겠지요."

"그러게."

형은 생각에 잠겼다. 겐조는 말도 안 된다는 표정을 지었다.

"그게 아니라면 말이야, 분명 나이 들면서 모두들 귀찮아 하는 것 아니겠느냐고."

겐조는 여전히 말이 없었다.

"어쨌든 쓸쓸한 건 분명하거든. 그것도 그 사람은 인정 때문에 쓸쓸한 게 아니라 욕심 때문에 쓸쓸한 거지."

형은 오누이 씨를 통해 매월 자기 어머니에게 돈이 가고 있다는 것을 어떻게 알고 있었다.

"무슨 긴시[金鵄] 훈장 연금*인가 뭔가를 오후지 씨가 받고 있다잖아. 그러니 시마다도 어디선가 받지 않으면 섭섭해서 못 견디겠던 게지. 워낙 욕심이 많으니까."

겐조는 욕심 때문에 쓸쓸한 사람에 대해 그다지 동정심도 일어나지 않았다.

## 38

아무 일 없는 날이 이어졌다. 아무 일이 없다는 것은 겐조에게 침묵의 날에 불과했다.

그는 그동안에 가끔씩, 어쩔 수 없이 자신의 추억을 돌아볼 수밖에 없었다. 자기 형을 딱하게 여기면서 그는 어느샌가 그 형과 마찬가지인 과거의 사람이 되었다.

그는 자신의 삶을 둘로 나누려고 시도했다. 그러자 깔끔하게 잘라 내어 버렸다고 생각한 과거가 오히려 자신을 쫓아왔다. 그의 눈은 앞날을 바라보았다. 하지만 그의 발은 툭하면 뒷걸음질을 쳤다.

그렇게 다다른 길 끝에는 커다랗고 네모난 집이 서 있었다. 그 집에는 폭이 넓은 계단에 이어지는 2층이 있었다. 그 2층의 위아래가 겐조의 눈엔 똑같아 보였다. 복도로 둘러싸인 안마당도 정사각형이었다.

이상하게도 그 넓은 집에는 사람이 아무도 없었다. 그것이 쓸쓸하다고 생각하지 못할 정도로 어렸던 그에겐, 아직 집이라고 하는 것에 대한 경험과 이해가 없었다.

그는 몇 개씩이나 이어져 있는 방들이니, 멀리까지 똑바로 보이는 복도 같은 것들을, 마치 천장이 덮여 있는 마을처럼 생각했다. 그리고 사람들이 지나가지 않는 길을 혼자서 걷는 기분으로 그곳을 마구 뛰어다녔다.

그는 때로 바깥쪽 2층에 올라가 가느다란 격자 틈으로 밑을 내려다보았다. 종을 울리고 배가리개를 늘어뜨리기도 한 말이 몇 마리씩이나 이어서 그의 눈앞을 지나갔다. 길 건너 바로 앞에는 커다란 금동 불상이 있었다. 그 부처님은 양반다리를 하고 연대 위에 앉아 있었다. 굵다란 지팡이를 어깨에 메고 머리엔 삿갓을 쓴 모습이었다.

겐조는 가끔 어두컴컴한 토방으로 내려와 거기서 바로 맞은편 석단을 내려가기 위해 말이 다니는 길을 가로질렀다. 그는 이렇게 해서 곧잘 불상 위로 기어 올라갔다. 옷주름에 발을 딛거나 지팡이 손잡이에 걸터앉거나 해서 올라가, 불상 뒤에서 어깨에 손이 닿거나 혹은 삿갓에 자기 머리가 닿거나 하면 더는 어쩌지 못하고 다시 내려왔다.

그는 또 이 네모난 집과 금동 불상 근처에 있던 빨간 문을 기억하고 있었다. 빨간 문이 있는 집은 좁은 길에서 가느다란 골목을 20간(間)*이나 구불구불 들어가면 막다른 골목에 있었다. 그 안쪽은 온통 덤불로 덮여 있었다.

이 좁은 길을 쭉 가서 왼쪽으로 돌아서면 기다란 내리막길이 있었다. 겐조의 기억 속에 나오는 그 언덕은 불규칙한 돌단으로 아래에서 위까지 쌓여 있었다. 오래되어 돌들이 움직인 탓인지 계단 여기저기가 울퉁불퉁했다. 돌 틈에서는 풀이 나서 바람에 살랑거렸다. 그래도 거긴 사람들이 통행하는 길이 분명했다. 그는 조리를 신은 채 몇 번이나 그 높은 돌단을 오르내렸다.

고개를 다 내려오면 또 고개가 있어서 나지막한 앞쪽엔 새파란 삼나무들이 보였다. 바로 그 고개와 고개 사이 골짜기, 움푹 파인 곳 왼쪽에 초가집 한 채가 있었다. 집은 길에서 쑥 들어와 있는데다가 약간 오른쪽으로 기울어져 있었지만, 길쪽 한 켠에 간이 찻집이 있었고 차탁도 두세 개, 그럴듯하게 놓여 있었다.

늘어뜨린 발 틈새로 안쪽엔 돌로 둘러놓은 연못이 보였다. 그 연못 위로 등나무 줄기를 올려놓았다. 물 위로 건너는 등나무 줄기 양 끝을 지탱하는 기둥 두 개는 연못 속에 심어 둔 모습이었다. 주위엔 철쭉이 많았으며 안에서는 비단잉어 그림자가 이쪽저쪽으로 움직였다. 탁한 물 바닥을 환영처럼 붉게 만드는 물고기를 겐조는 꼭 잡고 싶었다.

어느 날 그는 집에 아무도 없는 틈을 타서 조잡한 대나무 봉 끝에 실을 매달아 미끼를 묶어 연못 속에 던졌는데 금세 실을 잡아당기는 기분 나쁜 무엇인가가 있었다. 그는 물 밑바닥까지 끌어당기고야 말겠다는 듯한 그 강력한 힘이 팔뚝에 전해졌을 때, 너무 무서워서 얼른 대나무를 집어 던졌다. 그리고 이튿날 조용히 물 위에 떠 있는 일척이나 되는 비단잉어를 발견했다. 그는 혼자서 두려움에 떨었다…….

'나는 그때 누구와 함께 살고 있었던 걸까?'

그에겐 아무런 기억도 없었다. 그의 머릿속은 마치 백지 같았다. 하지만 이해력의 색인에 기대어 생각해 보면 아무래도 시마다 부부와 함께 살고 있었다고 말할 수밖에 없었다.

## 39

그리고 무대가 갑자기 바뀌었다. 쓸쓸한 시골이 돌연 그의 기억에서 사라졌다.

바깥쪽에 살창이 달린 조그만 주택이 어렴풋이 그 앞에 나타났다. 문이 없던 그 집은 뒷골목 같은 마을에 있었다. 마을은 가늘고 길었고 오른쪽 왼쪽으로 구불구불했다.

그의 기억이 어렴풋한 것처럼 그의 집도 항상 어두컴컴했다. 그는 햇빛과 그 집을 연결할 수가 없었다.

겐조는 거기서 천연두를 앓았다. 자라서 들으니 종두가 원인으로 진짜 천연두에 걸렸다든가 하는 이야기였다. 그는 어두운 살창 안에서 굴렀다. 온몸 여기저기를 가리지 않고 긁어 대며 소리쳐 울었다.

그는 또 우연히 널따란 건물 안에 있는 어린 자신을 발견했다. 구분이 되어 있는 것 같으나 이어져 있는 구획 안에서 사람들이 얼핏얼핏 보였다. 비어 있는 곳의, 다다미인지 돗자리인지가 노란색으로 빛나면서 주위를 가람*처럼 쓸쓸해 보이게 했다. 그는 높은 곳에 있었다. 거기서 도시락을 먹었다. 그리고 유부 몸통을 박고지로 묶은 유부초밥 비슷한 것을 위에서 아래로 떨어뜨렸다. 그는 난간에 매달려 몇 번이나 아래를 살펴보았다. 하지만 아무도 그것을 집어 줄 사람은 없었다. 함께 온 어른들은 모두 정면을 바라보며 얼이 빠져 있었다. 정면에선 흔들흔들, 기둥이 흔들리면서 커다란 집이 무너졌다. 그러자 그 무너진 집 사이에서 수염을 기른 군인이 빼기며 나왔다. 그 무렵의 겐조는 아직 연극이라는 것의 관념이 없었던 것이다.

그의 머리에는 이 연극과 매사냥이 아무런 의미 없이 연결되어 있었다. 갑자기 매가 건너편에 보이는 푸른 대숲 쪽으로 엉뚱하게 날아갔을 때, 누군가 그 옆에 있던 사람이 "빗나갔다, 빗나갔어" 하고 고함을 쳤다. 그러자 또 누군가는 손뼉을 쳐서 그 매를 다시 불러들이려 했다. 겐조의 기억은 거기서 툭, 끊겨 있었다. 연극과 매, 어느 쪽을 먼저 보았는지조차 분명치 않았다. 따라서 그가 논밭과 덤불 밖에 보이지 않는 시골에 살고 있었다는 것과 좁아터진 마을 안, 길 쪽으로 있는 어두컴컴한 집에 살고 있었다는 것, 어느 쪽이 먼저였는지 그것도 알 수 없었다. 그 시절 그의 기억 속엔 사람이라는 존재의 그림자가 거의 없었다.

하지만 시마다 부부가 그의 부모로서 명료하게 그의 의식에 떠오른 것은 그로부터 오래지 않아서였다.

그때 부부는 이상한 집에 살고 있었다. 입구에서 오른쪽으로 꺾어지면 남의 집 담을 따라 돌단을 세 개쯤 올라가야 했다. 거기부터는 폭 3척 정도의 골목인데 빠져나가면 넓고 번화한 길이 나왔다. 왼쪽은 복도를 돌아 이번엔 반대로 두세 단을 내려가게 되어 있었다. 그러고 나면 거기 장방형 방이 있었다. 그 방 옆의 토방도 장방형이었다. 토방에서 밖으로 나오면 커다란 강이 보였다. 흰 돛을 단 배가 몇 척이나 오가고 있었다. 강변에는 철책 안에 땔감이 잔뜩 쌓여 있었다. 철책과 철책 사이 빈터는 점점 내리막으로 물가까지 이어졌다. 돌담 틈으로 민물 게가 곧잘 집게발을 내밀었다.

시마다의 집은 이 가늘고 기다란 주택을 삼등분한 가운데였다. 원래는 큰 상인의 소유로 강변에 면한 장방형 방이 그 집 가게였던 듯싶었지만 그 주인이 어떤 사람인지, 또는 어째서 그 집을 떠났는지 그런 것들은 모두 겐조의 지식 외부에 놓인 비밀이었다.

한때는 그 넓은 방을 어떤 서양인이 빌려 영어를 가르친 적이 있었다. 아직 서양인을 이인(異人)이라 부르던 옛날이어서 시마다의 부인 오쓰네는 귀신과 함께 살고 있다는 듯 기분 나빠 했다. 이 서양인은 슬리퍼를 신은 채, 시마다의 셋방 대청까지 성큼성큼 걸어오곤 했었다. 오쓰네가 몸이 안 좋다며 창백한 얼굴로 누워 있을라치면 그 대청에 서서 방을 들여다보며 안부를 물었다. 그 안부의 말이 일본어였는지 영어였는지, 아니면 그냥 손짓이었는지조차 겐조는 전혀 생각나지 않았다.

## 40

서양인은 어느샌가 사라져 버렸다. 어린 겐조가 철이 들고 보니 그 넓은 방은 이미 취급소라는 것으로 변해 있었다.

취급소는 지금의 구청 같은 것인 듯했다. 모두들 낮은 책상을 한 줄로 늘어놓고 사무를 보고 있었다. 테이블이니 의자 같은 것이 지금처럼 널리 쓰일 때가 아니었으니 다다미 위에 길게 앉는 것이 그다지 불편하지도 않았던 것일까. 호출된 자들이나 또는 자진해서 찾아온 자들이나 모두들 자기 나막신을 토방에 벗어 놓고는 각각 책상 앞에 가 앉았다.

시마다는 이 취급소 우두머리였다. 따라서 그의 자리는 입구에서 가장 먼, 저 안쪽 끝에 있었다. 거기서 직각으로 구부러져서 강이 보이는 격자창이 있는 곳까지 사람이 몇이나 있었는지, 책상 수는 또 몇이었는지, 겐조의 기억엔 그것도 분명치 않았다.

시마다의 주거와 취급소는 애당초 좁고 긴 집 한 채를 나누어 놓은 것뿐이었으니, 출퇴근이랄 것도 없이 적지 않은 편의를 누렸다. 그에겐 날씨가 좋은 날도 흙을 밟을 필요가 없었다. 비 오는 날이면 우산을 쓰는 번거로움도 없었다. 그는 자기 집에서 대청을 지나 일하러 갔다. 그리고 같은 대청을 밟고 집으로 돌아왔다.

이런 것들이 어린 겐조를 적잖이 대담하게 만들었다. 그는 때로 공적인 장소에 얼굴을 내밀었고 모두들 그를 알은척해 주었다. 그는 신이 나서 서기의 연적 상자에 있는 인주를 가지고 놀거나 작은 칼을 칼집에서 꺼내 보기도 하면서, 남을 성가시게 하는 장난을 쳐 댔다. 시마다는 또 가능한 한도 내에서 이 어린 폭군을 감싸는 전횡을 저질렀다.

시마다는 인색한 사내였다. 아내인 오쓰네는 한술 더 떴다.

"움켜쥘 줄만 안다는 게 그런 거지?"

그가 친가로 돌아오고 나서 이런 평판이 가끔 그의 귀에 들렸다. 하지만 당시 그는 오쓰네가 화롯가에 앉아 하녀에게 된장국을 떠 주는 것을 아무 생각 없이 바라보고 있었다.

"그래서야 어쨌든 하녀가 불쌍하지."

친가에서는 쓴웃음을 지었다.

오쓰네는 또 밥통이나 반찬이 들어 있는 찬장에 항상 자물쇠를 채웠다. 어쩌다가 친가의 아버지가 찾아오면 정해 놓고 메밀국수를 주문해서 내놓곤 했다. 그때는 그녀와 겐조 역시 같은 걸 먹었다. 그 대신 밥 때가 되어도 절대로 평상시처럼 상을 차리지 않았다. 그것이 당연하다고 여기고 있던 겐조는, 친가에 돌아와 간식 이외에 세끼 식사가 모두 차려지는 것을 보고 크게 놀랐다.

하지만 겐조에 관해서만은 부부는 금전 면에서 이상할 만큼 관대했다. 외출할 때면 기하치조 하오리를 입히기도 하고 치리멘 기모노를 사기 위해 일부러 에치고야까지 데려 가기도 했다. 그 에치고야에 걸터앉아 이것저것 무늬를 고르고 있는 동안에 저녁이 되어 버려 수많은 심부름꾼 아이들이 널따란 입구의 덧문을 양쪽에서 일제히 닫아걸기 시작하는 바람에, 그는 갑자기 겁이 나서 큰 소리로 울음을 터뜨린 적도 있었다.

그가 원하는 장난감은 뭐든지 손에 들어왔다. 그 가운데는 간단한 영사기도 섞여 있었다. 그는 곧잘 종이를 붙여 만든 막 위에 산반소* 그림자를 비추어 놓고 에보시* 모습에게 종을 치게 하거나 발을 움직이게 하거나 하며 즐거워했다. 그는 새 팽이를 얻어 그것을 오래되어 보이게 만들려고 강변의 진흙탕 속에 담가 두었다. 그런데 그 진흙탕은 땔감 야적장의 철책 사이를 흘러 강까지 내려가게 되어 있어서 그는 팽이가 없어질까 걱정된 나머지 하루에 몇 번씩이나 취급소 토방을 빠져나가 그것을 꺼내 보곤 했다. 그때마다 그는 돌담 틈으로 도망치는 민물 게 구멍을 막대기로 찔러 댔다. 도망치다 잡힌 놈들의 등껍질을 눌러 잡아 몇 마리씩 산 채로 소맷자락에 집어넣기도 했다.

요컨대 그는 이 인색한 시마다 부부에게서, 밖에서 얻어 온 외아들로서 특별한 대접을 받고 있었던 것이다.

## 41

그러나 부부의 마음속에는 겐조에 대한 일종의 불안이 항상 숨어 있었다.

그들이 화로 앞에 마주 앉는 추운 날 저녁이면 곧잘 겐조에게 이런 질문을 던졌다.

"네 아버지가 누구지?"

겐조는 시마다를 손가락으로 가리켰다.

"그럼 네 엄마는?"

겐조는 또 오쓰네의 얼굴을 보며 그녀를 가리켰다. 이렇게 일단 자신들의 요구가 만족되면 이번엔 같은 이야기를 다른 형식으로 물었다.

"자, 그럼 네 진짜 아버지와 엄마는?"

겐조는 내키지 않았지만 같은 대답을 되풀이하는 수밖에 없었다. 하지만 그것이 왠지 그들을 기쁘게 했다. 그들은 서로 마주 보며 웃었다.

어떤 때는 이런 광경이 거의 날마다 세 사람 사이에 벌어졌다. 어느 때는 단순히 이런 문답만으로 끝나지 않았다. 특히 오쓰네는 집요했다.

"넌 어디서 태어났지?"

이런 질문을 받을 때마다 겐조는 자기 기억 속에 보이는 빨간 문—높은 덤불로 가려져 있던 조그맣고 빨간 문이 달린 집이라고 대답해야만 했다. 오쓰네는 언제 이 질문을 해도 겐조가 같은 대답을 할 수 있을 때까지 그를 훈련시켰던 것이다. 그의 대답은 물론 기계적이었지만 그녀에게 그런 건 전혀 상관없었다.

"겐조야, 넌 진짜로 누구 아들이지? 숨기지 말고 말해 보렴."

그는 괴롭힘을 당하는 듯한 기분이었다. 때로는 괴롭다기보다 부아가 치밀었다. 저쪽에서 듣고 싶어 하는 대답을 하지 않고 일부러 입을 다물고 싶었다.

"넌 누가 제일 좋아? 아빠? 엄마?"

겐조는 그녀의 마음에 들기 위해 그쪽에서 원하는 대답을 하는 것이 너무나 싫었다. 그는 입을 다문 채 막대기처럼 서 있었다. 그걸 그저 나이가 어린 탓이라고만 해석한 오쓰네의 관찰은 오히려 지나치게 단순한 것이었다. 그는 마음속에서 그녀의 이런 태도를 끔찍하게 증오했던 것이다.

부부는 전력을 다해 겐조를 자신들의 전유물로 삼고자 노력했다. 또한 사실 겐조는 그들의 전유물임이 분명했다. 따라서 그들이 애지중지하는 것은 요컨대 그들을 위해 그의 자유를 빼앗는 것과 같은 결과를 가져왔다. 그에겐 이미 육체적 속박이 있었다. 하지만 그보다 더욱 무서운 마음의 속박이 아무것도 모르는 그의 가슴에 어렴풋한 불만의 그림자를 드리웠다.

부부는 틈만 나면 자신들의 은혜를 겐조에게 의식시키려 했다. 어떤 때는 '아버지가'라는 부분에 큰 소리를 냈다. 또 어떤 때는 '어머니가' 하는 단어에 힘을 주었다. 아버지나 어머니를 제쳐두고 과자를 먹거나 옷을 입는 것은 당연히 금지되었다.

자기들의 친절을, 억지로 어린아이의 가슴속에 외부로부터 새겨 넣으려 드는 그들의 노력은 오히려 반대 결과를 가져왔다. 겐조는 귀찮았다.

'왜 그리 요란을 떠는 걸까?'

'아버지가'라든가 '어머니가'라든가가 나올 때마다 겐조는 자기만의 자유가 그리웠다. 자기에게 사 주는 장난감을 좋아하고 그림책을 질리지도 않고 바라보면서도 거꾸로 그것들을 자기에게 사 주는 인간은 좋아하지 않게 되었다. 최소한 이 두 가지를 깔끔하게 나누어 놓고 순수한 즐거움만을 탐하고 싶었다.

부부는 겐조를 귀여워했다. 하지만 그 애정 속에는 이상한 보상이 예측되고 있었다.

돈의 힘으로 아름다운 여자를 데리고 사는 사람이 그 여자가 좋아하는 것을 달라는 대로 사 주는 것처럼 그들은 자신들의 애정 그 자체의 발현을 목적으로 행동하지 못하고 오직 환심을 사기 위해 친절을 보여야만 했다. 그리하여 그들은 자연히 그들의 불순함에 대해 벌을 받았다. 게다가 그것을 깨닫지도 못했다.

## 42

동시에 겐조의 성격도 훼손당했다. 양순한 그의 천성은 점차 표면부터 상처를 입었다. 그 결함을 보충하는 것은 고집이라는 두 글자였다.

그의 고집스러움은 날마다 더해 갔다. 자기가 좋아하는 것이 손에 들어오지 않으면 길바닥이든 어디든 바로 그 자리에 주저앉아 꼼짝을 하지 않았다. 어떤 때는 심부름하는 아이 등 뒤에서 그의 머리카락을 힘껏 잡아당기기도 했다. 때로는 신사 마당에 놀고 있는 비둘기를 집으로 가지고 가겠다고 막무가내로 졸라댔다. 양부모의 총애를 마음껏 차지할 수 있는 좁은 세상 속에서 자고 깨고 하는 것 말고는 아무것도 모르는 그에겐 모든 타인이 오직 자기 명령을 듣기 위해 살고 있는 것처럼 보였다. 그는 뭐든지 말만 하면 그대로 된다고 생각하게 되었다.

마침내 그의 오만함은 한 걸음 더 깊이 들어갔다.

어느 날 아침, 그는 부모가 깨워 졸린 눈을 부비며 대청으로 나왔다. 그는 아침마다 일어나면 거기서 소변을 보는 버릇이 있었다. 그날 아침은 평소보다 더 졸려서 그는 오줌을 누다 말고 다시 잠들고 말았다. 그다음은 몰랐다.

눈을 뜨고 보니 그는 오줌 위에 뒹굴고 있었다. 불행히도 그가 떨어진 대청마루는 높았다. 큰길에서 강변 쪽으로 미끄러져 들어간 지면의 중간에 해당되어 보통 마루의 배 정도는 되었다. 그는 결국 그 일로 허리를 다쳤다.

놀란 양부모는 곧바로 그를 센주 나구라로 데려가서 최대한 치료를 받게 했다. 하지만 크게 다친 허리는 좀처럼 낫지 않았다. 그는 쉰내가 나는 노란색의 걸쭉한 것을 날마다 환부에 바르고 방에 누워 있었다. 그것이 얼마나 계속되었는지 그는 몰랐다.

"아직도 못 일어나? 한번 서 보렴."

오쓰네는 날마다 채근했다. 하지만 겐조는 움직일 수가 없었다. 움직일 수 있게 되고 나서도 일부러 움직이지 않았다. 그는 누운 채 오쓰네가 안절부절못하는 얼굴을 보며 남몰래 즐거워했다.

그는 마침내 일어났다. 그리고 평소와 전혀 다름없이 그 언저리를 돌아다녔다.

그런데 오쓰네가 놀라고 기뻐하는 모습이 너무나 연극을 하는 듯해서 차라리 일어나지 말고 좀 더 누워 있을 걸, 하고 생각했다.

그의 약점이 오쓰네의 약점과 제대로 들어맞는 일도 적지 않았다.

오쓰네는 거짓말을 무척 잘하는 여자였다. 어떤 경우라도, 자기에게 이익이 있겠다 싶으면 그 자리에서 눈물을 흘릴 수 있는 보기 드문 여자였다. 겐조가 아직 어린애라고 생각해서 마음을 놓은 그녀는 그런 이면이 완전히 그에게 폭로되어 있다는 사실을 몰랐다.

어느 날 손님 하나를 상대로 앉아 있던 오쓰네는 그 자리에서 화제에 올랐던 갑이라는 여자를, 옆에서 듣고 있기도 괴로울 만큼 헐뜯었다. 그런데 그 손님이 돌아가고 나서 갑이 우연히 그녀를 찾아왔다. 그러자 오쓰네는 갑을 향해 속 들여다보이는 칭찬을 늘어놓기 시작했다. 끝내는 좀 전에 아무개 씨와 당신을 굉장히 칭찬한 참이었다는 식의, 쓸데없는 거짓말까지 늘어놓았다. 겐조는 부아가 치밀었다.

"거짓말하고 앉았네."

그는 어린아이다운 솔직함을 그대로 갑 앞에서 드러냈다. 갑이 돌아간 뒤에 오쓰네는 엄청나게 화를 냈다.

"너랑 있다가는 얼굴에 불이 붙은 것처럼 화끈거려 견딜 수가 없어."

겐조는 오쓰네의 얼굴에 얼른 불이 붙으면 좋겠다 싶었다.

그의 가슴속에는 그녀를 혐오하는 마음이 자기도 모르는 새 항상 어딘가에서 꿈틀거렸다. 아무리 오쓰네가 귀여워해도 그에 상응할 만한 정이 이쪽에서 솟아날 수 없을 만큼 추한 무엇인가를 그녀는 자신의 인격 속에 감추고 있었던 것이다. 그리고 그 추한 면을 가장 잘 알고 있는 사람이 바로 그녀의 품 안에서 양육받은 개구쟁이 아이인 그였던 것이다.

## 43

그러는 동안 이상한 일이 시마다와 오쓰네 사이에 일어났다.

어느 날 밤, 겐조가 문득 잠에서 깨어 보니, 부부는 그 옆에서 격렬하게 말싸움을 하고 있었다. 그에겐 난데없는 일이었다. 그는 울음을 터뜨렸다.

그다음 날 밤도 그는 싸우는 소리에 잠에서 깼다. 그는 또 울었다.

이런 소란스러운 밤이 몇 번이나 반복되면서 두 사람의 악다

구니 소리는 점차 높아 갔다. 마지막엔 양쪽 모두 손찌검을 하기 시작했다. 때리는 소리, 걷어차는 소리, 고함 소리가 어린 그의 마음을 두려움에 떨게 만들었다. 처음엔 그가 울면 그치던 두 사람의 싸움은 이제 자든 깨든 상관없이 계속되었다.

어린 겐조의 머리로는 무엇 때문에 이런 낯선 풍경이 밤마다 벌어지는지 전혀 이해할 수 없었다. 그는 오직 싫을 따름이었다. 도리고 이론이고 없는 그에게 자연은 그저 그것을 싫어하도록 가르친 것이다.

결국 오쓰네는 겐조에게 사실을 이야기해 주었다. 그 이야기에 따르면 그녀는 세상에서 가장 착한 사람이었다. 이에 반해 시마다는 굉장한 악한이었다. 하지만 가장 나쁜 것은 오후지 씨였다. "그것이", "그년이" 하는 말을 뱉으며 오쓰네는 약이 올라 견딜 수 없다는 표정을 지었다. 눈에선 눈물이 흘렀다. 하지만 그런 격렬한 표정은 오히려 겐조를 불쾌하게 만들 뿐, 다른 효과는 전혀 없었다.

"그것이 원수야. 엄마한테나 너한테나 원수라고. 뼈가 가루가 되더라도 복수를 해야지."

오쓰네는 이를 박박 갈았다. 겐조는 어서 그 곁을 떠나고 싶었다.

그는 밤낮 자기 옆에 있으면서 아침부터 저녁까지 그를 자기편으로 끌어들이려는 오쓰네보다는 차라리 시마다 쪽이 좋았다. 시마다는 이전과 달리 보통 집에 없는 일이 많았다. 그는 늘 한밤중에 돌아오는 모양이었다. 그러니 낮엔 얼굴 볼 기회가 거의 없었다.

그러나 겐조는 밤마다 어두운 등불 그림자 속에서 그를 보았다. 눈초리는 험악했고 입술은 분노로 떨렸다. 그리고 목구멍에서 용솟음치는 연기처럼 흘러나오는, 악에 받친 음성을 들었다.

그런데도 그는 간혹 겐조를 데리고 이전처럼 외출하는 일이 있었다. 그는 술을 한 모금도 마시지 않는 대신 단것을 무척 즐겼다. 어느 날 밤, 그는 겐조와 오후지 씨의 딸인 오누이 씨를 데리고 번화한 거리를 산책하고 오는 길에 단팥죽 집에 들렀다. 겐조가 오누이 씨를 만난 것은 이때가 처음이었다. 그들은 거의 얼굴을 쳐다보지 않았다. 말은 한마디도 오가지 않았다.

집에 돌아오니 오쓰네는 먼저 시마다가 어디를 데려갔었느냐고 물었다. 그런 다음 오후지 씨 집에 들르지 않았느냐고 몇 번이나 물었다. 마지막으로 단팥죽 집에는 누구랑 갔었는지를 따져 물었다. 겐조는 시마다에게 주의를 받았음에도 불구하고, 사실대로 털어놓았다. 하지만 오쓰네의 의심은 그것으로도 좀체 풀리지 않았다. 그녀는 여러 가지 함정을 파서 그 이상의 사실을 낚아 내려 들었다.

"그것도 같이 갔었지? 사실대로 말해. 말하면 엄마가 좋은 걸 줄게. 그년도 갔었지? 그렇지?"

그녀는 어떻게든 그렇다는 대답을 들으려 했다. 동시에 겐조는 절대로 말하지 않겠다고 결심했다. 그녀는 겐조를 의심했다. 겐조는 그녀를 경멸했다.

"그럼 걔한테 아버지가 뭐라고 했어? 걔랑 말을 많이 해, 너랑 많이 해?"

아무 대답도 하지 않은 겐조의 마음속엔 그저 불쾌감만 쌓여 갔다. 그러나 오쓰네는 거기서 그만둘 여자가 아니었다.

"단팔죽 집에서 너를 어느 쪽에 앉히든? 오른쪽이야, 왼쪽이야?"

질투에서 나오는 질문은 언제까지나 끝이 없었다. 그 질문 속에 자신의 인격을 가차 없이 드러내고 있는 그녀는 자신이 기른 열 살도 채 안 된 아이가 그녀에게 얼마나 넌덜머리를 내고 있는지 전혀 깨닫지 못했다.

44

오래지 않아 시마다는 겐조의 눈앞에서 홀연히 사라져 버렸다. 강변을 향한 뒷길과 번화한 큰길 사이에 끼어 있던 지금까지의 주거지도 갑작스레 어딘가로 가 버렸다. 오쓰네와 단둘이 남은 겐조는 낯설고 이상한 집 안에 있는 자신을 발견했다.

그 집 앞에는 입구에 나와 노렌을 쳐둔 쌀집인지 된장 가게인지가 있었다. 그의 기억엔 이 커다란 가게와 삶은 콩이 떠올랐다. 그는 날마다 그걸 먹었던 것을 지금도 잊지 않고 있다. 하지만 자기가 새로 옮겨 간 집에 관해서는 아무런 영상도 떠오르지 않는다. '시간'은 이 처량한 기억을 그를 위해 깨끗이 없애 주었다.

오쓰네는 만나는 사람마다 시마다 이야기를 했다. 억울해, 억울해 하며 울었다.

"죽어서 갚아 줄 거야."

그녀의 이런 모습은 겐조의 마음을 그녀에게서 한층 더 멀어지게 만드는 원인일 뿐이었다.

남편과 헤어진 그녀는 겐조를 자기 혼자 독차지하려 들었다. 또한 독차지했다고 믿었다.

"이제부턴 너 하나만 믿고 살 거야. 알겠지? 제대로 잘해야 돼."

이런 다짐을 받을 때마다 겐조는 할 말이 없었다. 그는 도저히 순진한 어린아이처럼 싹싹하게 대답할 수가 없었다.

겐조를 보란 듯이 기르겠다는 오쓰네의 마음엔 사랑으로 인한 충동보다는 오히려 욕심에 밀린 오기가 항상 작용하고 있었다. 그것이 철없는 겐조의 가슴에 까닭 없이 불쾌한 그림자를 드리웠다. 하지만 그 외에는 그는 완전히 천방지축이었다.

두 사람만의 생활은 오래가지 않았다. 물질적인 결핍이 원인이었는지 혹은 오쓰네의 재혼이 현실의 변화를 어쩔 수 없게 한 것인지 어린 그에겐 전혀 알 수가 없었다. 그녀가 또 홀연히 겐조의 눈앞에서 사라져 버렸다. 그리고 그는 어느샌가 그의 생가로 돌아와 있었다.

"생각해 보면 완전히 남의 일 같아. 내 일이라곤 여겨지질 않거든."

겐조의 기억에 남은 일들은 지금의 그와는 너무 동떨어진 것들이었다. 그렇지만 그는 남의 일 같은 자신의 옛날을 돌이키지 않을 수가 없었다. 그것도 불쾌한 의미에서 떠올려야만 했다.

"오쓰네 씨라는 사람은 그때 하타노라나 하는 집으로 또 시집을 간 건가요?"

아내는 몇 년 전인가 남편에게 오쓰네가 보내온 장문의 편지에 적혔던 주소를 아직 기억하고 있었다.

"그럴 거야. 나도 잘 모르지만."

"그 하타노라는 사람은 아마 아직 살아 있겠지요?"

겐조는 하타노의 얼굴조차 본 적이 없었다. 생사 여부도 물론 몰랐다.

"경찰 간부라면서요?"

"뭔지 몰라."

"어머, 당신이 그렇게 말씀해 놓고선."

"언제?"

"그 편지를 저한테 보여 줬을 때요."

"그랬나?"

겐조는 긴 편지 내용 일부가 생각났다. 그 속엔 그녀가 어린 겐조를 보살피던 시절의 고생담만 늘어놓았다. 젖이 나오지 않으니 처음부터 미음만으로 길렀다는 둥, 이불에 오줌을 싸서 힘들었다는 둥, 그런 이야기들을 질릴 만큼 상세하게 늘어놓고는 고후인가에 있는 친척 재판관이 다달이 그녀에게 돈을 부쳐 줘서 지금은 무척 행복하다고 적혀 있었다. 하지만 정작 그녀의 남편이 경부(警部)였는지 어떤지 그 부분은 겐조에게 전혀 기억이 없었다.

"어쩌면 이미 죽었을지도 몰라."

"살아 있을지도 모르죠."

두 사람 사이에선 하타노 이야긴지 오쓰네 이야긴지도 모를 이런 문답이 오갔다.

"그 사람이 느닷없이 찾아온 것처럼 그 여자도 언제 뜬금없이 찾아올지 모르겠네요" 하며 아내는 겐조의 얼굴을 보았다. 겐조는 팔짱을 낀 채 말이 없었다.

## 45

겐조도 아내도 오쓰네가 보낸 편지의 내용을 잘 기억하고 있었다. 이렇다 할 연고도 없는 타인도 친절하게 매월 얼마씩 송금을 해 주는데, 어릴 때부터 그렇게 신세를 져 놓고 여태껏 모른 척하고 있는 건 도리가 아니라는 의미가 편지장마다 뻔히 보였다.

그때, 그는 이 편지를 도쿄에 있는 형에게 보냈다. 그러고는 근무처에 이런 걸 자꾸 보내면 곤란하니 조심하라고 그쪽에 일러 달라고 부탁했다. 형에게선 곧바로 답장이 왔다. 애당초 입양가에서 이혼을 하고 타가로 시집을 간 이상 타인이다. 게다가 겐조는 그 집에서조차 이미 나왔으니, 이제 와서 직접 본인에게 편지 같은 걸 보내면 곤란하다는 이유로 상대방을 설득했으니 안심하라고 그 답장에 적혀 있었다.

오쓰네의 편지는 그 후 뚝 끊겼다. 겐조는 안심했다. 하지만 어딘지 께름칙한 구석이 있었다. 그는 오쓰네의 돌봄을 받던 옛날을 잊을 수는 없었다. 동시에 그녀에 대한 혐오는 옛날과 다를 바 없었다. 요컨대 오쓰네에 대한 그의 태도는 시마다에 대한 그의 태도와 마찬가지였다. 그리고 시마다에 대해서보다 한층 더 심한 혐오를 느꼈다.

'시마다 한 사람으로도 힘든 판에 또 새삼스레 그런 여자까지 나타나다니 죽겠군.'

겐조는 내심 이렇게 생각했다. 남편의 과거에 대해 그다지 아는 것이 없는 아내의 마음은 더구나 냉정했다. 아내의 동정은 지금 자신의 친정 쪽에만 쏠려 있었다. 원래는 상당한 지위에 있던 그녀의 아버지는 한동안 실직 생활을 계속한 결과, 점차 경제적으로 곤경에 빠지게 되었다.

겐조는 가끔씩 집으로 이야기를 나누러 오는 청년과 마주앉을 때면, 활짝 개인 그들의 모습과 자신의 내면을 대조하게 되었다. 그의 눈에 비친 청년들은 모두 앞만 보고 유쾌하게 성큼성큼 걸어 나가는 듯했다.

어느 날 그는 청년 하나에게 말했다.

"자네들은 행복하군. 졸업하면 뭐가 되겠다든가, 뭘 하겠다든가 그런 것만 생각하면 되잖아."

청년은 쓴웃음을 짓더니 말했다.

"그런 건 선생님 세대 이야기죠. 지금 청년들은 그렇게 한가하지 않아요. 뭐가 될 건지 뭘 할 건지, 물론 생각이야 하겠지만,

세상이 그렇게 자기 생각대로 되는 게 아니라는 것도 잘 알고 있거든요."

하긴 그가 졸업했던 시절에 비하면 세상은 열 배는 각박해졌다. 하지만 그것은 의식주에 관한 물질적 문제에 불과했다. 따라서 청년의 대답에는 그의 생각과는 좀 어긋난 점이 있었다.

"아니 자네들은 나처럼 과거에 얽매이지 않으니 행복하다는 걸세."

청년은 뜨악한 표정을 지었다.

"선생님도 전혀 과거에 얽매인 듯 보이시지 않아요. 이제부터 내 세상이다, 하는 구석이 있는 것 같은데요."

이번엔 겐조 쪽이 쓴웃음을 지을 차례였다. 그는 청년에게 프랑스의 어느 학자가 주장한, 기억에 관한 새로운 학설을 들려주었다.

사람이 물에 빠지거나 혹은 절벽에서 떨어지려는 찰나에 곧잘 자신의 과거 전체를 일순간에 머릿속에 떠올리는 일이 있다는 것에 대해, 이 철학자는 하나의 해석을 내린 것이다.

"그의 주장에 의하면 인간은 평생 그들의 미래만을 바라보며 살고 있는데 그 미래가 어느 순간 일어난 위험 때문에 갑자기 막혀 버리고 이제 끝이다, 싶으면 갑자기 눈을 돌려 과거를 바라보게 되니까, 거기서 모든 과거의 경험이 한꺼번에 의식에 떠오른다는 거지."

청년은 겐조의 이야기를 흥미롭다는 듯이 들었다. 하지만 사정을 전혀 모르는 그로서는, 그것을 겐조의 처지에 옮겨놓고 생각할 수는 없었다. 겐조 역시, 지금 자신이 한 찰나에 자신의 모든 과거를 떠올릴 만한 위험한 처지에 놓인 것이라고 생각할 만큼 바보는 아니었다.

## 46

겐조의 마음을 불쾌한 과거로 휩쓸어 간 단서가 된 시마다는 그로부터 대엿새쯤 지나자 결국 다시 그의 집에 나타났다.

그때 겐조의 눈에 비친 이 노인은 그야말로 과거의 유령이었다. 또한 현재의 인간이기도 했다. 그리고 어두컴컴한 미래의 그림자임이 분명했다.

'도대체 이 그림자는 언제까지 내 몸에 붙어 다닐까?'

겐조의 가슴은 호기심의 자극을 받기보다 오히려 불안의 잔물결로 흔들렸다.

"요전에 히다를 좀 찾아가 봤습니다."

시마다의 말투는 지난번과 마찬가지로 정중하기 이를 데 없었다. 하지만 그가 무엇 때문에 히다의 집에 발걸음을 했는지, 그 점에 대해서는 완전히 시치미를 떼는 것이었다. 그의 어조로는 마치 오랜만에 안부도 물을 겸, 그쪽에 볼일이 있던 차에 들렀던 사람 같았다.

"그 부근도 옛날과는 많이 달라져 있더군요."

겐조는 자기 앞에 앉아 있는 사람의 성실성을 의심했다. 과연

이 남자가 그의 복적을 히다에게까지 부탁한 걸까. 혹은 히다가 자기들과 의논했던 대로 단호히 그것을 거절한 걸까. 겐조는 그런 명백해야 할 사실마저 의심치 않을 수 없었다.

"원래는 그, 거기 폭포가 있어서 다들 여름이면 곧잘 갔었잖아요?"

시마다는 상대가 어떻든 상관없이 한담을 늘어놓고 있었다. 겐조 쪽에서는 물론 자진해서 불쾌한 문제를 건드릴 필요가 있으랴 싶어 그저 노인 뒤를 따라갈 뿐이었다. 그러다 보니 어느 틈엔가 시마다의 말투가 조금씩 흐트러졌다. 결국엔 그는 겐조의 누나 이름을 막 부르기 시작했다.

"오나쓰도 늙었더군. 물론 오래 안 만나기도 했지만. 옛날엔 꽤나 드센 여자여서 툭하면 나한테 달려들기도 했었거든. 그 대신 원래 형제처럼 지내다 보니 아무리 싸움을 해도 금세 또 화해를 하기도 했지만. 힘들면 도와달라고 하소연을 하고 난 또 그게 불쌍해서 그때마다 조금씩 형편을 봐줬어."

시마다 말은, 혹시 누나가 들었다간 엄청나게 화를 내겠다 싶을 만큼 제멋대로였다. 게다가 자기 입장에서만 본 왜곡된 사실을 남에게 강요하는 악의로 차 있었다.

겐조는 점차 말수가 줄었다. 마지막엔 입을 다물고 시마다의 얼굴을 빤히 바라보았다.

시마다는 묘하게 코 아래쪽이 기다란 남자였다. 게다가 거리에서 뭘 바라보거나 할 때면 언제나 입을 벌리고 있었다. 그래서 약간 바보스러워 보였다. 그렇지만 누구의 눈에도 결코 선량한 바보로는 보이지 않는 남자였다. 쑥 들어간 그의 눈 밑바닥이 늘 그와는 반대되는 무엇인가를 말하고 있었다. 눈썹은 험악했다. 좁고 높은 이마 위의 머리카락은 젊은 시절부터 가르마를 탄 적이 없었다. 산속의 수행자라도 되는 듯 언제나 뒤쪽으로 넘겨 붙여 놓았다.

그는 문득 겐조의 눈을 보았다. 그리고 상대의 내심을 읽었다. 일단 오만한 옛날로 돌아갔던 그의 말투가 다시 어느샌가 현재의 정중함으로 돌아왔다. 과거의 자신으로 돌아가 겐조를 대하려던 시도를 마침내 단념한 것이다.

그는 실내를 두리번거리기 시작했다. 살풍경하기 짝이 없는 그 방엔 액자도 족자도 걸려 있지 않았다.

"이홍장의 글씨는 좋아하십니까?"

그는 뜬금없이 이렇게 물었다. 겐조는 좋다고도 싫다고도 하기 어려웠다.

"좋아하면 드리려고요. 그것도 요즘은 꽤나 값이 나갈걸요?"

옛날에 시마다는, 후지타 토오코*의 '白髮蒼顔万死余(백발창안만사여)'* 운운하는 반 절짜리 위작을 오래된 것처럼 보이게 만든다며 부엌 아궁이 위에 걸어 둔 적이 있었다. 그가 겐조에게 주겠다는 이홍장도 어느 누가 쓴 것인지 수상쩍기 이를 데 없었다. 시마다에게서 뭘 받고 싶은 마음이 전혀 없었던 겐조는 응수하지 않았다. 시마다는 가까스로 돌아갔다.

## 47

"뭐 하러 온 걸까요, 그 사람은?"

아무런 목적 없이 올 리가 없다는 느낌이 아내에겐 강했다. 겐조 역시 같은 느낌에 상당히 지배당하고 있었다.

"알 수가 있나, 뭔지. 처음부터 물고기와 들짐승만큼 다른데."

"뭐가요?"

"그 사람과 내가 말야."

아내는 갑자기 자기 친정과 남편의 관계를 생각했다. 양자 사이엔 자연스럽게 생긴 골이 있어서 서로를 떼어놓고 있었다. 외골수인 남편은 절대로 그 골을 뛰어넘지 않았다. 골을 판 쪽에서 그것을 메우는 것이 당연하지 않느냐는 식으로 밀고 나가는 것이다. 친정에선 또 반대로 남편이 제멋대로 이 골을 파기 시작했으니 그가 평지를 만들어야지, 하는 생각을 가지고 있었다. 아내는 물론 자기 친정 쪽에 더 쏠려 있었다. 그녀는 자기 남편을 세상과 어울릴 수 없는 괴팍한 학자 정도로 이해했다.

동시에 남편이 친정과 어울리지 못하고 불편해진 것은 자신이 주된 요인이라는 것도 인정했다.

아내는 그만 이야기를 마치고 싶었다. 하지만 시마다에게 온통 신경이 쏠려 있던 겐조에겐 그 뜻이 통하지 않았다.

"당신은 그렇게 생각 안 하나?"

"그야 그 사람과 당신은 물고기와 들짐승처럼 다르겠지요."

"물론 딴 사람과 나를 비교하는 건 아냐."

이야기는 다시 시마다에게로 돌아왔다. 아내는 웃으며 물었다.

"이홍장의 족자가 어쩌고 했었죠?"

"나한테 줄까, 묻는 거야."

"관두세요. 그런 물건 받았다간 나중에 뭔 소리를 할지 모르잖아요. 주겠다는 건 그냥 말뿐이죠. 사실은 사 달라는 거예요, 분명."

부부에겐 이홍장의 족자말고도 사고 싶은 것이 얼마든지 있었다. 점점 커 가는 딸아이에게 그럴듯한 기모노를 입혀서 내보내지 못하는 것도, 아내로서는 남편이 모르는 걱정거리였다. 2엔 50전씩 월부로 요전에 새로 맞춘 레인코트 값을 다달이 양복점에 내고 있는 남편 역시 그다지 마음 편할 리도 없었다.

"복적 이야기는 전혀 안 꺼냈나 봐요?"

"응, 아무 말도 없던데. 여우에 홀린 것 같아."

처음부터 이쪽의 주의를 끌려고 일부러 그런 말도 안 되는 이야기를 꺼낸 건지, 혹은 정말로 그런 생각을 해서 히다에게 말을 꺼냈지만 히다가 딱 잘라 버리니까 안 되겠다 싶었던 건지, 겐조는 전혀 짐작도 할 수 없었다.

"뭘까요?"

"전혀 모르겠어, 그 사람들의 생각이라는 걸."

사실 시마다는 무슨 짓이라도 할 수 있는 남자였다.

그는 한 사흘 지나 또 겐조의 현관문을 열었다. 그때 겐조는 서재에 불을 켜고 책상 앞에 앉아 있었다. 마침 그의 머릿속에서 중요한 사상적 문제의 한 가닥 단서를 찾아냈나 싶던 참이었다. 그는 집중하여 그것을 이쪽 가까이 끌어당기려 기를 썼다. 하지만 그의 사색은 돌연 끊겨 버렸다. 그는 찡그린 얼굴로 서재 입구 바닥에 손을 대고 쪼그려 앉은 하녀 쪽을 돌아보았다.

'왜 이렇게 자꾸 와서 사람을 못살게 구는 걸까?'

그는 속으로 중얼거렸다. 단호히 면회 사절이라 말할 용기가 없는 그는 하녀를 돌아본 채 한동안 잠자코 있었다.

"안내할까요?"

"응."

어쩔 수 없이 대답했다. 그리고 "사모님은?" 하고 물었다.

"몸이 좀 안 좋으시다고 아까부터 누워 계세요."

아내가 드러눕는 건 히스테리가 일어난 게 분명하다 싶었다. 그는 한참 만에 겨우 일어섰다.

48

전깃불이 아직 집집마다 설치되지 않던 시절이어서, 응접실엔 평소대로 어둑한 램프가 켜져 있었다.

그 등잔은 기다란 대나무 통 위에 기름 단지를 끼워 넣게 되어 있는데 북통 모양을 닮은 평평한 바닥을 다다미 위에 놓는 구조였다.

겐조가 응접실로 나갔더니, 시마다는 그것을 자기 쪽으로 끌어다 놓고 심지를 높였다가 줄였다가 하며 등불 모양을 바라보고 있었다. 그는 제대로 인사도 하지 않고 "그을음이 좀 나는 것 같네요" 했다.

아닌 게 아니라, 덮개가 검은색으로 덮여 있었다. 심지를 똑바로 자르지 않은 상태에서 무턱대고 심지를 돋우면 이렇게 되는 것이 이 램프의 특징이었다.

"바꿔 오라고 하죠."

집에는 같은 모양이 세 개쯤 있었다. 겐조는 하녀를 불러 거실에 있는 것과 교환하려 했다. 하지만 시마다는 건성으로 대답을 하는 둥 마는 둥, 검댕으로 흐려진 덮개에서 쉽사리 눈을 떼지 못했다.

"어떻게 되어 있는 건가?"

그는 혼잣말을 하며 풀꽃 모양을 불투명하게 새겨 넣은 동그란 덮개 틈을 들여다보았다.

겐조의 기억 속에서 그는 이런 것들에 곧잘 마음을 빼앗기는 것을 보아 무척이나 꼼꼼한 남자가 분명했다. 그는 어쩌면 결벽증이었다. 타고난 윤리적 불결벽과 금전적 불결벽을 보상이라도 하려는 듯이 방이나 대청의 먼지에 신경을 썼다. 그는 뒷자락을 걷어붙이고 걸레질을 했다. 맨발로 정원에 나가 쓸데없는 곳까지 비질을 하고, 물을 뿌리기도 했다.

물건이 망가지면 자기 손으로 고치고야 말았다. 혹은 고치려고 했다. 그러느라 아무리 시간이 걸려도 혹은 아무리 힘이 들어도 전혀 아랑곳하지 않았다. 그것이 성격에 맞을 뿐 아니라,

그에겐 손에 쥔 1전짜리 동전 쪽이 시간이나 노동보다 훨씬 중요해 보였기 때문이다.

"뭘, 그런 건 집에서 할 수 있어. 돈을 주고 맡길 필요 없어. 손해라고."

손해를 본다는 것이 그에겐 무엇보다 두려웠다. 그러면서 눈에 안 보이는 손해는 아무리 많아도 깨닫지 못했다.

"우리 집 양반은 너무 솔직해서."

오후지 씨는 옛날에 겐조에게 자기 남편을 평하면서 이런 단어를 썼다. 아직 세상물정을 모르던 겐조에게도 그것이 진실이 아니라는 것은 뻔해 보였다. 다만 자기 앞에서 거짓인 줄 알면서도 남편의 성품을 감싸는 것이라고 선의로 해석했던 그는 그때 오후지 씨에게 아무런 말도 하지 않았다. 하지만 이제와 생각해 보면, 그녀의 품평엔 약간은 근거가 있는 건가 싶기도 했다.

'필경은 큰 손해를 깨닫지 못하는 구석이 솔직한 것이겠지.'

겐조는 오로지 금전상의 욕심을 채우기 위해, 그 욕심을 한참 못 따라가는 유치한 잔머리를 최대한 굴리고 있는 노인을 차라리 불쌍히 여겼다. 그리고 움푹 들어간 눈을 지금 반투명 유리 덮개에 갖다 대고 연구라도 하는 것처럼 어둑신한 등불을 응시하고 있는 그가 가엾어 보였다.

'그는 이렇게 늙었다.'

시마다의 평생을 압축한 듯한 한마디를 눈앞에 떠올린 겐조는 자신이 과연 어떻게 늙을 것인지를 생각했다. 그는 신이라는 단어를 싫어했다. 하지만 그때 그의 마음엔 분명 신이라는 낱말이 떠올랐다. 그리고 만약 그 신이 그의 일생을 통찰한다면 이 탐욕스러운 노인의 일생과 그다지 다를 것도 없으리라는 생각이 들었다.

그때 시마다가 램프 손잡이를 갑자기 돌린 것인지 좁고 기다란 덮개 속이 빨간 불꽃으로 가득 찼다. 놀란 그가 이번엔 손잡이를 반대 방향으로 너무 돌리는 바람에 그렇지 않아도 어둡던 등불이 더욱 어두워져 버렸다.

"아무래도 안 되겠네요."

겐조는 손뼉을 쳐서 하녀더러 새 램프를 가져오라고 일렀다.

## 49

이날 밤, 시마다의 태도는 그전과 전혀 달라진 것이 없었다. 어디까지나 겐조를 독립한 인간으로 인정하는 듯한 말투였다.

하지만 지난번 이야기했던 족자 이야기는 이미 까맣게 잊은 듯 보였다. 이홍장의 이 자도 입에 올리지 않았다. 복적에 관해서는 더욱 그랬다. 그런 낌새조차 전혀 보이지 않았다.

그는 가능하면 그저 한담을 하려 들었다. 하지만 두 사람 모두에게 흥미가 있을 만한 화제가 아무리 찾아봐도 있을 리 없었다. 그가 하는 이야기 대부분이 겐조에겐 완전히 무의미에 가깝게 여겨졌다.

겐조는 지루했다. 하지만 주의를 게을리 하지 않았다. 그는 이 노인이 어느 날 무언가를 가지고 지금보다 확실한 모습으로 자기 앞에 나타날 것이 분명하다는 예감에 지배당했다. 그리고 그 무언가라는 것은 자신에게 불쾌한, 혹은 불리한 형태를 갖추고 있을 것이 틀림없다는 추측에도 지배당했다.

그는 지루함 속에서 가늘지만 꽤나 날카로운 긴장감을 느꼈다. 그 탓일까, 시마다가 자신을 보는 눈이 좀 전에 반투명 유리 덮개를 통해 검댕으로 흐려진 램프 불을 바라보던 때와는 완전히 달라져 있는 게 보였다.

'틈만 나면 뛰어들자.'

움푹한 그의 눈은 흐리멍덩하면서도 명백하게 이런 의미를 드러냈다. 겐조는 저절로 그에 저항하여 자세를 가다듬어야 했다. 하지만 때론 그 자세를 슬쩍 허물어 굶주린 듯한 상대의 눈에 안정감을 주고 싶기도 했다.

느닷없이 안방에서 아내의 신음이 들렸다. 겐조는 이 소리에 대해 보통 사람들보다 훨씬 민감했다. 그가 귀를 기울였다.

"누가 아픈가요?" 하고 시마다가 물었다.

"예, 집사람이 좀."

"그래요, 그것참 걱정이네요. 어디가 안 좋으세요?"

시마다는 아직 아내 얼굴을 본 적이 없었다. 언제 어디서 시집을 왔는지도 모르는 듯했다. 따라서 그의 말은 그저 인사치레일 뿐이었다. 겐조 역시 이 사람에게서 자기 아내에 대한 동정을 구할 생각은 없었다.

"요즘은 기후가 좋지 않아서 조심해야 하죠."

아이들은 이미 잠이 들어 안쪽은 조용했다. 하녀는 제일 멀리 떨어진 주방 옆의 3첩 방에 있는 모양이었다. 이럴 때 아내를 혼자 두는 것이 겐조에겐 무엇보다 괴로웠다. 그는 손뼉을 쳐서 하녀를 불렀다.

"잠깐 안방에 가서 사모님 곁에 있어다오."

"네."

하녀는 왜 그러나, 하는 모습으로 장지문을 닫았다. 겐조는 다시 시마다 쪽으로 돌아앉았다. 하지만 그의 마음은 노인을 떠나 있었다. 빨리 좀 가 줬으면 싶은 마음이 말이나 태도에 드러났다.

그런데도 시마다는 좀처럼 일어서지 않았다. 이야깃거리가 없어져서 어쩔 수가 없어지고 나서야 겨우 방석에서 일어났다.

"바쁘신데 실례가 많았습니다. 조만간 다시."

아내의 병에 대해 아무 말도 하지 않았던 그는 현관에 내려서서 다시 겐조 쪽을 돌아보았다.

"밤엔 좀 한가하십니까?"

겐조는 건성으로 대답하고 그냥 서 있었다.

"실은 좀 이야기할 게 있는데."

겐조는 무슨 일이냐고 되묻지 않았다. 노인은 겐조가 손에 들고 있던 어두운 등불 아래서 흐릿한 눈을 빛내며 그를 올려다보았다. 그 눈엔 역시 어딘가 틈새만 보이면 뛰어들려는 자의 고약한 광채가 번득였다.

"자, 그럼."

마침내 격자문을 열고 밖으로 나선 시마다는 이렇게 말하고 어둠 속으로 사라졌다. 겐조의 대문엔 등도 켜 있지 않았다.

50

겐조는 곧장 안으로 들어와 아내의 머리맡에 섰다.

"왜 그래?"

아내는 눈을 뜨고 천장을 바라보았다. 겐조는 이부자리 옆에서 그 눈을 내려다보았다.

장지문 옆에 놓인 램프 불은 응접실보다 더 어두웠다. 아내의 눈동자가 어딜 향해 있는지 잘 안 보일 정도였다.

"왜 그래?"

겐조는 같은 질문을 되풀이해야 했다. 그런데도 아내는 대답하지 않았다.

그는 결혼 이후 이런 일을 몇 번이나 겪었다. 하지만 익숙해지기엔 그의 신경이 지나치게 예민했다. 겪을 때마다 같은 정도의 불안을 느끼곤 하는 것이다. 그는 베갯머리에 앉았다.

"이제 가도 돼. 여긴 내가 있을게."

멍하니 이부자리 끝에 앉아서 그저 겐조를 바라보고 있던 하녀는 말없이 일어섰다. 그러고는 "안녕히 주무세요" 하며 문지방에 손을 짚고 인사를 하더니 장지문을 닫았다. 뒤에는 붉은 실을 매단 반짝이는 것이 다다미 위에 남았다. 그는 눈썹을 찡그리며 하녀가 흘리고 간 바늘을 집어 들었다. 평소 같으면 아이를 바로 다시 불러서 잔소리를 하며 건네주었겠지만 그는 잠자코 바늘을 손에 든 채 한동안 생각에 잠겼다. 결국 그는 바늘을 장지문에 푹 꽂았다. 그런 다음 다시 아내 쪽을 향해 돌아앉았다.

아내의 눈은 이미 천장을 떠나 있었다. 하지만 딱히 어디를 보는 것 같지도 않았다. 검고 커다란 눈동자에는 생기가 있었지만 살아 있는 움직임은 없었다. 그녀는 넋과 직접 연결되어 있지 않은 듯한 눈을 치뜨고 멍하니 눈동자가 향한 곳을 보고 있었다.

"어이."

겐조는 아내의 어깨를 흔들었다. 아내는 대답 없이 고개만 슬쩍 움직여 겐조 쪽으로 얼굴을 돌렸다. 하지만 남편의 존재를 알아차렸다는 기색은 전혀 없었다.

"이봐, 나야. 알겠어?"

이런 경우 그가 늘 사용하는 진부하고 간략하고 게다가 거만한 이 말 속에는, 남들이 모르지만 자기만은 알고 있는 연민과 고통과 비애가 있었다. 그리고 무릎을 꿇고 하늘에 비는 듯한 정성과 기원도 있었다.

'제발 뭐라고 좀 해 봐. 부탁이니 내 얼굴을 좀 보라고.'

그는 마음속으로 이렇게 아내에게 애원하고 있었다. 하지만 그 통절한 바람을 결코 입에 담으려 하진 않았다. 감상적인 기분에 지배당하기 쉬운 품성인 주제에 그는 결코 그것을 밖으로 드러내지 못하는 남자였다.

아내의 눈이 갑자기 평소대로 돌아왔다. 그리고 꿈에서 깬 사람처럼 겐조를 보았다.

"당신?"

그녀의 음성은 가늘고 길었다. 그녀는 웃음을 지으려 했다. 하지만 아직 긴장하고 있는 겐조의 얼굴을 보더니, 그녀는 웃음을 멈추었다.

"그 사람 갔어요?"

"응."

두 사람은 한동안 잠자코 있었다. 아내는 고개를 돌려 옆에서 자고 있는 아이 쪽을 보았다.

"잘 자네."

아이는 아내와 한 이불 속에서 조그만 베개를 베고 새근새근 잠들어 있었다.

겐조는 아내의 이마 위에 오른손을 올렸다.

"머리를 좀 식혀 줄까?"

"아뇨, 이젠 괜찮아요."

"괜찮아?"

"네."

"정말 괜찮아?"

"네. 당신도 그만 쉬세요."

"난 아직 못 자."

겐조는 다시 한 번 서재로 돌아와 고요한 밤을 혼자 지새워야만 했다.

51

눈은 말똥말똥했지만 그의 머리는 맑게 개이지 않았다. 그는 사색의 그물질을 중단당한 사람처럼 생각의 진로를 막아서는 안개 속에서 고생했다.

그는 내일 아침 많은 사람들보다 한 단 높은 곳에 서야만 하는* 가엾은 자신의 모습을 떠올려 보았다. 그 딱한 자기 얼굴을 골똘히 응시하기도 하고, 또는 잘 알아듣지 못하는 자기 말을 진지하게 받아 적기도 하는 청년들에 대해 미안한 생각이 들었다. 자신의 허영심이나 자존심에 상처를 입는 것 역시, 그것을 초월하지 못한 그에겐 큰 고통이었다.

'내일 강의도 또 제대로 안 되는 건가?'

그렇게 생각하자 그는 자신의 노력이 문득 진저리가 났다. 유쾌하게 생각의 실마리가 연결되어 갈 때, 간혹 무언가가 부추기듯 일어나는 '난 머리가 나쁘지 않아'라는 자신감이나 자아도취 역시 단박에 사라져 버렸다. 동시에 이렇게 머릿속을 뒤흔들어 놓는 자기 주변에 대한 불만도 평소보다 높아졌다.

그는 결국 펜을 집어 던졌다.

'그만하자. 아무러면 어때?'

시계는 이미 한 시를 지나 있었다. 램프를 끄고 어둠 속에서 대청 쪽 복도로 나서니 막다른 곳에 있는 안방 장지문 두 쪽만 불빛을 받아 밝았다. 겐조는 그 문 한쪽을 열고 안으로 들어섰다.

아이는 강아지처럼 웅크리고 잠들어 있었다. 아내 역시 조용히 눈을 감고 똑바로 누워 자고 있었다.

소리가 나지 않도록 조심하며 그 옆에 앉은 그는 약간 목을 빼고 아내의 얼굴을 위에서 들여다보았다. 그리고 손을 살짝 그녀의 얼굴 위에 갖다 댔다. 그녀는 입을 다물고 있었다. 그의 손바닥에는 아내의 코에서 나오는 따스한 숨이 느껴졌다. 호흡은 규칙적이었고 평온했다.

그는 손을 치웠다. 한 번 더 아내 이름을 불러 봐야만 안심할 수 있을 것 같다는 생각이 들었다. 하지만 그는 금세 그런 충동을 누를 수 있었다. 그러고는 다시 아내의 어깨에 손을 얹어 한 번 더 그녀를 흔들어 깨울까 하다가 그만두었다.

'괜찮겠지.'

그는 가까스로 보통 사람들의 판단으로 돌아올 수 있었다. 하지만 아내의 증상에 대해 신경이 예민해져 있던 그는, 그것이 누구나 이런 경우엔 취해야 하는 평범한 태도처럼 여겨졌던 것이다.

아내의 병에는 숙면이 최고의 약이었다. 오랫동안 그녀 곁에 앉아서 걱정스레 그 얼굴을 지켜보고 있는 겐조에게 무엇보다 고마운 그 숙면이 고요하게 그녀의 눈꺼풀 위에 내려왔을 때 그는 하늘에서 내려온 감로를 눈앞에 보는 듯한 기분이 늘 들었다. 하지만 그 숙면이 또 너무 길게 이어지면 이번엔 자신의 시선에서 감추어진 그녀의 눈동자가 오히려 불안의 씨앗이 되었다. 결국 눈꺼풀이 덮고 있는 그 안쪽을 보기 위해 그는 정신없이 잠들어 있는 아내를 굳이 흔들어 깨우는 일이 간혹 있었다. 아내가 좀 자게 내버려 두면 좋을 것을, 하는 하소연을 피곤한 얼굴에 드러내며 무거운 눈꺼풀을 들어 올리면 그는 그때에야 후회했다. 하지만 그의 신경은 이런 가엾은 짓을 해서라도 그녀의 실재를 확인하지 않으면 못 견디는 것이었다.

마침내 그는 잠옷으로 갈아입고 자기 이불로 들어갔다. 그러고는 탁하게나마 움직이고 있는 자신의 머리를 고요한 밤의 지배에 맡겼다. 밤은 그 혼탁함을 가라앉혀 주기엔 너무 어두웠다. 하지만 부산한 그 움직임을 막기엔 충분히 고요했다.

이튿날 아침 그는 자기 이름을 부르는 아내의 음성에 눈을 떴다.

"여보, 시간 됐어요."

아직 이불에서 나오지 못한 아내는 손을 뻗어 그의 머리맡에 있던 회중시계를 들고 바라보고 있었다. 하녀가 도마 위에서 뭔가를 써는 듯한 소리가 부엌 쪽에서 들렸다.

"하녀 아이는 벌써 일어났나?"

"네, 아까 깨우러 갔었어요."

아내는 하녀를 깨워 놓고 다시 이불 속으로 들어간 것이었다. 겐조는 바로 일어났다. 아내도 동시에 일어났다.

지난밤 일은 두 사람 모두 까맣게 잊은 듯 아무 말도 하지 않았다.

52

두 사람은 자신들의 이런 태도에 대해 아무런 주의도, 성찰도 없었다. 두 사람은 자신들 특유의 인과관계를 지닌 일들을 부지불식간에 자각하고 있었다. 그리고 그런 인과관계가 타인들에게는 전혀 통하지 않는다는 사실 역시 잘 이해하고 있었다. 그러니 사정을 모르는 제삼자의 눈에는 자기들이 어쩌면 이상해 보이지나 않을까 하는 의심조차 하지 않았다.

겐조는 말없이 밖으로 나와 평소처럼 일했다. 하지만 일에 몰두하면서도 그는 문득 아내의 병을 떠올리곤 했다. 그의 눈앞에 꿈을 꾸는 듯한 아내의 검은 눈동자가 갑자기 떠올랐다. 그러면 그는 자신이 서 있는 강단에서 내려와 집으로 돌아가야 할 것 같은 기분이 들었다. 혹은 지금이라도 집에서 누가 데리러 오는 것은 아닐까 싶기도 했다. 그는 넓은 방 한쪽에서 멀리 맞은편으로 보이는 문 쪽을 바라보았다. 그러다가 고개를 들고 투구를 덮어 놓은 듯한 높다란 천장을 올려다보았다. 니스 칠한 각목을 몇 단이나 짜 올려 원래 높은 것을 한층 더 높아 보이게 만든 그 천장은 소심한 그의 마음을 감싸주지 못했다. 마지막으로 그의 눈은 강단 아래쪽에 검은 머리를 나란히 하고 앉아 얌전하게 자기 말을 듣고 있는 많은 청년들 위에 머물렀다. 그리고 그들 때문에 홀연히 현실로 돌아올 수밖에 없었다.

이렇게 아내의 병 때문에 마음고생을 하고 있던 겐조인지라 시마다 때문에 그다지 골치를 썩이지는 않았다. 그는 이 노인을 고약하고 탐욕스러운 남자라 여겼다. 하지만 한편에선 그런 성격을 충분히 발휘할 능력이 없는 사람이라 생각하고 깔보고 있었다. 다만 쓸데없는 이야기로 귀중한 시간을 낭비하는 것이 겐조에겐 보통 사람들이 느끼는 것보다 훨씬 괴로운 일이었다.

"다음번엔 무슨 소릴 할지 몰라."

당할 것을 예상하고 미리 고민하는 겐조의 어투가 아내의 입을 열게 만들었다.

"어차피 뻔하잖아요? 그걸 걱정하느니 서둘러 절교를 하는 편이 훨씬 낫죠."

겐조는 마음속에서 아내의 말에 수긍했다. 하지만 입으로는 오히려 어깃장을 놓았다.

"걱정은 무슨, 그런 작자. 애당초 무서울 게 없는데."

"누가 무섭댔어요? 그래도 귀찮은 건 사실이잖아요? 아무리 당신이라도."

"세상엔 그저 귀찮다는 단순한 이유로 그만둘 수 없는 일들이 얼마든지 있지."

약간은 고집이 섞인 이런 대화를 아내와 주고받은 겐조는 다시 시미다가 찾아왔을 때 평소보다 더 바빠 골치가 아팠음에도 불구하고 결국 만남을 거절하지 못했다.

시마다가 이야기할 것이 있다고 한 것은 아내의 짐작대로 역시 돈 문제였다.

틈만 보이면 뛰어들려고 지난번부터 벼르고 있던 그는 아무리 기다려도 한이 없겠다 싶었던지 기회가 있고 없고 상관없이 결국 겐조에게 덤벼들기 시작했다.

"아무래도 좀 힘들어서. 어디 달리 부탁할 만한 곳도 없으니, 어떻게 좀."

노인의 말에는 너의 의무로서 받아들여야 하는 것 아니냐, 라는 식의 오만한 구석이 숨어 있었다. 하지만 그것은 자존심 때문에 겐조의 신경을 상하게 할 만큼 강한 것은 아니었다.

겐조는 일어나 서재 책상 위에서 자기 지갑을 들고 왔다. 가족의 회계를 맡은 것도 아니니 그의 지갑은 물론 얄팍했다. 텅 빈 채로 필묵 상자 옆에 던져 놓는 일도 드물지 않았다. 그는 거기서 손에 잡히는 대로 지폐를 집어내어 시마다 앞에 놓았다. 시마다는 묘한 표정을 지었다.

"어차피 달라시는 대로 드릴 순 없습니다. 그래도 있는 걸 전부 드린 겁니다."

겐조는 지갑을 시마다 앞에 열어 보였다. 그리고 그가 돌아간 뒤에 빈 지갑을 응접실에 던져 둔 채 서재로 돌아갔다. 아내에겐 돈을 준 이야기는 한마디도 하지 않았다.

## 53

이튿날 여느 때처럼 돌아와 책상 앞에 앉은 겐조는 원래 자리에 소중하게 갖다 둔 어제의 지갑을 발견했다. 가죽으로 된 장지갑은 그의 물건 중에서는 어쩌면 지나치게 근사한 고급품이었다. 그는 그것을 런던의 최고 번화가에서 구입했었다.

외국에서 가지고 온 기념품들이, 아무런 흥미도 불러일으키지 않게 되어 가고 있는 지금 그에겐 이 지갑 역시 쓸데없는 물건인 양 보일 뿐이었다. 아내가 뭐 하러 그걸 굳이 정중하게 원래 자리에 갖다 두었는지 의심스러웠던 그는 비웃는 듯이 힐끗 빈 지갑을 봤을 뿐 손도 대지 않고 며칠이 지났다.

그러다가 무슨 일로 돈이 필요한 날이 왔다. 겐조는 책상 위의 지갑을 들어 아내 코앞에 들이밀었다.

"어이, 돈 좀 넣어 줘."

아내는 오른손으로 자를 든 채 남편의 얼굴을 올려다보았다.

"들어 있을 거예요."

그녀는 지난번 시마다가 다녀간 후 남편에게 굳이 이야기를 들으려 하지 않았다. 그러니 노인에게 돈을 뜯겼다는 이야기도 부부 사이에선 전혀 화제에 오르지 않았다. 겐조는 아내가 사정을 몰라서 이런 소리를 한다 싶었다.

"그건 벌써 줘 버렸어. 지갑은 오래전부터 빈털터리라고."

아내는 여전히 자신의 오해를 깨닫지 못하는 듯했다. 들고 있던 자를 다다미 위에 던져 놓고는 손을 남편에게 내밀었다.

"잠깐 보여 주세요."

겐조는 바보 같기는, 하는 듯이 그것을 아내에게 넘겼다. 아내는 지갑 속을 살폈다. 안에서 지폐가 너덧 장 나왔다.

"봐요, 들어 있잖아요?"

그녀는 손때 묻은 쭈글쭈글한 지폐를 손가락 사이에 끼우더니 가슴 언저리까지 들어 올려 보였다. 그녀의 거동은 자신의 승리를 자랑하는 것처럼 약간의 웃음이 섞여 있었다.

"언제 넣은 거야?"

"그 사람이 다녀가고 나서요."

겐조는 아내의 마음 씀씀이가 기쁘다기보다는 외려 이상해 보였다. 그가 알고 있는 아내는 좀처럼 이런 기특한 짓을 하는 여자가 아니었던 것이다.

'내가 남몰래 시마다에게 돈을 뜯긴 것이 안됐다 싶기라도 했나.'

그는 속으로 생각했다. 하지만 입 밖에 내어 이유를 묻진 않았다.

남편과 마찬가지로 자신의 기존 태도를 끝내 바꾸지 않았던 그녀 역시 자진해서 스스로를 설명하는 번거로운 짓을 굳이 하지 않았다. 그녀가 보충해 둔 돈은 이리하여 말없이 받아들여졌고 또 말없이 소비되고 말았다.

그러는 동안 아내의 배가 점점 불러 왔다. 움직임이 갈수록 힘들어지는 모양이었다. 기분도 변덕스러웠다.

"나, 어쩌면 이번엔 잘못될지도 몰라요."

그녀는 간혹 무언가를 느끼는지 이렇게 말하고 눈물을 흘렸다. 대부분 응대하지 않는 겐조였지만 때로는 상대를 해 줄 수밖에 없었다.

"어째서?"

"그럴 수밖에 없을 것 같다니까요."

질문도 설명도 더 이상 나아갈 수 없는 이야기 속에 어렴풋한 무언가가 늘 숨어 있었다. 그 무언가는 단순한 언어를 타고 나와 언어가 미치지 못하는 먼 곳으로 사라져 갔다. 방울 소리가 고막이 미치지 못하는 아득한 세계로 배어들 듯이.

그녀는 입덧으로 죽은 겐조의 형수 이야기를 떠올렸다. 그리고 자신이 장녀를 낳으면서 같은 증상으로 괴로웠던 옛일과 비추어 보곤 했다. 이삼 일만 더 음식을 넘기지 못하면 자양 관장을 해야만 하는 위험한 고비를 용케도 넘겼지, 하는 생각에 살아 있는 것이 오히려 우연인 듯 여겨지기까지 했다.

"여자도 참 별수 없어."

"그게 의무이니 어쩔 수 없지."

겐조의 대답은 더없이 평범했다. 하지만 자신의 머리로 판단하자면 정말 한심한 소리였다. 그는 속으로 쓰게 웃었다.

## 54

겐조의 기분 역시 오르락내리락했다. 입에 발린 말이라도 아내의 마음을 위로할 만한 소리는 하지 않았다. 때로는 힘들다는 듯이 누워 있는 그녀가 칠칠맞지 못해 보여 견딜 수 없이 짜증이 났다. 베갯머리에 버티고 선 채, 일부러 안 해도 좋을 일을 험상궂은 소리로 뭔가를 시키기도 했다.

아내도 움직이지 않았다. 커다란 배를 다다미에 갖다 붙이고 차든지 패든지 네 멋대로 해라 하는 태도였다. 평소에도 그다지 말수가 없는 그녀는 더더욱 침묵을 지켰고 그것이 남편을 짜증스럽게 만드는 것을 눈앞에서 보면서도 태연했다.

'요컨대 뻔뻔한 거지.'

겐조의 가슴속엔 이런 단어가 아내의 모든 것의 특색이라도 되는 듯이 깊이 아로새겨졌다.

그는 다른 것은 모두 잊어버려야 했다. '뻔뻔함'이라는 관념만이 모든 주의의 초점이 되어 버렸다. 그는 다른 것을 암흑으로 만들고 최대한 강렬한 증오의 빛줄기를 이 세 글자 위에 비추었다. 아내는 또 물고기나 뱀처럼 입을 다물고 그 증오를 받아들였다. 따라서 남들 눈엔 아내는 언제 봐도 품위 있는 여자로 비치는 대신, 남편은 아무래도 미치광이 같은 신경질쟁이로 평가될 수밖에 없었다.

'당신이 그런 식으로 못되게 굴면 다시 히스테리를 부릴 거예요.'

아내의 눈에서는 때로 이런 빛이 번득였다. 어째서인지, 겐조는 그 빛을 몹시 두려워했다. 동시에 그것을 격렬히 증오했다. 제멋대로인 그는 내심 무사하기를 빌면서도 겉으로는 일부러 멋대로 해라, 하는 태도를 보였다. 그 강경한 태도 어딘가에 항상 가장에 가까운 약점이 있다는 것을 아내는 알고 있었다.

"어차피 아이를 낳다가 죽어 버릴 거니까 상관없어." 그녀는 겐조더러 들으라는 듯이 중얼거렸다. 겐조는 죽어 버려, 하고 싶었다.

어느 날 밤, 문득 잠에서 깬 그는 눈을 크게 치뜨고 천장을 바라보고 있는 아내를 보았다. 그녀의 손엔 그가 서양에서 가지고 온 면도칼이 들려 있었다. 그녀가 흑단 칼집에 접혀 들어 있던 면도날을 꺼내 세우지 않고 검은 칼집 채로 들고 있었기에 차가운 빛이 그의 시각을 습격하지는 않았다. 하지만 그는 흠칫했다. 반신을 이부자리 위에 일으켜 단숨에 아내의 손에서 면도칼을 빼앗았다.

"멍청한 짓 하지 마."

이렇게 말함과 동시에 그는 면도칼을 집어 던졌다. 면도칼은 장지문에 끼워 넣은 유리에 맞아 한 부분을 깨뜨리면서 건너편 대청에 떨어졌다. 아내는 멍하니 꿈이라도 꾸는 사람처럼 한마디도 하지 않았다.

그녀는 정말 칼부림을 할 만큼 정신적으로 궁지에 몰린 걸까? 혹은 병적 발작에 자신의 의지가 꺾여 어쩔 수 없이 무의식중에 흉기를 들게 된 걸까? 아니면 단지 남편을 이겨 먹겠다는 책략으로 이렇게 사람을 놀라게 만드는 걸까? 놀라게 하는 건 그렇다 치고 과연 그 진의는 도대체 어디 있는 것일까? 남편이 자신에 대해 평온하고 친절한 사람이 되게 만들 작정인 걸까? 아니면 그저 얄팍한 정복욕에 불타고 있는 것일까? 겐조는 잠자리에서 하나의 사건에 대해 대여섯 가닥의 해석을 하고 있었다. 그리고 때로 잠들지 못하고 눈을 아내 쪽으로 돌려 동정을 살폈다. 자고 있는지 깨어 있는지 알 수 없는 아내는 전혀 움직임이 없었다. 마치 죽음을 뽐내는 사람 같았다. 겐조는 다시 베개 위에서 자기 문제의 해결로 돌아왔다.

그 해결이란 그의 실생활을 지배함에 있어서 학교의 강의보다 훨씬 중요했다. 아내에 대한 그의 기조는 온전히 그 해결 하나로 정해져야만 했다. 지금보다 훨씬 단순했던 옛날, 그는 오로지 아내의 불가사의한 언동을 병 때문이라고 믿어 의심치 않았다. 그 시절에는 발작이 일어날 때마다 신 앞에 참회하는 사람의 정성으로 아내의 무릎 아래 엎드리곤 했다. 그는 그것이 남편으로서 가장 친절하고 또 가장 고귀한 처치라고 믿고 있었다.

'지금이라도 그 원인을 확실히 알 수만 있다면.'

그는 이런 자애로운 마음으로 가득 차 있었다. 하지만 불행히도 그 원인은 옛날처럼 단순해 보이진 않았다. 그는 끝없이 생각해야 했다. 도저히 해결되지 못할 문제에 지쳐 가까스로 잠이 드는 둥 마는 둥 하다가 금세 다시 일어나 강의를 하러 나가야만 하는 것이다. 그는 어젯밤 일에 대해 결국 단 한 마디도 아내에게 할 기회가 없었다. 아내 역시 해가 뜨면서 그 일은 잊은 듯한 얼굴이었다.

## 55

이렇게 불쾌한 장면 뒤에는 대개 자연이 중재자로서 두 사람 사이에 끼어 들었다. 두 사람은 어느샌가 보통의 부부들처럼 말을 주고받게 되는 것이다.

하지만 어떤 때는 자연이 완전한 방관자에 불과했다. 부부는 언제까지 가도 서로 등을 돌린 채 지냈다. 두 사람의 관계가 극단적인 긴장 관계에 이르면 겐조는 정해 놓고 아내더러 친정으로 돌아가라고 했다. 아내는 돌아가든 말든 그건 이쪽 마음이야, 하는 표정이었다. 그런 태도가 얄미워서 겐조는 같은 소리를 몇 번이고 서슴지 않고 했다.

"그럼, 당분간 아이를 데리고 집에 가 있을게요."

아내가 이렇게 말하고 일단 집으로 돌아간 적도 있었다. 겐조는 그들의 식비를 매월 보내 준다는 조건 하에 다시 옛날 서생 생활로 돌아간 자신이 기뻤다. 그는 비교적 널찍한 집 안에 하녀와 단둘만 남은 이 갑작스러운 변화를 전혀 쓸쓸하다고 여기지 않았다.

"아아, 후련하고 기분 좋아."

그는 8첩 방 한가운데 조그만 좌탁을 놓고 그 위에서 아침부터 저녁까지 글을 썼다. 마침 한창 더울 때라서 몸이 별로 건강하지 못한 그는 곧잘 다다미 위에 벌렁 드러눕곤 했다. 언제 교체했는지 낡아 빠진 그 다다미에는 그의 등짝을 달구는 듯한 노란 보풀들이 속까지 일어나 있었다.

그의 노트는 더워질수록 작은 글씨로 채워져 갔다. 파리 대가리라고나 형용할 수 있을 그 원고를 가능하면 더 많이 써내는 것만이 그때의 그에겐 무엇보다 유쾌한 일이었다. 그리고 고통이자 의무이기도 했다.

스가모의 정원사 집 딸인 하녀는 그를 위해 분재 화분 두세 개를 가지고 와 주었다. 그것을 거실 마루에 놓고 그가 밥을 먹을 때면 시중을 들어 가며 이러저런 이야기를 했다. 그는 그녀의 친절이 기꺼웠다. 하지만 그녀의 분재는 경멸했다. 그건 어디서나 이삼십 전이면 화분째 살 수 있는 싸구려였던 것이다.

그는 아내 일은 생각하지 않고 글만 쓰고 있었다. 그녀의 친정에 얼굴을 내민다거나 할 생각은 전혀 없었다. 그녀의 병에 대한 걱정도 점차 사라져 버렸다.

'아프더라도 부모가 곁에 있잖아. 만약 악화되면 뭐라고 연락이 오겠지.'

그의 마음은 둘이 함께 있을 때보다 훨씬 평온했다.

아내와 관련된 사람을 만나지 않을뿐더러 그는 자기 형이나 누나 역시 만나러 가지 않았다. 그쪽에서도 오지 않았다. 그는 그저 혼자서 온종일 공부하고 서늘한 저녁이면 산책을 나갔다. 그리고 꿰매 붙인 자국이 있는 파란색 모기장에 들어가 잤다.

한 달쯤 지나자 갑자기 아내가 돌아왔다. 그때 겐조는 해가 저무는 석양 하늘 아래 넓지 않은 마당을 오락가락하고 있었다. 그의 걸음이 서재 마루 앞에 왔을 때 아내는 반쯤 썩기 시작한 쪽문 그늘에서 느닷없이 모습을 드러냈다.

"여보, 옛날로 돌아가 주세요."

겐조는 아내가 신고 있는 나막신 앞면이 이상하게 낡았고 뒤쪽은 몹시 보기 흉하게 닳아 있는 것을 보았다. 그는 그녀가 가

여워 보여서 지갑에서 1엔짜리 석 장을 꺼내 아내 손에 쥐어 주었다.

"꼴불견이니 이걸로 나막신을 사도록 해."

아내가 돌아오고 며칠 지나서 장모가 처음으로 겐조를 찾아왔다. 용건은 아내가 겐조에게 부탁한 것과 대동소이했다. 다시 그들을 받아들여 달라는 취지를 다다미 위에서 한 번 더 부연했을 따름이었다. 본인에게 돌아올 뜻이 있는데 거절한다는 것은 겐조가 보기에 무정한 짓이었다. 그는 두말없이 받아들였다. 아내는 다시 아이들을 데리고 고마고메로 돌아왔다. 하지만 그녀의 태도는 친정에 가기 전과 털끝만큼도 다를 것이 없었다. 겐조는 마음속으로 그녀의 어머니에게 속았다는 생각이 들었다.

이런 여름의 사건을 혼자서 되풀이해 볼 때마다 그는 불쾌해졌다. 이것이 언제까지 이어질까 싶기도 했다.

## 56

동시에 시마다는 툭하면 겐조에게 얼굴 내밀기를 잊지 않았다. 일단 한번 성과가 있었던 실마리를 놓치면 끝이라는 걱정이 그를 더욱 악착스럽게 만들었다. 겐조는 때때로 서재에 들어가 예의 지갑을 노인 앞에 갖다 놓아야 했다.

"지갑이 참 좋네요. 이야아, 외국 물건은 역시 어딘가 다르다니까요."

시마다는 커다란 장지갑을 손에 들고 감탄했다는 듯이 안팎을 뒤집어 가며 바라보곤 했다.

"실례지만 이런 건 얼마나 합니까, 그쪽에선?"

"아마 10실링이었을 겁니다. 일본 돈으로 하자면, 대충 5엔 정도 되겠지요."

"5엔? 5엔이면 꽤 나가는군요. 아사쿠사 구로후네초에 예전부터 내가 알고 있는 장신구점이 있는데 거기서라면 훨씬 싸게 구할 수 있어요. 다음에 필요한 게 있으면 내가 부탁해 줄게요."

겐조의 지갑이 항상 차 있는 건 아니었다. 텅 비어 있을 때도 있었다. 그런 경우엔 별수 없이 그냥 앉아 있었다. 시마다 역시 뭔가 핑곗거리를 찾아가며 엉덩이를 들지 않았다.

'돈을 줄 때까지 가질 않는군. 지긋지긋한 인간 같으니라고.'

겐조는 속으로 화를 냈다. 하지만 아무리 귀찮아도 아내에게 따로 돈을 받아다가 노인에게 주거나 하진 않았다. 아내 역시, 와서 앉아 있는 정도라면, 하는 식으로 굳이 불평하지 않았다.

이럭저럭하는 사이에 시마다의 태도는 점차 적극적이 되어 갔다. 20, 30 하는 식의 목돈을 태연히 그쪽에서 요구하기 시작한 것이다.

"제발 좀. 나도 이 나이가 되어 의지할 자식도 없고, 믿을 데라곤 자네 한 사람 뿐이니까."

그는 자기 말투의 오만함도 깨닫지 못했다. 그러면서 겐조가 부루퉁하고 입을 다물고 있으면 움푹하고 탁한 눈을 교활하게 번득여 가며 흘끔흘끔 그를 바라보곤 했다.

"이런 정도 살림에 10이나 20을 못 만들 리야 없지."

그는 이런 소리까지 입에 담았다. 그가 돌아가면 겐조는 불쾌한 표정으로 아내에게 말했다.

"조금씩 나를 말려 죽일 심산이야. 처음엔 단번엔 해치우려다가 거절을 당했으니 이번에 멀리서부터 살금살금 다가오려는 거지. 정말 넌덜머리 나는 작자라니까."

겐조는 화가 날 때면 곧잘 '정말'이니 '진짜', '엄청' 같은 강조어법을 써서 울분을 터뜨리는 남자였다. 이런 점에선 아내 쪽은 대담하달까, 꽤나 차분했다.

"당신이 걸려드니까 그런 거죠. 그러게 처음부터 조심해서 접근을 못하게 했으면 좋았을 것을."

겐조는 그 정도야 처음부터 모르는 게 아니었어, 하는 기분을 부루퉁한 뺨과 입술에 드러냈다.

"절교하자고 마음먹으면 언제라도 가능해."

"그래도 지금까지 상대한 만큼 손해잖아요?"

"그야 아무 상관없는 당신이 보기엔 그렇겠지. 난 당신하고 다르니까."

아내는 겐조의 말을 잘 못 알아들었다.

"어차피 당신 눈으로 보면 나 같은 건 바보겠지요."

겐조는 그녀의 오해를 바로잡는 것조차 귀찮았다.

두 사람 사이에 감정이 어긋나 있을 때는 그나마 이 정도의 말조차 주고받지 않았다. 그는 시마다의 뒷모습을 배웅하고는 입을 다물고 곧장 서재로 들어갔다. 거기서 책을 읽는 것도 아니고 글을 쓰는 것도 아니고 그냥 앉아 있었다. 아내 쪽에서도 가정과 단절된 듯한 이런 고독한 사람을 언제까지고 신경 써 줄 기색이 없었다. 남편이 제멋대로 방 안 감옥에 들어간 것이니 어쩔 수가 없지, 정도로 생각하고 전혀 개의치 않았다.

## 57

겐조의 마음은 구겨 놓은 종잇조각처럼 꾸깃꾸깃했다. 가끔씩 기회를 잡아 짜증의 전류를 다른 데로 방출하지 않으면 괴로워 견딜 수가 없었다. 그는 아이가 제 엄마에게 졸라 산 꽃 화분 따위를 무턱대고 대청에서 아래로 걷어차기도 했다. 붉은 질화분이 생각대로 쨍그랑 하고 깨지는 것이 그에겐 약간의 만족을 주었다. 하지만 형편없이 망가져 버린 꽃과 줄기의 가엾은 모습을 보는 순간, 그는 금세 또 일종의 허무감에 휩싸였다. 아무것도 모르는 제 아이가 좋아하는 아름다운 노리개를 무자비하게 파괴한 것이 그들의 아비라고 하는 자각은 한층 더 그를 슬프게 만들었다. 그는 자기 행위를 반쯤 후회했다. 하지만 아이 앞에서 자신의 잘못을 자백하는 짓은 굳이 하지 않았다.

'내 책임이 아냐. 도대체 이런 미치광이 같은 짓을 나에게 시키는 게 누구지? 그놈이 나쁜 거야.'

그의 마음 깊은 곳엔 항상 이런 변명이 숨어 있었다.

평온한 대화는 파도치는 그의 기분을 가라앉히기 위해 필요했다. 하지만 사람을 피하는 그에게 그런 대화가 가능할 리 없었다. 그는 자기 혼자서 자가 발열하고 있는 듯한 기분이 들었다. 그렇지 않아도 반갑지 않을 보험 사원의 명함 따위를 보면 큰 소리로 죄 없는 하녀를 꾸짖었다. 그 소리는 현관에 서 있는 사원의 귀에까지 확실히 들렸다. 그는 나중에 자신의 태도가 부끄러웠다. 적으나마 호의를 지니고 인류를 접하지 못하는 자신에게 화가 났다. 동시에 아이의 화분을 걷어찼을 때와 마찬가지 변명을 마음속에서 당당히 읊었다.

'내가 나쁜 게 아냐. 내가 나쁘지 않다는 것은 설령 저 남자는 몰라 줘도 나는 잘 알고 있다고.'

신심이 없는 그는 도저히 '신은 잘 알고 있어'라고 말할 수는 없었다. 만일 그렇게 말할 수 있다면 얼마나 다행일까 싶은 마음도 들지 않았다. 그의 도덕은 어디까지나 자기에게서 시작되어 자기에게서 끝날 뿐이었다.

그는 때로 돈에 관해 생각했다. 어째서 지금까지 물질적인 부를 목적 삼아 일하지 않았던 것일까 하고 생각한 날도 있었다.

'나라도, 전문적으로 그쪽 일만 했더라면.'

그의 마음속엔 이런 자아도취도 있었다.

겐조는 인색하기 짝이 없는 자신의 생활 상태를 한심하다고 스스로 느꼈다. 그보다 빈궁한 친척이 자신보다 더 쪼들리는 생활에 힘들어 하는 것을 가엾게 여겼다. 더없이 저급한 욕망으로 아침부터 밤까지 안달을 하고 있는 시마다에게까지 연민을 느꼈다.

'모두들 돈이 갖고 싶은 거야. 그리고 돈 말고 다른 건 아무것도 필요 없는 거지.'

이렇게 생각하다 보면 자신이 지금까지 뭘 한 것인지 알 수가 없었다.

그는 원래 돈벌이에 서툰 남자였다. 벌 수 있더라도 그 일에 쓰는 시간을 아까워하는 남자였다. 막 졸업했을 때는 온갖 다른 일들을 거절하고, 그저 학교 한 군데에서 40엔을 받아 그것으로 만족하고 있었다. 그는 그 40엔의 반을 아버지에게 뜯겼다. 남은 20엔으로 오래된 절의 방 하나를 얻어 감자와 유부만으로 살았지만 그동안에 결국 아무 일도 벌이지 않았다.

그 시절의 그와 지금의 그는 여러 가지 면에서 많이 달랐다. 하지만 경제적 여유가 없다는 점, 결국 다른 일을 벌이지 않는다는 점은 아무리 지나도 변함이 없을 듯했다.

그는 부자가 될 것인지 위대해질 것인지, 두 가지 가운데 어느 한쪽으로 어중간한 자신을 확실히 정리하고 싶었다. 하지만 지금부터 부자가 된다는 것은 얼간이 같은 그에겐 이미 늦은 일이었다. 위대해지고자 해도 세간의 번거로움이 방해했다. 그 번거로움의 씨앗을 찬찬히 살펴보자면 역시 돈이 없다는 것이 큰 원인이었다. 어쩌면 좋을지 모르는 그는 그저 초조했다. 금력으로 지배할 수 없는 참으로 위대한 무엇이 그의 눈에 들어오기까지는 아직 한참이나 멀어 보였다.

## 58

겐조는 외국에서 돌아왔을 때, 이미 돈이 필요하다고 느꼈다. 오랜만에 태어난 고향인 도쿄에 새로 가정을 꾸리게 된 그의 손에는 은화 한 닢도 없었다.

그는 일본을 떠날 때, 처자식을 장인에게 맡겼다. 장인은 자기 집 터 안에 있는 조그만 집을 비워서 그들에게 내주었다. 아내의 조부모가 돌아가실 때까지 살던 그 집은 좁지만 그다지 초라하진 않았다. 화려한 장지문에는 난코[南湖]*의 그림이니 보사이[鵬齊]*의 글씨 같은 모두 망자의 취향을 보여 주는 기념이라 할 만한 것들도 그대로 붙어 있었다.

장인은 관리였다. 크게 화려한 생활을 할 신분이야 아니었지만, 그가 없는 동안 자기 손으로 거둔 딸과 손자에게 고생을 시킬 만큼 어렵지도 않았다. 게다가 겐조의 아내에겐 다달이 얼마씩의 공적 수당이 나오기도 했다. 겐조는 안심하고 제 가족을 두고 떠났다.

그가 외국에 있는 동안, 내각이 바뀌었다. 그때 장인은 비교적 안전한 한직에서 발탁되어 무척 바쁘게 활동해야 하는 자리로 옮겼다. 그리고 불행히도 그 새로운 내각은 금세 쓰러졌다. 장인은 그 붕괴의 소용돌이에 휩쓸릴 수밖에 없었다.

먼 곳에서 이 소식을 접한 겐조는 동정에 찬 눈으로 고향 하늘을 바라보았다. 하지만 장인의 경제 상태에 관해서는 그다지 걱정할 것 없다 싶어 거의 신경을 쓰지 않았다.

어리석은 그는 돌아온 후에도 그 점에는 주의하지 않았다. 또 알아채지도 못했다. 그는 아내가 다달이 받는 20엔만으로도 아이 둘에 하녀까지 두고 충분히 꾸려 나갈 수 있으리라 생각했다.

'무엇보다 집세가 안 나가니까.'

이런 태평스러운 상상을 하던 그는 실제 상황을 보고 경악으로 눈이 휘둥그레졌다. 남편이 없는 동안 아내는 자신의 일상복을 전부 못 입게 되었다. 별수 없이 마지막엔 겐조가 두고 간 수수한 남자 옷을 고쳐 몸에 둘렀다. 동시에 이불에서 솜이 삐져나왔다. 요는 해졌다. 그런데도 옆에서 보는 아버지는 아무것도 해 줄 수 없었다. 그는 자기 지위를 잃고 난 후, 주식에 손을 댔다가 얼마 되지 않는 저축을 모조리 잃어버렸던 것이다.

목이 안 돌아갈 정도로 높다란 옷깃을 달고 외국에서 돌아온 겐조는 이런 비참한 처지에 놓인 제 처자식을 잠자코 바라볼 수밖에 없었다. 하이칼라인 그는 이러한 아이러니 때문에 심히 좌절했다. 그의 입술은 쓴웃음을 지을 용기조차 없었다.

그러는 사이 그의 짐이 도착했다. 아내를 위한 반지 하나 사오지 않은 그의 짐은 온통 책뿐이었다. 좁아터진 집 안에서 상자의 뚜껑조차 열 수 없는 사실을 그는 한심스러워했다. 그는 새 집을 찾기 시작했다. 동시에 돈도 마련해야 했다.

그는 유일한 수단으로 지금까지 계속해 오던 자신의 직에서 물러났다. 그는 그런 행위에 동반되는 필연적인 결과로서 퇴직금을 받을 수가 있었다. 일 년을 근무하면 그만둘 때, 연봉의 반을 준다고 하는 규정에 따라 그의 손에 들어온 금액은 변변치 않았다. 하지만 그는 그걸로 겨우 일상생활에 필요한 가재도구를 마련했다.

그는 얼마 안 되는 돈을 품에 넣고 오랜 친구 하나와 함께 사방으로 가구를 보러 다녔다. 그 친구가 또 물건 상태와 상관없이 무턱대고 값을 깎아 대는 버릇이 있어서 그는 그저 걷는 데만 적지 않은 시간을 써야 했다. 차 받침, 담배 받침, 화로, 밥그릇, 눈에 띄는 건 얼마든지 있었지만 살 만한 것은 좀처럼 없었다. 얼마를 깎아 달라고 명령하듯이 말해 놓고 만약 주인이 말을 듣지 않으면 친구는 겐조를 가게에 그냥 둔 채 성큼성큼 앞서가 버렸다. 겐조도 별수 없이 뒤를 따라가는 수밖에 없었다. 간혹 우물쭈물하고 있으면 그는 큰 소리로 멀리서 겐조를 불렀다. 그는 친절한 남자였다. 동시에 자기 물건을 사는지 남의 물건을 사는 건지 구분이 안 될 만큼 막무가내이기도 했다.

## 59

겐조는 또 일상에 사용할 가구 이외에 책장이니 책상 등을 새로 마련해야만 했다. 그는 서양풍 목공품을 파는 남자의 가게 앞에 서서 열심히 주판알을 튕기는 주인과 흥정했다.

겐조가 맞춘 책장엔 유리창도 뒤판도 안 붙어 있었다. 먼지가 쌓이는 정도는 돈에 여유가 없는 그로서는 신경 쓸 것이 아니었다. 나무가 제대로 마르지 않아서 무거운 양서를 올려놓으면 겁날 만큼 선반이 휘었다.

이런 볼품없는 도구들을 갖추는 것조차 적지 않은 시간이 들었다. 일부러 사직을 하며 받은 돈은 어느샌가 없어졌다. 어리석은 그는 이상하다는 듯한 눈길로 삭막한 그의 새집을 둘러보았다. 그리고 외국에 있을 때, 어쩔 수 없이 옷을 맞추느라 빌렸던 돈은 어떻게 갚아야 할지 모르겠다 싶은 생각이 들었다.

딱 그런 참에 그 사람으로부터 형편이 되면 돈을 갚아 달라는 독촉장이 왔다. 겐조는 새로 마련한 높은 책상 앞에 앉아 한동안 그의 편지를 바라보고 있었다.

잠시 동안이긴 하지만 먼 나라에서 함께 지냈던 그 사람의 기억이 겐조에게 약간 새로운 느낌을 불러왔다. 그 사람은 같은 학교 출신이었다. 졸업한 해도 그리 다르지 않았다. 하지만 훌륭한 공무원으로 어떤 중요 사항을 조사하기 위해, 라는 명분하에 관명으로 나와 있던 그의 재력과 겐조의 급료 사이엔 비교가 안 될 만큼 격차가 있었다.

그는 침실 이외에 응접실도 빌렸다. 밤이 되면 비단에 자수가 놓인 멋들어진 나이트가운을 입고 따뜻한 난로 앞에서 책 같은 걸 읽고 있었다. 북향의 좁은 방에 틀어박히다시피 웅크리고 있던 겐조는 남몰래 그의 처지를 시샘했다.

겐조에겐 점심 값을 절약했던 처량한 경험도 있었다. 언젠가 그는 밖에 나갔다가 돌아오는 도중에 산 샌드위치를 먹어 가며 넓은 공원 안을 목적도 없이 걸었다. 사선으로 휘몰아치는 빗줄기를 한 손에 든 우산으로 가리면서 한쪽 손으로 얇게 자른 고기와 빵을 몇 번에 나눠 먹는 것이 무척 힘들었다. 그는 몇 번이나 거기 놓인 벤치에 앉으려다가 망설였다. 벤치는 빗물로 모조리 젖어 있었던 것이다.

또 언젠가 그는 시내에서 사 온 비스킷 깡통을 점심때 열었다. 그리고 물도 없이 딱딱한 그것을 오독오독 씹어서는 침으로 억지로 넘겼다.

때로 그는 마부나 노동자들과 함께 수상쩍은 음식점에서 이름뿐인 식사를 하기도 했다. 그곳 의자 등걸이는 높다란 병풍처럼 서 있어서 보통 식당처럼 넓은 실내를 한눈에 둘러볼 수는 없었지만 자기와 같은 줄에 앉아 있는 자들의 얼굴만은 자유롭게 볼 수 있었다. 그건 언제 씻었는지도 알 수 없는 얼굴들이었다.

이런 생활을 하고 있는 겐조가 이 동거인에겐 꽤나 불쌍해 보였던지 그는 곧잘 겐조를 점심 식사에 데리고 갔다. 목욕탕에도 안내했다. 티타임에는 자기 쪽에서 부르러 왔다. 겐조가 그에게서 돈을 빌린 것은 이렇게 해서 그와 꽤 친해지고 나서였다.

그때 그는 휴지라도 버리듯이 아무렇게나 5파운드짜리 수표 두 장을 겐조에게 건네주었다. 언제 돌려달라고는 물론 말하지 않았다. 겐조 쪽에서도 일본에 돌아가면 어떻게 되겠지, 정도로 생각했다.

일본에 돌아와서도 겐조는 이 수표를 잘 기억하고 있었다. 하지만 독촉장을 받을 때까지는 그렇게 서둘러 갚을 필요가 있으리라고 생각하지 않았다. 궁지에 몰린 그는 할 수 없이 오랜 친구 하나를 찾아갔다. 그는 그 친구가 대단한 부자가 아니라는 것을 알고 있었다. 하지만 자기보다 조금은 융통할 수 있는 지위에 있다는 것도 잘 알고 있었다. 친구는 과연 그의 요구를 받아들였고 필요한 만큼의 돈을 마련해 주었다. 그는 서둘러 그것을 외국에서 신세를 진 사람에게 보냈다. 새로 빌린 친구에겐 매월 10엔씩 나누어 갚기로 했다.

## 60

이런 식으로 겨우 도쿄에 자리를 잡은 겐조는 물질적으로 본 자신이 얼마나 빈약한지 깨달았다. 그나마 금력과 동떨어진 다른 분야에서는 자신이 우월하다는 자각이 끊임없이 그의 마음에 오가는 동안은 행복했다. 그런 자각이 결국 돈 문제로 이래저래 어지럽혀져 올 때, 그는 비로소 반성했다. 평소에 아무 생각 없이 걸치고 나가던 검은 무명 몬츠키조차 무능력의 증거처럼 여겨지기 시작했다.

'이런 나를 등치러 오는 놈이 있다니 한심하구먼.'

그는 가장 질 나쁜 종자의 대표자로 시마다를 생각했다.

지금의 자신이, 어느 모로 보나 시마다보다 좋은 사회적 위치를 차지하고 있다는 것은 명백한 사실이었다. 그것이 그의 허영심에 아무런 반향도 일으키지 못한다는 것 또한 명백했다. 예전에 자신의 이름을 막 부르던 사람에게서 이제 와 정중한 인사를 받는 것은 그에게 아무런 만족도 주지 못했다. 용돈의 재원으로 간주되는 것은 자신을 가난뱅이로 보고 있는 그의 입장에서는 부아가 치밀 뿐이었다.

그는 혹시나 싶어 누나의 의견을 물어보았다.

"그 남자는 도대체 얼마나 궁한 걸까?"

"그러게. 그렇게 자주 돈을 달라는 걸 보면 꽤나 힘든 건지도 모르겠네. 그렇지만 겐짱 역시 그렇게 남 사정만 봐주다간 끝이 없어. 아무리 돈을 잘 벌어도."

"돈을 잘 버는 것처럼 보여요?"

"그래도 우리 집에 비하면, 동생은 정말 잘 버는 편이잖아?"

누나는 자기네 살림을 표준으로 삼고 있었다. 여전히 수다스러운 그녀는 히다가 다달이 월급을 제대로 들여놓은 적이 없다는 둥, 월급은 적은 주제에 교제비는 쓴다는 둥, 숙직이 많다 보니 도시락 값만 해도 녹록치 않다는 둥 매월의 적자를 가까스로 명절 보너스로 메꾸고 있다는 둥, 시시콜콜 겐조에게 늘어놓았다.

"그 보너스라는 것도 나한테 전부 갖다 주질 않는다니까. 그나마 요즘 우리 둘은 뒷방 늙은이처럼 되어서 다달이 식비를 히코 씨한테 주고 얻어먹으니까 약간은 편해졌지만."

양자와 살림은 따로 하면서 한집에 살고 있는 누나 부부는 자기들이 맞춘 떡이니, 따로 산 사탕 같은 특별한 먹을거리를 갖고 있었다. 자기들한테 온 손님에게 내놓을 다과 따위도 자기들이 따로 내기로 한 모양이었다. 겐조로서는 거의 생각하기도 힘들다는 듯한 눈초리로, 극단에 가까운 일종의 개인주의 아래 존재하고 있는 일가의 경제 상황을 바라보았다. 하지만 주의도 이론도 없는 누나에겐 이처럼 자연스러운 현상도 없었다.

"겐짱이야 이런 짓을 하지 않아도 되니까 좋겠어. 거기다 능력이 있으니까 일만 하면 얼마든지 필요한 만큼 벌 수가 있으니까."

그녀가 하는 말을 잠자코 듣고 있으면, 시마다 같은 건 어디로 가 버렸는지 알 수 없게 돼 버리곤 했다. 그나마 그녀는 끝으로 덧붙였다.

"괜찮아. 귀찮게 굴면 조만간 형편이 좀 피면 줄게요, 라든가 하고 돌려보내면 돼. 그러기도 귀찮으면 아예 집에 없는 척하든가. 상관없잖아?"

그런 이야기는 너무나 누나답다고 여겨졌다.

누나에게 별 도움을 얻지 못한 겐조는 히다를 붙잡고 같은 질문을 던져 보았다. 히다는 그저 괜찮다고 할 따름이었다.

"뭐라 말하든 원래 가진 땅이나 재산이 있으니까 그렇게 힘들 리는 없어. 거기다가 오후지 씨한테는 오누이 씨가 계속 송금을 하고 있지. 그냥 쓸데없는 소릴 하는 거니까 내버려 두라고."

히다가 하는 말 역시 적당히 얼버무리려 건성으로 하는 소리가 분명했다.

## 61

마지막으로 겐조는 아내에게 물었다.

"도대체 지금 시마다는 어떤 처지인 걸까? 누나나 히다에게도 물어봤지만 정말로 어떤지를 알 수가 없네."

아내는 관심 없다는 듯이 남편의 얼굴을 올려다보았다. 그녀는 출산이 가까운 커다란 배를 힘들게 끌어안고 붉은색 목침 위에 흐트러진 머리를 올려놓고 있었다.

"그렇게 신경이 쓰이시면 직접 알아보시면 되잖아요? 그럼 금세 알 텐데요. 누님이 지금 그 사람이랑 왕래가 없는데 어떻게 확실한 걸 아시겠어요?"

"내가 그렇게 한가한 사람이야?"

"자, 그럼 내버려 두시면 되죠."

아내의 대답은 남자답지 못하다는 의미였고 겐조를 비난하는 투였다. 속으로 생각하고 있는 것을 있는 그대로 입 밖에 내지 않는 성격인 그녀는 자신의 친정과 남편의 원만치 못한 관계에 대해서도 그다지 이러쿵저러쿵 말이 없었다. 자기와는 관계없는 시마다의 일 같은 건 전혀 모르겠다는 식으로 있는 날도 많았다. 그녀가 지닌 마음의 거울에 비친 신경질적인 남편의 그림자는 언제나 배짱이라곤 없으면서 괴팍스럽기만 한 남자였다.

"내버려 두라고?"

겐조는 되물었다. 아내는 대답이 없었다.

"지금까지도 내버려 둔 거잖아."

아내는 여전히 대답하지 않았다. 겐조는 벌떡 일어나 서재로 들어갔다.

시마다 일뿐 아니라, 두 사람 사이에선 이런 광경이 곧잘 반복되었다. 그 대신 전후 관계가 반대인 경우도 때론 있었다.

"오누이 씨가 척추병이라는군."

"척추병이면 어렵겠네요."

"도저히 목숨을 건지기 힘들다나 봐. 그래서 시마다가 걱정이 많더라고. 그 사람이 죽으면 시바노와 오후지 씨의 인연이 끊겨 버리니까 지금까지 매달 보내 주던 돈이 안 오게 될지도 모른다면서."

"가엾어라, 벌써 척추병 같은 것에 걸리다니. 아직 젊잖아요?"

"나보다 한 살 위라고 했잖아."

"아이는 없어요?"

"여럿 있나 보던데. 몇 인지는 안 물어봤지만."

아내는 아직 어린아이들을 남겨두고 죽어 가는, 마흔 살도 되지 못한 아낙의 심정을 상상해 보았다. 얼마 남지 않은 자신의 출산이 어떻게 될지도 새삼 걱정되기 시작했다. 무거운 배를 눈앞에 보면서도 그다지 걱정조차 해 주지 않는 남자가 원망스럽기도 하고 한편 부럽기도 했다. 남편은 전혀 눈치채지 못했다.

"시마다가 그런 걱정을 하는 것도 결국은 평소에 잘못하는 게 많으니까 그런 거야. 시마다 말로는 시바노라는 남자가 술고래에 싸움꾼이고 그러다 보니 출세도 못하고, 형편없는 작자라지만 그뿐만이 아닌가 봐. 아무래도 그쪽에서 시마다한테 정이 떨어진 게 분명해."

"정이 떨어진 게 아니라도 아이가 그렇게 여럿 있으면 별수 없잖아요?"

"그렇지. 군인이라니까 아마 나랑 비슷한 가난뱅이겠지."

"도대체 그 사람은 어떻게 오후지 씨라는 사람과……."

아내는 잠깐 망설였다. 겐조는 무슨 소린지 알 수 없었다. 아내는 고쳐 말했다.

"어째서 그 오후지 씨가라는 사람과 가까워진 걸까요?"

오후지 씨가 아직 젊은 미망인이었을 때 무슨 일인가로 취급소에 가야 할 일이 있어서 시마다는 그런 장소에 익숙하지 않은 여자가 안됐다 싶어서 이것저것 친절하게 돌봐 준 것이 두 사람 사이에 관계가 생긴 계기였다고, 겐조는 어린 시절 누군가에게서 들어 알고 있었다. 하지만 지금의 그는 연애라는 것의 의미를 시마다에게 어떻게 적용하면 좋을지 알 수가 없었다.

"욕심도 거들었겠지."

아내는 아무 말도 없었다.

## 62

불치병으로 고생하고 있다는 오누이 씨에 관한 소식이 겐조의 마음을 완화시켰다. 몇 년씩 얼굴을 본 적이 없는 그와 그녀였지만, 자주 얼굴을 마주쳐야 했던 옛날에도 친하게 이야기를 나눈 적이 거의 없었다. 자리에 앉거나 일어서면서 그저 목례를 주고받을 뿐이었다. 만약 교제라고 하는 문자를 이런 관계에 쓸 수 있다면 두 사람의 교제는 지극히 담백한, 그리고 가벼운 것이었다. 강렬하게 좋은 인상도 없는 대신, 불쾌한 기억으로 흐려질 것도 전혀 없는 그 사람의 모습은 시마다라든가 오쓰네보다도 지금의 그에게는 훨씬 소중했다. 인류에 대한 자애의 마음을, 딱딱하게 굳어져 가는 그에게서 얻어낼 수 있다는 점에서. 또한 막연하고 산만한 인류를, 비교적 확실한 한 사람의 대표자로 응축하여 보여 준다는 의미에서도 중요했다. 그는 죽어 가고 있는 그 사람의 모습을 동정의 눈으로 멀리서 바라보았다.

그와 함께 그의 가슴엔 일종의 이해관계를 따지는 마음이 움직였다. 언제 일어날지 모르는 오누이 씨의 죽음은 교활한 시마다로 하여금 다시 그를 뜯어먹을 구실을 줄 것이 분명했다. 이를 명백히 예상한 그는 가능한 한 그것을 피하고 싶다고 생각했다. 하지만 겐조는 이런 경우 어떻게 피할 것인가 책략을 짤만한 남자는 아니었다.

'부딪혀 깨질 때까지 가는 수밖에 없지.'

그는 이렇게 단념하고 속수무책 시마다가 오기를 기다렸다. 바로 그 시마다가 오기 전에 느닷없이 그의 적인 오쓰네가 찾아오리라고는 그도 생각하지 못했다.

아내는 언제나처럼 서재에 앉아 있는 그에게 오더니 "하타노라는 할머니가 드디어 왔네요" 하고 말했다. 그는 놀랐다기보다 오히려 귀찮다는 얼굴을 했다. 아내에겐 그런 태도가 우물쭈물

하고 있는 겁쟁이처럼 보였다.

"만나실 건가요?"

그것은 만나면 만난다, 거절하면 거절한다, 빨리 어느 쪽이든 정해야 할 것 아니냐는 말투였다.

"만날 테니 안내해."

그는 시마다가 왔을 때와 같은 대답을 했다. 아내는 무겁게 몸을 일으키더니 안으로 들어갔다.

응접실로 나왔을 때, 그는 초라한 옷을 몸에 두르고 웅크리고 앉아 있는 한 노파를 보았다. 그가 속으로 상상하고 있던 오쓰네와는 전혀 다른, 그 질박한 풍모가 시마다보다 훨씬 더 그를 놀라게 했다.

그녀의 태도 역시 시마다와는 반대였다. 그녀는 마치 신분 격차라도 있는 사람 앞에 나온 듯한 태도로 정중하게 고개를 숙였다. 말투 역시 더없이 점잖았다.

겐조는 어린 시절 곧잘 들려주던 그녀의 친정 이야기가 떠올랐다. 시골에 있던 그 집과 정원 역시 그녀의 서술에 의하면 진선미를 다 살린 멋들어진 것이었다. 바닥 아래를 종횡으로 물이 흐르고 있다는 특징이 그녀가 언제나 반복하는 중요한 점이었다. 남천기둥*— 그런 단어도 아직 겐조의 귀에 남아 있었다. 하지만 어린 겐조는 그 광대한 저택이 어느 시골에 있는 건지 전혀 몰랐다. 그리고 한 번도 거기 가 본 기억이 없었다. 그녀 자신도, 겐조가 아는 한, 한 번도 자기가 태어난 그 커다란 집에 돌아간 적이 없었다. 그녀의 성품을 어렴풋이나마 간파할 만큼 그의 비평적인 눈이 조금씩 생기면서 그는 그것 역시 그녀의 공상에서 나온 허풍이 아닐까 생각하게 되었다.

겐조는 자신을 가능한 한 부유하고 고상하게 그리고 선량하게 보이고 싶어 했던 그 여자와 지금 눈앞에 쪼그리고 있는 백발의 노파를 비교하면서 시간이 불러온 변화를 신기해 하는 듯한 눈길이었다.

오쓰네는 옛날부터 비만한 여자였다. 지금 보는 오쓰네도 여전히 살이 쪄 있었다. 어느 쪽인가 하면 옛날보다 지금이 오히려 더 살이 찐 것 아닐까 싶을 정도였다. 그럼에도 그녀는 완전히 달라져 있었다. 어떻게 보아도 촌구석 할머니였다. 약간 과장하자면 소쿠리에 담은 보리 과자를 등에 걸머지고 나온 이웃집 할머니였다.

## 63

'아아, 변했네.'

얼굴을 마주하는 찰나, 양쪽 모두 동시에 느꼈다. 하지만 일부러 찾아온 오쓰네 쪽엔 이런 변화에 대한 예상과 대비가 충분히 되어 있었다. 겐조에겐 그런 것이 전혀 없었다. 따라서 허를 찔린 것은 손님보다는 오히려 주인 쪽이었다. 그런데도 겐조는 그다지 놀란 빛을 보이지 않았다. 그의 성격이 그에게 그렇게 명령했을 뿐 아니라, 오쓰네의 기교 넘치는 과장된 연극적 동작이 두려웠기 때문이다. 이제 와서 새삼 이 여자가 하는 연극을 다시 본다는 것은 그에게 참기 힘든 고통이었다. 가능하다면 그는 상대의 단점을 미연에 방지하고 싶었다. 그것은 그녀를 위해서이기도 했고 또한 자신을 위해서이기도 했다.

그는 그녀로부터 지금까지의 경위를 대충 들었다. 사이사이에 인생이란 것과 나누어 놓을 수 없는 다소의 불행이 들러붙어 있는 듯 보였다.

시마다와 헤어지고 나서 두 번째로 시집을 갔던 하타노와 그녀 사이에도 아이는 없었기 때문에 두 사람은 어디선가 양녀를 들여 기르기로 했다. 하타노가 죽고 나서 몇 년 지나서인지 혹은 아직 살아 있을 동안이었는지, 그것은 오쓰네도 말하지 않았지만 그 양녀에게 사위를 들였다.

사위는 술장사를 했고 가게는 도쿄에서도 꽤나 번화한 곳에 있었다. 어떤 생활을 하고 있었는지는 잘 모르지만 힘들었다든가 어려웠다든가 하는 소리는 오쓰네의 입에서 흘러나오지 않았다.

그런 중에 사위가 전쟁에 나가 죽는 바람에 여자들만으로는 가게를 꾸려 나갈 수가 없게 되었다. 모녀는 할 수 없이 가게를 접고 교외 근처에 살고 있던 친척을 의지하고 한적한 곳으로 이사를 했다. 거기서 딸에게 두 번째 남편이 생길 때까지는 죽은 사위의 유족에게 해마다 나오는 보조금만으로 생계를 꾸려 갔다…….

오쓰네의 이야기는 겐조의 예상보다 오히려 평온했다. 과장된 몸짓이나 허황된 말투, 공치사 같은 것도 그다지 많이 나오지 않았다. 그럼에도 그는 자신과 이 노파 사이에 전혀 교감이라는 것이 없다는 사실을 깨달았다.

"아아, 그렇군요, 그것참."

겐조의 대답은 간결했다. 범상한 말대꾸로서도 너무 짧은 이 한마디를 그녀에게 하면서도 그는 별다른 부족함을 느끼지 못했다.

'옛날 관계가 여전히 있는 거야.'

이렇게 생각한 그는 역시 좋은 기분이 아니었다. 뭐라고 할까, 울고 싶어 하지 않는 성격을 타고났으면서도 때로는 어째서 진심으로 울게 만드는 사람이나 울 수 있는 상황이 자기 앞엔 나타나 주질 않는 걸까 하고 생각하는 것이 바로 그였다.

'내 눈은 언제라도 울 준비가 되어 있건만.'

그는 동그랗게 웅크리고 방석 위에 앉아 있는 노파의 모습을 찬찬히 바라보았다. 그리고 자신의 눈에 눈물을 허용하지 않는 그녀의 성격을 슬프게 여겼다.

그는 지갑 속에 있던 5엔짜리 지폐를 꺼내 그녀 앞에 놓았다.

"약소하지만 교통비라도 보태 쓰세요."

그녀는 그런 뜻으로 찾아온 것이 아니라면서 일단 사양을 하고 나서 겐조가 주는 것을 받았다. 가엾게도 그 속엔 하찮은 동정이 들어 있을 뿐, 진심은 들어 있지 않았다. 그녀는 그 사실을 잘 알고 있는 모양이었다. 그리고 어느샌가 벌어져 버린 인간의 마음과 마음은 새삼 달라질 수 있는 것이 아니니 포기하는 수밖에 없다는 듯한 태도였다. 그는 현관에 나가 오쓰네가 돌아가는 뒷모습을 배웅했다.

'만약 저 가엾은 노파가 선인이었더라면 나는 울 수가 있었을 거야. 울지는 못하더라도 상대의 마음을 좀 더 만족시킬 수는 있었겠지. 영락해 버린 옛날 양어머니를 받아들여 임종까지 해 줄 수도 있었을 것을.'

말없이 이런 생각을 하는 겐조의 마음을 알 사람은 아무도 없었다.

## 64

"마침내 할머니까지 쳐들어 왔군요. 여태껏 할아버지 하나였는데 이제 할아버지와 할머니, 두 사람이 된 거네. 이제부터 당신은 쌍으로 당하는 거예요."

아내의 말은 보기 드물게 들떠 있었다. 농담인지 놀리는 건지 알 수 없는 그 태도가 감상에 잠겨 있던 겐조의 기분을 불쾌하게 자극했다. 그는 대답하지 않았다.

"또 그 이야기를 한 거죠?"

아내는 같은 말투로 겐조에게 물었다.

"그 이야기가 뭔데?"

"당신이 어렸을 때 오줌싸개여서 그 할머니가 고생했다는 거 있잖아요?"

시마다*는 쓴웃음조차 짓지 않았다.

하지만 그의 마음엔 오쓰네가 어째서 그 이야기를 안 했을까 하는 의문이 이미 가로놓여 있었다. 그녀의 이름을 듣는 순간, 겐조는 금세 그 언변이 떠오를 만큼 오쓰네는 말이 많은 여자였다. 특히 자신을 보호하는 일에 능한 말재주가 있었다. 다른 사람 말에 금세 혹하는, 뻔히 보이는 입에 발린 칭찬에도 넘어가곤 하던 겐조의 생부는 언제나 그녀를 추켜세우곤 했다.

"대단한 여자야. 무엇보다 조신하잖아."

시마다의 가정에 풍파가 일어났을 때, 그녀는 온갖 소리를 아버지에게 늘어놓았다. 그리고 그 말들 위에 서글픈 눈물, 한 서린 눈물을 다량 살포했다. 아버지는 엄청나게 감동했다. 그 자리에서 그녀 편이 되어 버렸던 것이다.

듣기 좋은 소리를 잘한다는 점에서 겐조의 아버지는 겐조의 누나도 무척 귀여워했다. 돈을 달라고 올 때마다 "그렇게 자꾸, 나도 힘들어" 하면서도 어느샌가 돈이 서랍에서 나와 있었다.

"히다는 그런 놈이지만 오나쓰가 불쌍해서."

누나가 돌아가고 나면 아버지는 언제나 변명처럼 옆에 있는 사람에게 이런 말을 했다.

하지만 이렇게 아버지를 마음대로 주물렀던 누나의 말재주는 오쓰네에 비하면 훨씬 하수였다. 정말 그럴듯하냐, 하는 점에서도 한참 뒤떨어졌다. 실제로 겐조는 열여섯인가, 열일곱 살이 되었을 무렵, 그녀와 접촉한 사람들 가운데 자기 말고 과연 몇이나 그녀의 성격을 간파했을까 궁금했을 정도로 그녀는 말을 잘했다.

그녀와 만날 때 겐조가 내심 힘이 들었던 것은 대부분 바로 그 입 때문이었다.

'너를 기른 것은 바로 나라고.'

이 한 구절을 두 시간, 세 시간씩 늘어놓으며 어려서 신세진 기억을 다시 한 번 복습해야만 하나 싶은 마음에 그는 진절머리가 났다.

"시마다는 네 원수야."

그녀는 자기 머릿속에 남아 있는 이 오래된 관념을 활동사진처럼 과장해서 다시 그 앞에 펼쳐놓을 것이 확실했다. 그는 그것도 넌더리가 날 수밖에 없었다.

어느 쪽 이야기든 눈물이 섞일 것이 뻔하다. 그는 장식적으로 사용되는 그 눈물을 못 견딜 것 같았다. 그녀는 이야기할 때 누나처럼 큰 소리를 내지 않았다. 하지만 자기가 필요하다 싶을 때는, 그 단어에 징그러운 강세가 들어갔다. 엔초*의 닌조바나시*에 나오는 여자가 기다란 부젓가락으로 재를 찔러 대며 남에게 속은 원통함을 늘어놓아 상대방을 힘들게 하는 것과 거의 같은 동작과 어조였다.

그의 예상이 어긋났을 때, 그는 그것이 다행이라 여겨지는 것이 아니라 오히려 이상했을 정도로, 오쓰네의 성격이 결코 부서지지 않을 일종의 강고한 틀이 되어 그의 머리 어딘가에 박혀 있었던 것이다.

아내는 그에게 설명했다.

"삼십 년이나 된 옛날이야기잖아요? 그쪽에서도 이제 좀 조심을 하겠지요. 거기다 보통 사람이라면 이미 잊어버렸을걸요.

또 사람의 성격이라는 것도 시간이 흐르다 보면 조금씩 변하기도 하고요."

조심, 망각, 성격의 변화, 그런 것들을 앞에 늘어놓고 생각해 보아도 겐조는 전혀 납득이 되지 않았다.

'그렇게 담백한 여자가 아냐.'

그는 마음속으로 이렇게 말하지 않고는 그냥 넘어갈 수가 없었다.

## 65

오쓰네를 모르는 아내는 오히려 남편의 집요함을 웃었다.

"그게 당신 버릇이니 어쩔 수 없죠."

평소에 그녀 눈에 비친 겐조에겐 분명 이런 구석이 있었다. 특히 자기 친정과의 관계에서 남편의 이 나쁜 성격이 현저히 드러나고 있다고 그녀는 생각했다.

"내가 집요한 게 아니야, 그 여자가 집요한 거지. 그 여자와 알고 지낸 적 없는 당신은 내가 얼마나 제대로 평가하고 있는지를 모르니까 그런 얼토당토않은 소릴 하는 거지."

"아니, 당신이 생각하고 있던 여자와는 완전히 다른 사람이 돼서 당신 앞에 나타난 이상, 당신 쪽에서 옛날 생각을 버리는 게 당연하지 않나요?"

"정말 다른 사람이 된 거라면 언제라도 버리겠지만 그게 아니라니까. 달라진 건 겉모습뿐이고 뱃속은 옛날 그대로라고."

"그걸 어떻게 알아요? 새로운 사실이 아무것도 없는데."

"당신은 모르지만 나는 다 알아."

"정말 독단적이네요, 당신도."

"내 평가가 옳다면 독단적이라도 전혀 문제없어."

"하지만 옳지 않다면 피해 보는 사람이 꽤나 많겠지요. 그 할머니야 나와 상관없는 사람이니까 아무래도 좋지만."

겐조는 아내의 말이 무슨 뜻인지 잘 알았다. 하지만 아내는 그 이상 아무 말도 하지 않았다. 속으로는 자기 부모 형제를 변호하고 있는 그녀지만 드러내 놓고 남편과 말씨름을 하는 데까지 갈 마음은 없었다. 그녀는 논리적인 성격도 아니었다.

"귀찮아."

조금이라도 논리적인 줄기를 따라가야 할 이야기엔 그녀는 항상 이렇게 말하며 눈앞의 문제를 집어던졌다. 그리고 해결 짓는 데까지 가지 않았기에 벌어지는 번거로움은 그냥 참아 냈다. 하지만 그 참을성이란 자기 자신에게 결코 유쾌한 것이 아니었다. 겐조가 보기엔 더더욱 불쾌했다.

'집요해.'

'집요해.'

두 사람은 같은 비난을 서로에게 퍼부었다. 그리고 각자의 마음속에 있는 응어리를 서로의 거동에서 읽어 냈다. 하지만 그 비난엔 이유가 있다는 사실 역시 서로 인정하지 않을 수가 없었다.

고집 센 겐조는 끝내 아내의 친정에 가지 않았다. 왜 가지 않느냐고 묻는 것도 아니고, 가끔 가 달라고 부탁하는 것도 아니고 그저 입을 다물고 있던 아내는 여전히 '귀찮아'를 마음속에서 되풀이할 뿐 전혀 그런 태도를 고치려 하지 않았다.

'됐어.'

'나도 됐네.' 같은 말이 양쪽 가슴속에서 자주 반복되었다.

그런데도 고무줄처럼 탄력이 있는 두 사람의 관계는 때에 따라, 날에 따라 다소의 신축성이 있었다. 몹시 긴장되어 언제 끊어질지 모르겠다 싶을 만큼 가 버렸나 싶으면 그게 다시 자연의 힘으로 슬금슬금 원래대로 돌아가기도 했다. 그런 온화한 정신 상태가 약간 지속되면 아내 입술에서 따스한 말이 흘러나왔다.

"이건 누구 아이?"

겐조의 손을 잡아다가 자기 배 위에 올려놓은 아내는 그에게 이런 질문을 하곤 했다. 그 무렵 아내의 배는 아직 지금처럼 부르진 않았다. 하지만 아내는 이때 이미 자기 배 안에서 태동을 느끼기 시작했고 그 미세한 움직임을 동정심 있는 남편의 손가락 끝에 전하고자 한 것이었다.

"싸우는 건 결국 양쪽이 다 나쁜 거죠."

그녀는 이런 소리도 했다. 자기는 별로 나쁘지 않다고 생각하는 고집스러운 겐조 역시 미소 지을 수밖에 없었다.

'헤어지면 아무리 친한 사이도 그걸로 끝이지만 함께 있기만 하면, 설령 적들이라도 어떻게든 되는 법이지. 요컨대 그것이 인간이겠지.'

겐조는 멋들어진 철학이라도 생각해 낸 듯이 고개를 갸웃거렸다.

66

오쓰네와 시마다 말고 형과 누나 소식도 간혹 겐조의 귀에 들어왔다.

해마다 날이 추워지기 시작하면 정해 놓고 몸에 고장이 나는 형은 초가을부터 감기에 걸려 일주일이나 직장을 쉰 끝에 몸이 안 좋은 것을 무릅쓰고 출근했다가 며칠이 지나도 열이 떨어지지 않아 고생하고 있었다.

"어쩔 수 없이 무리를 하게 되네."

무리해서 월급의 수명을 늘릴 것인지, 몸을 돌보면서 면직 시기를 앞당길 것인지 그에겐 그 두 가지 중 하나를 고르는 수밖에 없는 듯 보였다.

"아무래도 늑막 같다는데 말이야."

형은 겁먹은 표정이었다. 죽음을 두려워하는 그는 육체의 소멸에 대해 누구보다도 강한 공포심을 지니고 있었다. 그런데 누구보다 빠른 속도로 그 살덩어리를 소모해 가야만 했다.

겐조는 아내를 보고 말했다.

"좀 마음 편하게 쉴 수 없나? 최소한 열이 떨어질 때까지라도 좋으니."

"그렇게 하고 싶은 마음이야 굴뚝같겠지만, 아무래도 그게 안 되는 거겠죠?"

겐조는 때로 형이 죽은 후 그의 가족을, 오직 생계 면에서만 상상할 때가 있었다. 그는 그것을 잔혹하지만 자연스러운 것이라 여겨 자신에게 허용했다. 동시에 그런 관찰을 피하지 못하는 스스로에 대해 일종의 불쾌감을 느꼈다. 그는 쓴 소금을 핥는 것 같았다.

"죽진 않겠지?"

"설마."

아내는 상대하지 않았다. 그녀는 오직 자신의 커다란 배와 씨름하느라 기진맥진이었다. 친정과 잘 아는 산파가 먼 곳에서 인력거를 타고 가끔씩 왔다. 그는 그 산파가 무얼 하러 오고, 또 무얼 하고 가는지 전혀 몰랐다.

"배라도 주무르는 건가?"

"뭐, 그런 거죠."

아내는 확실한 대답도 하지 않았다. 그러는 사이 형의 열이 뚝 떨어졌다.

"기도를 드렸다는군요."

미신을 믿는 아내는 굿, 기도, 점, 신심, 모든 것을 좋아했다.

"당신이 권했지?"

"아뇨, 저 같은 건 알지도 못하는 묘한 기도래요. 뭐라더라, 면도칼을 머리 위에 올려놓고 한다던데요."

겐조는 면도칼 덕에 오래 계속된 체열이 떨어진다고는 생각할 수는 없었다.

"기분에 따라 열이 오르는 거니까 기분에 따라 또 금세 떨어지는 거겠지. 면도칼이 아니라 국자나 냄비 뚜껑도 마찬가지였을걸."

"그래도 아무리 의사가 준 약을 먹어도 안 나으니까, 시험 삼아 한번 해 보면 어떠냐는 말을 듣고 마침내 해 볼 마음이 들었대요. 어차피 비싼 기도료를 낸 것도 아닐 거고."

겐조는 내심 형을 얼간이라고 여겼다. 또한 열이 떨어질 때까지 약을 먹을 수 없는 그의 형편이 딱하기도 했다. 면도칼 덕이든 뭐든 열이 내리기만 하면 일단 다행이지 싶었다.

형이 나음과 동시에 누나가 또 천식으로 앓기 시작했다.

"또야?"

겐조는 무심결에 이렇게 말하고 문득 마누라의 지병을 걱정하지 않는 히다의 모습을 떠올렸다.

"그런데 이번엔 다른 때보다 더 심하대요. 어쩌면 일을 당할지도 모르니까 당신더러 병문안을 가라고 하셨어요."

형의 이야기를 겐조에게 전한 아내는 힘겹게 다다미 위에 엉덩이를 내려놓았다.

"조금만 서 있어도 배가 당겨서 죽겠어요. 손을 뻗어서 선반에 놓인 물건을 집는 것도 안 된다니까요."

출산이 가까워질수록 임부는 운동을 해야 한다는 정도로 생각하고 있던 겐조는 뜻밖이라는 표정을 지었다. 아랫배라든가 허리 주위가 얼마나 힘들고 뻐근해지는지, 그런 건 그의 상상 밖에 있었다. 그는 움직이라고 강요할 용기도 자신도 잃어버렸다.

"저는 도저히 병문안은 못 가요."

"물론 당신은 안 가도 돼. 내가 갈 테니까."

## 67

그 무렵 겐조는 집에 돌아오면 심한 권태감을 느꼈다. 단지 일을 한 결과라고만 하기엔 너무 심한 피로감이 그를 외출하지 못하게 만들었다. 그는 곧잘 낮잠을 잤다. 책상 앞에 앉아 책을 눈앞에 펼쳐 두고 있을 때조차 수마의 습격을 당하는 일이 자주 있었다. 놀라서 선잠에서 깨어날 때면 잃어버린 시간을 보충해야만 한다는 느낌이 강하게 그를 자극했다. 그는 결국 책상 앞을 떠날 수가 없게 되었다. 묶여 있는 사람처럼 서재에 틀어박혔다. 그의 양심은 설령 공부가 안 되고 미적미적하더라도 그런 식으로 꼼짝 말고 앉아 있으라고 그에게 명령했던 것이다.

이렇게 사오 일이 부질없이 지나갔다. 겐조가 가까스로 쓰노카미자카에 갔을 때는 큰일을 당할지도 모른다던 누나가 이미 회복되기 시작한 참이었다.

"참 다행이네요."

그는 평범하게 인사했다. 하지만 내심 여우에게라도 홀린 듯한 기분이었다.

"응, 덕분에. 누나는 살아 있어 봤자 어차피 남의 짐만 될 뿐이지 아무런 도움도 안 되니까 적당한 때 죽으면 딱 좋겠다 싶지만 역시 타고난 수명인지, 이것만은 마음대로 안 되네."

누나는 자기 말을 겐조가 부정해 주길 바라는 듯한 모양이었다. 하지만 그는 잠자코 담배만 피웠다.

이런 사소한 점에서도 남매간의 기질 차이는 나타났다.

"어쨌든 히다가 살아 있는 동안엔 아무리 병자라도 없는 것보단 나을 테니까."

친척들은 열녀라는 이름으로 누나를 평하곤 했다. 마누라의 노력에 대해 너무나 몰인정한 히다를 한쪽에 두고 이 누나의 태도를 보면 불쌍할 만큼 남편에게 잘하기 때문이었다.

"난 타고나기를 손해 보게 태어났어. 남편하곤 완전히 거꾸로니까."

남편에 대한 지극 정성은 천성임이 분명했다. 하지만 히다가 가끔 말도 안 되는 고집을 부리는 것처럼 그녀 역시 얼토당토않은 친절을 베풀어 오히려 남편을 짜증나게 만들기도 했다. 게다가 그녀는 바느질이 젬병이었다. 아무리 가르치고 연습을 시켜도 무엇 하나 제대로 배우지 못한 그녀는 시집온 이래 오늘날까지 끝내 남편의 옷 하나를 만들어 입힌 적이 없었다. 반면 그녀는 남보다 배는 더 드센 편이었다. 어린 시절 고집을 부린 벌로 헛간에 갇혔을 때 소변을 보고 싶으니 제발 풀어 달라, 만일 안 풀어 주면 헛간에다 일을 봐도 좋으냐고 그물 창을 사이에 두고 어머니와 담판을 짓던 것이 아직도 겐조의 귀에 남아 있었다.

그렇게 생각하면 자기와는 너무나 동떨어진 듯 하면서 실은 어딘가 닮은 구석도 있는 이 배다른 누나 앞에서 그는 반성할 수 밖에 없었다.

'누나는 그저 드러내는 것뿐이야. 교육이라는 껍질을 벗겨 내면 나 역시 별 다를 게 없어.'

평소에 그는 교육의 힘을 과신했다. 지금 그는 그 교육의 힘으로도 어쩌지 못하는, 야생적인 자신의 존재를 명백히 인정했다. 이렇게 사실에 입각해서 문득 인간을 평등하게 본 그는 평소에 경멸하던 누나에 대해 꽤나 어색한 기분이 들었다. 하지만 누나는 전혀 눈치채지 못했다.

"오쓰미 씨는 어때? 이제 곧 태어나지?"

"예, 쏟아질 것 같은 배를 안고 낑낑대고 있어요."

"아이를 낳는 건 정말 고생이지. 나도 경험이 있지만."

오랫동안 불임이라 여겨지던 누나는, 시집간 지 몇 년 만에 비로소 남자아이 하나를 낳았다. 노산이었던 탓에 본인이나 주변에서 꽤나 걱정을 했다. 누나는 그다지 힘들지 않게 아이를 낳았다. 하지만 아이는 오래지 않아 죽어 버렸다.

"실수하지 않도록 조심해야지. 우리도 아이가 있으면 좀 의지가 될 텐데."

## 68

누나의 말에는 예전에 잃어버린 제 아이에 대한 기억말고도 지금의 양자에 대한 불만의 뜻도 포함되어 있었다.

"히코짱이 조금 더 야무지면 좋을 텐데."

그녀는 때때로 곁에 있는 사람들에게 이런 말을 흘렸다. 히코짱은 그녀가 예상했던 만큼 굉장한 일꾼은 아니었지만 더없이 온화한 인물이었다. 아침 댓바람부터 술을 먹어야 견딘다는 소문을 들은 적도 있지만 다른 점에 대해서는, 깊은 교제가 없는 겐조로서는 어디가 부족하다는 건지 알 수 없었다.

"돈을 좀 더 벌면 좋겠는데 말야."

물론 히코에게 양부모를 편안히 모실 정도의 수입은 없었다. 하지만 히다나 누나가 그를 기를 때를 생각하면 이제 와서 큰소리를 칠 만한 처지도 아니었다. 그들은 히코를 학교에도 보내지 않았다. 그가 조금씩이나마 월급을 받게 된 것은 양부모로서는 오히려 요행이라고 봐야 했다. 겐조는 누나의 불만에 대해 눈에 띄는 관심을 보이기 어려웠다. 예전에 죽은 갓난아이에 관해서는 더더욱 동정심이 일어나지 않았다. 그는 그 아이가 살아 있는 모습을 본 적이 없었다. 죽은 얼굴도 몰랐다. 이름조차 잊어버렸다.

"이름이 뭐였죠? 그 아이."

"사쿠타로. 저기 위패가 있잖아."

누나는 겐조에게 거실 벽을 도려내어 만든 조그만 불단을 가리켰다. 어두컴컴한데다가 지저분하기까지 한 그곳에 조상부터 대여섯 개의 위패가 늘어서 있었다.

"저 조그만 게 그건가요?"

"응, 갓난아이 거니까 일부러 조그맣게 만들었어."

일어나 다가가서 아이의 계명을 읽을 마음조차 없었던 겐조는 여전히 원래 앉았던 곳에서 검은 칠 위에 금색으로 쓴 작은 표찰 같은 것을 멀리서 바라보았다.

그 얼굴엔 아무런 표정도 없었다. 자신의 두 번째 딸아이가 이질에 걸려 하마터면 목숨을 잃을 뻔했던 무렵의 걱정과 고통도 떠올리지 못했다.

"누나도 이래 가지곤 언제 저렇게 될지 몰라, 겐짱."

그녀는 불단에서 눈을 돌려 겐조를 보았다. 그는 그 눈길을 피했다.

마음 약한 소리를 하면서도 마음속에서는 결코 죽는다고 생각하지 않는 그녀의 말투에는 세간의 평범한 노인들과는 약간 다른 구석이 있었다. 만성적인 지병이 끝없이 이어지는 것처럼 만성적 수명이 끝없이 이어질 것이라고 그녀는 여겼다.

게다가 그녀의 고집도 한몫을 했다. 그녀는 아무리 숨이 차도, 아무리 남들이 충고를 해도 방에서 용변을 보지 못했다. 기어서라도 변소까지 가야 했다. 그리고 어린 시절부터의 습관대로 아침엔 반드시 알몸이 되어 등목을 했다. 한풍이 불든 찬비가 내리든 결코 거르지 않았다.

"그런 마음 약한 소리 하지 말고 최대한 몸을 돌봐야지요."

"돌보고 있어. 겐짱에게 받는 용돈으로 우유만은 반드시 마시기로 했으니까."

촌사람들이 흰쌀밥을 먹듯이 그녀는 우유를 마시는 것이 몸에는 제일이라 여기는 듯했다. 날마다 손상되어 가는 자기 건강을 의식하면서 이 누나에게 몸을 돌보라고 권하고 있는 겐조의 마음속에서도 '남의 일이 아냐' 하는 어리석은 소리가 멀리서 울렸다.

"나도 요즘 상태가 안 좋아서. 어쩌면 누나보다 먼저 위패가 될지도 몰라요."

그의 말은 물론 터무니없는 농담으로 누나의 귀에 들렸다. 그도 그것을 잘 알고 일부러 웃었다. 하지만 자신의 건강을 스스로 해치고 있다고 확신하면서도 그것을 어찌해 볼 수 없는 처지에 놓인 그는 누나보다도 오히려 자기가 더 불쌍했다.

'나는 입 다물고 시나브로 죽어 가는 자살이지. 안됐다고 말해 주는 사람도 하나 없이.'

그는 그렇게 생각하며 누나의 움푹한 눈과 홀쭉해진 뺨, 그리고 살점 없는 가느다란 손을 미소 지으며 보고 있었다.

## 69

누나는 사소한 것에도 신경을 쓰는 여자였다. 따라서 사소한 일들에도 곧잘 호기심을 드러내곤 했다. 한편으로 지나치게 솔직한 그녀는, 다른 면에선 또 유별나게 에둘러 가는 구석도 있었다.

겐조가 외국에서 돌아왔을 때, 그녀는 자기 집 살림에 대해 남의 동정을 구하는 듯한 이야기들을 그 앞에 늘어놓았다. 결국 형의 입을 빌려 얼마라도 좋으니 매월 자기 용돈을 좀 보내 주지 않겠느냐는 부탁을 해 왔다. 겐조는 자기 처지에 맞는 액수를 정하여 이번에도 형을 거쳐 상대방에게 알려 주기로 했다. 그러자 누나에게서 편지가 왔다. 네 형 이야기로는 네가 다달이 얼마를 나에게 주겠다고 한다던데 실제로 네가 주겠다고 한 금액은 어느 정도인지, 네 형 몰래 좀 알려 주지 않겠느냐고 적혀 있었다. 누나는 이제부터 매개역을 하게 될지도 모르는 형의 심성을 의심한 것이었다.

겐조는 한심하다는 생각이 들었다. 화가 나기도 했다. 무엇보다도 너무 천박했다. "그 입 좀 닥치고 있어"라고 고함이라도 지르고 싶었다. 그가 누나에게 보낸 답장은 엽서 한 장이었지만 이런 그의 기분을 잘 드러내고 있었다. 누나는 그 뒤 아무 말도 하지 않았다. 글을 모르는 그녀는 자기 편지도 남에게 부탁해서 써 보낸 것이었다.

이 일 이후 누나는 겐조를 대하기가 전보다 더 어려운 모양이었다. 무턱대고 뭐든지 묻고 싶어 하는 그녀지만 겐조의 가정에 관해서는 그저 스쳐 가는 것 말고는 많은 이야기를 하지 않았다. 겐조 역시 자기 부부에 관한 것을 그녀 앞에서 화제로 삼으려는 생각은 전혀 없었다.

"요즘 오쓰미 씨는 어때?"

"뭐, 항상 그렇죠."

대화는 이렇게 끝나는 일이 많았다.

간접적으로 아내의 병을 알고 있는 누나의 질문에는 호기심 말고도 진심 어린 걱정이 상당히 섞여 있었다. 하지만 그 걱정은 겐조에게 아무런 도움도 되지 않았다. 그러니 그녀의 눈에 비친 겐조는 항상 곁을 주지 않고 무뚝뚝한 별종일 따름이었다.

쓸쓸한 마음으로 누나 집을 나온 겐조는 발길 닿는 대로 북 쪽으로, 북쪽으로 걸어갔다. 그러다 마침내 한 번도 본 적이 없는 신개발지 같은 너저분한 동네 안으로 들어갔다. 도쿄에서 태어난 그는 방향상, 자신이 지금 어디에 있는지를 잘 알고 있었다. 하지만 그곳에는 그의 추억을 불러일으킬 만한 게 아무것도 남아 있지 않았다. 과거의 기억을 모조리 그의 눈에서 빼앗아 가 버린 대지 위를 겐조는 이상하다는 듯이 걸었다.

그는 예전에 있었던 푸른 밭과 그 사이를 달리던 고랑을 생각했다. 밭이 끝나는 곳에는 서너 채의 초가지붕이 보였다. 삿갓을 벗고 접의자에 앉아 한천을 먹고 있는 남자의 모습 같은 것이 눈앞에 떠올랐다. 앞에는 들판처럼 널따란, 종이 만드는 곳이 있었다. 그곳에서 꺾어 마을길로 나서면 좁은 강 위에 다리가 놓여 있었다. 강 좌우로는 높다란 돌 벽을 쌓아 올려 놓아서 위에서 내려다보면 물이 흐르는 곳까지는 의외로 거리가 있었다. 다리 끝에 있는 고풍스러운 공중목욕탕이니 그 옆의 푸성귀 가게 앞에 늘어놓았던 호박 따위가 젊은 시절 겐조에겐 늘 히로시게*의 풍경화를 연상시켰다.

하지만 이제는 모든 것이 꿈처럼 어디론가 사라져 버렸다. 남아 있는 것은 그저 대지뿐이었다.

'언제 이렇게 변해 버렸지?'

인간의 변화에만 마음을 빼앗겼던 겐조는, 그보다 훨씬 심한 자연의 변화에 놀랐다.

그는 어린 시절 히다와 장기를 두던 것이 문득 생각났다. 히다는 장기판에 앉으면, 이래 봬도 도코로자와의 도키치*의 제자라고, 하는 것이 버릇이었다. 지금의 히다 역시 장기판 앞에서는 분명 같은 소리를 할 듯한 남자였다.

'나 자신은 결국 어떻게 될까?'

노쇠할 뿐 의외로 변하지 않는 인간의 모습과 변하여 날로 변화해 가는 교외의 자연이 겐조에겐 뜻밖의 대조적 자료가 되어 그는 생각에 잠기지 않을 수 없었다.

## 70

맥 빠진 얼굴로 집에 돌아온 그는 금세 아내의 주의를 끌었다.

"환자는 어때요?"

모든 인간이 언젠가 한번은 도착해야만 하는 최후의 운명을, 그녀는 겐조의 입에서 확실히 듣고자 하는 모양이었다. 겐조는 대답을 하기 전에 우선 일종의 모순을 느꼈다.

"이젠 괜찮아. 아직 누워 있긴 하지만 위독하거나 하진 않아. 형이 너무 요란을 떤 것 같아."

한심하다는 감정이 약간 그의 말투에 묻어났다.

"요란을 떨었다니 그편이 훨씬 낫잖아요, 여보. 만일 무슨 일이 있어 봐요, 그야말로……."

"형이 나쁘다는 게 아냐. 형은 누나한테 속은 거니까. 또 그 누나는 병에게 속은 거고. 요컨대 다들 속고 있다는 거지, 세상이란 게. 제일 영리한 건 히다일지도 몰라. 아무리 마누라가 난리를 쳐도 절대 안 속거든."

"오늘도 집에 없어요?"

"있겠어? 정말 더 나빠지면 모를까."

겐조는 히다가 늘어뜨리고 다니는 금시계와 금줄을 떠올렸다. 형은 그것이 가짜일 거라고 뒤에서 흉을 봤지만 당사자는 어디까지나 진짜처럼 내두르고 다녔다. 도금이든 진짜든 그가 어디서 얼마를 주고 샀는지 아는 이는 아무도 없었다. 이런 점에 관한 한 모른 척 못 넘기는 누나조차도 그저 멋대로 짐작을 할 따름이었다.

"분명 월부로 샀을 거야."

"어쩌면 전당포 물건일수도 있어."

누나는 묻기도 전에 형에게 이러저런 설명을 했다. 겐조에겐 거의 문제도 되지 않을 것이 그들 사이엔 여러 가지 상상의 씨앗을 뿌렸다. 그렇게들 하면 할수록 히다는 득의양양인 듯했다. 겐조가 다달이 보내는 용돈마저 때로는 빌려 간다는데도 누나는 끝내 남편 손에 들어오는, 혹은 현재 남편이 가진 돈이 얼마나 되는지를 결코 알지 못했다.

"요즘엔 아무래도 무슨 채권을 두세 장 들고 있는 모양이야."

누나의 말은 마치 이웃집 재산이라도 어림짐작하는 듯 남편에게서 멀리 떨어져 있었다.

누나를 이런 자리에 세워 두고도 태연한 히다는 겐조가 보기엔 요령부득인 인간이었다. 그런 인간을 무슨 천생연분이랍시고 참고 사는 누나 역시 겐조는 이해하기 힘들었다. 하지만 금전적으로 어디까지나 비밀주의를 고수하면서 때로 누나가 예상치 못한 물건을 사들이거나 옷을 해 입거나 해서 쓸데없이 그녀를 놀라게 만드는 심보는 더구나 알 수 없었다. 아내에 대한 허영심의 발현, 속을 썩이면서도 남편을 수완가라고 생각하는 아내의 만족. 이 두 가지만으로는 도저히 충분한 설명이 되지 못했다.

'돈이 필요할 때도 남이고 앓아누워도 남이고, 그럼 그저 같이 있다는 것뿐이잖아.'

겐조의 수수께끼는 쉽게 풀리지 않았다. 아내는 생각하는 것이 싫어 아무런 평도 더하지 않았다.

"하긴 우리 부부 역시 세간에서 보기엔 꽤나 이상해 보일 테니까 남 이야기 할 게 없을지도 모르겠네."

"다 마찬가지예요. 모두들 자기들만은 괜찮다고 생각하니까."

겐조는 발끈했다.

"당신도 나는 괜찮다, 하고 있는 거야?"

"그럼요. 당신이 괜찮다고 생각하시는 거나 마찬가지죠."

그들은 곧잘 이런 식으로 싸움을 시작했다. 모처럼 평온하게 가라앉아 있는 서로의 마음을 이렇게 흔들어 어지럽히는 것이다. 겐조는 이 모든 것을 삼가지 못하는 아내 탓으로 돌렸다. 아내는 또 괴팍하고 고집불통인 남편 탓이라고만 해석했다.

"글자를 몰라도 바느질을 못해도, 역시 누나처럼 열녀 같은 여자가 난 좋아."

"요즘 세상에 그런 여자가 어디 있어요?"

아내의 말속엔 남자처럼 제멋대로인 건 없어, 라는 큰 반감이 숨어 있었다.

## 71

논리적인 면은 부족하지만 그녀에겐 뜻밖에 새로운 구석이 있었다. 그녀는 형식적이고 고리타분한 윤리관에 사로잡힐 만큼 엄격한 가정에서 자라지도 않았다. 정치가를 자임하던 그녀의 아버지는 교육에 관해서는 거의 아무런 생각이 없었다. 어머니 역시 보통 여자들처럼 잔소리를 해 가며 아이를 길러 내는 성격도 아니었다. 그녀는 집에서 비교적 자유로운 공기를 호흡했다. 그리고 소학교를 졸업한 것이 다였다. 그녀는 별로 생각을 하지 않는 편이었지만 생각한 결과는 무척이나 야성적으로 느껴졌다.

'그저 남편이라는 이름이 붙어 있다는 이유만으로 그 사람을 존경해야 한다고 강요해 봤자 나는 못해. 만약 존경을 받고 싶으면 존경받을 만한 실질이 있는 인간이 되어서 내 앞에 나서야

옳지. 남편이라는 견장 따위 없어도 좋으니까.'

이상하게도 학문을 했다는 겐조 쪽이 이런 점에선 오히려 구식이었다. 그는 자신을 위해 살아 가야만 한다는 주장을 실현하고 싶어 하면서도 남편을 위해서만 존재하는 아내를 처음부터 서슴없이 가정하고 있었다.

"여러 가지 의미에서 볼 때, 아내는 남편에게 종속되어 마땅해."

두 사람이 충돌하는 이유는 대개 여기 있었다.

남편과 상관없는, 독립적인 자신의 존재를 주장하려 드는 아내를 보면 겐조는 금세 불쾌해졌다. 걸핏하면 '여자 주제에' 했던 것이다. 이것이 좀 더 심해지면 바로 '무슨 시건방진' 했던 말로 변했다. 아내의 마음속엔 '아무리 여자라도' 하는 말이 항상 숨어 있었다.

'아무리 여자라도 그렇게 짓밟히기만 하고 있을 것 같아?'

겐조는 때로 아내의 얼굴에서 이런 표정을 확실히 읽었다.

'여자라서 바보 취급하는 게 아냐. 바보니까 바보 취급하는 거지. 존경을 받고 싶으면 존경받을 만한 인격을 갖추면 될 거 아냐?'

겐조의 논리는 어느샌가 아내가 자신에게 들이대는 것과 같은 것이 되고 말았다.

그들은 이렇게 둥근 원 위를 빙글빙글 돌고 있었다. 그리고 아무리 지쳐도 깨닫지 못했다.

겐조는 그 원 위에 우뚝 멈춰 서는 경우가 있었다. 그건 격앙

되었던 그가 진정되는 바로 그 순간에 일어났다. 아내도 원 위에서 문득 멈추는 일이 있었다. 하지만 아내가 움직이지 않을 때는, 그녀의 침체(沈滯)가 녹기 시작할 때뿐이었다. 그때 겐조는 가까스로 고함지르기를 멈췄다. 아내는 비로소 말을 하기 시작했다. 두 사람을 손을 맞잡고 담소하면서, 여전히 둥근 원 위를 떠나지는 못했다.

아내가 출산하기 열흘쯤 전에 그녀의 아버지가 갑자기 겐조를 찾아왔다. 마침 집을 비웠던 그는 저녁에 돌아와 아내에게 이야기를 듣고 고개를 갸웃했다.

"무슨 일이 있으셨나?"

"뭐 좀 하고 싶은 이야기가 있다고."

"뭔데?"

아내는 대답하지 않았다.

"몰라?"

"네. 이삼 일 안에 다시 와서 이야기한다니까 그때 직접 들으세요."

겐조는 더 할 말이 없었다.

오랫동안 장인을 찾아가지 않은 그로서는 볼일이 있고 없고 간에, 그쪽에서 일부러 여기까지 찾아오리라곤 꿈에도 생각하지 못했다. 그런 궁금증이 평소보다 말을 많이 하게 만들었다. 그와는 반대로 아내의 말수는 평소보다 적었다. 그것은 그가 곧잘 그녀에게서 발견하는 불만이나 무뚝뚝함에서 오는 과묵함과는 달랐다.

어느덧 밤엔 한겨울처럼 추웠다. 가느다란 등잔불 그림자를 응시하고 있으면 불은 움직이지 않고 바람 소리만 요란하게 덧문에 부딪혔다. 쏴, 쏴 하고 나뭇가지 울리는 소리 속에 부부는 조용히 램프를 사이에 두고 한참을 그냥 앉아 있었다.

72

"오늘 아버지가 왔을 때 외투가 없어 추워 보이기에 당신이 입던 헌것을 꺼내 드렸어요."

시골 양복점에서 맞춘 그 코트는 겐조의 기억에서 거의 지워져 있을 정도로 낡은 것이었다. 아내가 왜 또 그런 옷을 자기 아버지에게 주었는지 겐조는 이해하기 어려웠다.

"그렇게 다 해진 걸?"

그는 이상하다기보다 차라리 창피했다.

"아뇨. 좋아하면서 입고 갔어요."

"아버님이 외투가 없으신가?"

"외투뿐인가요? 이젠 아무것도 없어요."

겐조는 놀랐다. 가느다란 불빛에 비친 아내 얼굴이 갑자기 가엾어 보였다.

"그렇게 힘드신가?"

"네, 이젠 어떻게 해 볼 방법이 없다나 봐요."

말수 적은 아내는 지금까지 남편에게 자세한 친정 이야기를 하지 않고 지내 왔다. 일을 그만둔 후의 어려움을 어렴풋이 알고는 있으면서도 설마 이 정도이리라고는 생각하지 않았던 겐조는 문득 눈을 돌려 장인의 옛날을 바라보지 않을 수 없었다.

그는 실크 중절모에 플록 코트 차림으로 늠름하게 관저의 돌문을 나서던 장인의 모습을 선명하게 기억하고 있었다. 단단한 목재를 구(久) 자형으로 잘라 끼워 만든 그 현관 바닥은 번쩍번쩍 빛났고 익숙하지 않은 겐조는 가끔 발이 미끄러지곤 했다. 앞쪽으로 널따란 풀밭이 있는 응접실을 왼쪽으로 돌면 장방형 식당이 있었다. 결혼 전, 겐조는 거기서 아내 가족과 함께 만찬 자리에 앉았던 일을 지금도 기억하고 있었다. 2층엔 다다미가 깔려 있었다. 정월의 추운 밤, 카드놀이에 초대받은 그는 그중의 한 방에서 따스한 하룻밤을 웃음소리 속에서 새운 기억도 있었다.

양옥과 이어져 일본 건축물도 한 채 붙어 있던 이 저택에는 가족 말고도 5명의 하녀와 서생 두 명이 살고 있었다. 직업상 손님이 많았던 이 집에 그 정도의 사용인이 필요할지도 몰랐지만 만일 경제 사정이 허락하지 않았다면 그런 필요를 충족시킬 수 없었을 것이다.

겐조가 외국에서 돌아왔을 때만 해도 장인은 그다지 힘들어 보이지 않았다. 그가 고마고메 안쪽에 거처를 마련했을 때, 그의 새 집을 찾아온 장인은 그에게 이렇게 말했다.

"뭐 자기 집을 갖는다는 것이 인간에겐 아무래도 필요하지. 하지만 그게 그리 금세 될 리도 없으니, 그건 뒤로 미루고 힘 닿는 대로 저축을 해야 해요. 2, 3천 엔 정도 돈은 갖고 있지 않으면 무슨 일이 있을 때 몹시 곤란하니까. 아니, 우선 한 1천 엔 정도만 있어도 괜찮아요. 그걸 나에게 맡겨 두면 한 일 년 지나는 동안에 바로 배로 만들어 줄 테니."

재산 증식엔 요령이 없던 겐조는 그때 이상한 느낌이 들었다.

'어떻게 일 년 만에 1천 엔을 2천 엔으로 만든다는 거지?'

그의 머리로는 도저히 이 의문이 해결되지 않았다. 그렇다고 욕심을 버리지도 못하는 그는, 경악하는 듯한 마음으로 장인에게만 있고 자신에겐 완전히 결여되어 있는 일종의 괴력을 바라보았다. 하지만 1천 엔을 만들어 맡길 가능성이 전혀 없던 그는 장인에게 그 비결을 물을 마음도 생기지 않은 채 결국 오늘까지 온 것이었다.

"그렇게까지 궁하실 리는 없잖아, 아무리 그래도?"

"어쩔 수 없잖아요. 팔자니까."

출산이라는 육체적 고통을 눈앞에 두고 있는 아내의 숨소리는 그렇지 않아도 힘들었다. 겐조는 말없이 가엾은 그 배와 까칠해진 볼을 바라보았다.

예전에 시골에서 결혼했을 때, 장인이 어디서 우키요 그림 풍의 미인을 그린 싸구려 부채 너덧 장을 사 왔기에 겐조가 그중 하나를 빙글빙글 돌려 가며 꽤나 저속하다고 평했더니 장인은 바로 "장소에 어울리지" 하고 대답한 적이 있었다. 하지만 겐조는 자기가 그 지방에서 맞춘 외투를 장인에게 주면서 '장인한테 어울리지' 하는 마음은 전혀 들지 않았다. 아무리 궁하더라도 그런 물건을, 하는 생각에 그저 한심하기만 했다.

"그래도 그걸 어떻게 입나?"

"꼴불견이라도 추운 것보단 낫죠."

아내는 씁쓸하게 웃었다.

73

하루 지나 장인이 찾아와 겐조는 오랜만에 그를 만났다. 연배로나 경력으로나 겐조보다 훨씬 세상물정을 아는 장인은 언제나 자신의 사위에게 정중했다. 때로는 부자연스러울 정도였다. 하지만 그것이 그를 나타내는 모든 것은 아니었다. 속으로는 그와 반대되는 것들이 곳곳에 고개를 내밀고 있었다.

관료식으로 길들여진 그의 눈에는 겐조의 태도가 처음부터 너무 제멋대로인 듯 보였고, 넘어서는 안 되는 선을 버릇없이 넘어선다고 여겼다. 게다가 그는 스스로 알고도 그러는 듯한 겐조의 오만한 구석이 마뜩치 않았다. 머릿속에 생각한 것을 아무렇게나 서슴없이 입 밖에 내어놓는 겐조의 무례함도 마음에 들지 않았다. 난폭하다고밖에 달리 받아들일 수 없는 외골수도 비난의 표적이었다.

겐조의 치기를 경멸한 그는 형식적 요령조차 없이 대놓고 접근하려 덤벼드는 겐조를 표면상 정중한 태도로 막아섰다. 그러자 두 사람은 그 자리에 멈춰 선 채 움직일 수 없게 되었다. 두 사람은 일정한 간격을 두고 상대의 단점을 바라보아야만 했다. 그러다 보니 상대의 장점을 확실히 이해하기도 어렵게 되었다. 게다가 두 사람은 자신이 지닌 대부분의 결점은 결코 깨닫지 못했다.

하지만 지금 그는 겐조에게 의심의 여지없이 일시적 약자였다. 남에게 머리 숙이기를 싫어하는 겐조는 궁핍의 결과로 어쩔 수 없이 자기 앞에 나온 그를 보았을 때, 곧장 같은 처지에 놓인 스스로를 상상하지 않을 수 없었다.

'얼마나 괴로울까?'

겐조는 그저 이 생각뿐이었다. 그러면서 그가 하는 돈 이야기에 귀를 기울였지만 좋은 얼굴을 할 수는 없었다. 마음속으로는 좋은 얼굴을 하지 못하는 자신을 저주했다.

'돈 이야기라서 좋은 얼굴을 못하는 게 아닙니다. 돈과는 관계없는 불쾌감 때문에 이런 겁니다. 오해하지 마십시오. 나는 이런 경우에 복수를 할 만큼 비겁한 인간이 아닙니다.'

장인 앞에서 이런 변명을 하고 싶어 안달이 났지만 잠자코 오해의 위험을 무릅쓸 수밖에 다른 방법이 없었다.

이 무뚝뚝한 겐조에 비하면 장인은 정말 정중했고 안정되어 있었다. 옆에서 보기엔 훨씬 신사다웠다.

그는 어떤 사람을 거명했다.

"그쪽에선 자네를 안다고 하던데, 알고 있나요?"

"압니다."

겐조는 예전에 학교에 있을 때 그 남자를 알고 지냈다. 하지만 깊이 사귄 것은 아니었다. 졸업 후 독일에 다녀와서는 갑자기 직업을 바꾸어 커다란 은행에 들어갔다던가. 남들의 소문으로 들은 것 말고는 겐조에게 그의 소식은 전해지지 않았다.

"아직 은행에 있나요?"

장인은 끄덕였다. 하지만 두 사람이 어디서 어떻게 알게 되었는지 겐조는 상상조차 할 수 없었다. 게다가 그걸 자세히 물어봤자 뭐할까 싶었다. 요점은 다만 그 사람이 돈을 빌려줄 것인지 아닌지의 문제였다.

"그 사람 말로는 빌려줄 수 있다, 하지만 확실한 사람을 보증인으로 세워 줬으면 좋겠다, 하는 거죠."

"그렇군요."

"자, 누구를 세우면 좋겠느냐고 물었더니 자네라면 빌려줄 수 있다고, 그쪽에서 굳이 지명을 한 거예요."

겐조는 자기 스스로를 확실한 사람이라고 인정하는데 주저함이 없었다. 하지만 자신의 재력이 형편없다는 사실 또한 직업의 성격상 남들에게 알려져 있을 텐데, 하는 생각이 들었다. 더구나 장인은 교제의 범위가 지극히 넓은 사람이었다. 평소에 그가 말하는 지인들 중엔 겐조보다 훨씬 세간에 신용이 있는 유명한 사람들이 얼마든지 있었다.

"어째서 내 도장이 필요할까요?"

"자네라면 빌려주겠다는 거죠."

겐조는 생각했다.

## 74

그는 오늘날까지 증서를 남기고 남에게 돈을 빌린 경험이 없는 남자였다. 어쩌다 의리 때문에 도장을 찍어 주었다가 훌륭한 능력을 지녔으면서도 평생을 사회 밑바닥에 가라앉은 채 몸부림만 치다 마는 사람들 이야기는 아무리 물정 모르는 그라도 자주 듣곤 했다. 그는 할 수만 있다면 자신의 미래에 영향을 줄 만한 짓은 피하고 싶다고 생각했다. 하지만 완고한 반면, 그에겐 더없이 여리고 우유부단한 구석도 있어 그것이 곧잘 작용하곤 했다. 이런 경우 단호하게 날인을 거절하는 것은 그에겐 너무 무정하고 차갑고 괴로운 짓이었다.

"내가 아니면 안 되는 건가요?"

"자네라면 좋겠다는 거죠."

그는 같은 질문을 두 번 하고 같은 대답을 두 번 들었다.

"아무래도 이상하군요."

세상일에 어두운 그는 이제 부탁을 해도 더 이상 도장을 찍어 줄 사람이 없어서 마지막으로 어쩔 수 없이 장인이 그를 찾아온 것이라는 명백한 사실조차 짐작하지 못했다. 그는 별로 친하지도 않던 그 은행가에게 그렇게까지 신용이 있다는 사실이 오히려 무서웠다.

'무슨 일을 당할지 모르겠군.'

그의 마음속엔 미래의 안전에 대한 염려가 충분히 작용했다. 동시에 단지 그런 이해타산으로 이 문제를 정리해 버릴 정도로 그의 성격은 단순하지 않았다. 그의 머리가 그에게 적당한 해결책을 내줄 때까지 겐조는 머뭇거릴 수밖에 없었다. 마침내 그 해결책이 떠올랐을 때조차 그는 그것을 장인 앞에 내어놓기 위해 엄청난 노력을 해야 했다.

"도장을 찍는 것은 아무래도 위험하니까 하고 싶지 않습니다. 그 대신 내 손으로 만들 수 있을 만큼 돈을 마련해 드리죠. 물론 저축이 없는 저로서는 마련한다고 해 봤자 어차피 어디선가 빌리는 수밖에 없겠지만 가능하면 문서를 쓴다든가 도장을 찍는다든가 하는 형식상의 절차를 밟아야 하는 돈은 빌리고 싶지 않습니다. 내 좁은 교제 범위 내에서 안전한 돈을 마련하는 편이 안심이 되니까 우선 그쪽을 찾아볼게요. 물론 필요하신 금액은 못 채워 드립니다. 내 손으로 마련하는 이상, 내 손으로 갚을 수 있어야 하는 건 당연한 거니까 내 처지에 안 맞는 빚은 못 얻습니다."

얼마가 되었든 융통을 할 수만 있다면 그만큼 도움이 되는, 어려운 처지에 놓인 장인은 더 이상 겐조에게 강요하지 않았다.

"그럼 좀, 어떻게……."

그는 겐조의 낡아 빠진 외투로 몸을 감싸고 차가운 하늘 아래로 돌아갔다. 서재에서 이야기를 마친 겐조는 현관에서 다시 같은 서재로 들어가 버려 아내의 얼굴을 보지 못했다. 아내 역시 아버지를 현관에서 배웅하면서 남편과 나란히 댓돌 위에 섰을 뿐, 서재로 들어오진 않았다. 돈 이야기는 암묵 중에 두 사람 모두 납득했지만 끝내 두 사람 사이의 화제에 오르지는 않았다.

하지만 겐조의 마음엔 이미 책임감이 얹혀 있었다. 그는 그것을 다하기 위해 움직여야 했다. 그는 살림을 차리면서 화로니 담배 쟁반을 함께 사러 다녔던 친구 집을 다시 찾아갔다.

"돈을 좀 빌려주겠나?"

그는 아닌 밤중에 홍두깨로 말을 꺼냈다. 돈 같은 건 별로 없던 친구는 놀란 얼굴로 그를 보았다. 그는 화로에 손을 쬐어 가며 친구에게 사정을 죽 설명했다.

"어떤가?"

3년 동안 지나*의 어느 학당에서 교편을 잡던 무렵에 저축한 친구의 돈은 이미 전철인가 뭔가의 주식으로 변해 있었다.

"그럼 시미즈에게 부탁해 봐 줄래?"

친구의 매제에 해당하는 시미즈는 시타마치의 꽤 번화한 곳에서 병원을 개업하고 있었다.

"글쎄, 어떨까? 그 녀석도 그 정도 돈이야 있겠지만 움직일 수 있을지 어떨지 몰라. 뭐, 물어는 볼게."

친구의 호의는 다행히 보람이 있었다. 겐조가 빌린 4백 엔의 돈이 장인의 손에 들어간 것은 그로부터 사오 일 지나서였다.

## 75

"나는 할 수 있는 최선을 다한 거야."

겐조의 마음엔 이런 안심감이 있었다. 따라서 그는 자신이 조달한 돈의 가치에 관해 그다지 생각하지 않았다. 얼마나 기뻐할 까 생각하지 않는 대신, 이 정도로 무슨 도움이 될까 하는 마음도 들지 않았다. 그것이 어느 방면에 어떻게 소비되었는가 하는 문제에 이르면 전혀 모른 채 넘어갔다. 장인 역시 거기까지 속사정을 털어놓을 만큼 그에게 다가오지 않았다.

종래의 장벽을 무너뜨리기엔 이 기회가 너무 약했다. 어쩌면 두 사람의 성격이 너무 굳어져 있기도 했다.

장인은 겐조보다 세속적인 허영심이 강한 남자였다. 할 수만 있다면 자신을 남들에게 잘 이해시키려 노력하기보다는 가능하면 자신의 가치가 밝은 광선 아래 드러나기를 좋아하는 성격이었다. 따라서 그를 둘러싼 처자와 일가친척을 대하는 그의 태도는 툭하면 과장되곤 했다.

자신의 처지가 급격하게 기울어 버렸을 때, 그는 자신의 평생을 뒤돌아볼 수밖에 없었다. 그는 그것을 호도하기 위해 겐조에겐 최대한, 그렇지 않은 척 꾸몄다. 그러다가 마침내 그것이 통하지 않게 된 끝에 결국 그는 겐조에게 날인을 요구한 것이었다. 하지만 그가 얼마나 되는 부채에 어떻게 시달리고 있는가, 하는 상세한 내용은 끝내 겐조의 귀에 들어오지 않았다. 겐조 역시 묻지 않았다.

두 사람은 지금까지의 거리를 유지한 채 서로에게 손을 내밀었다. 한 사람이 건네준 돈을 한 사람이 받았을 때, 둘은 내밀었던 손을 다시 거둬들였다. 곁에서 그걸 보고 있던 아내는 그저 침묵했다.

겐조가 외국에서 돌아온 당시, 두 사람은 아직 이 정도로 멀진 않았다. 그가 새집을 마련하고 얼마 되지 않았을 때, 그는 장인이 어느 광산 사업에 손을 댔다는 이야기를 듣고 놀란 적이 있었다.

"산을 파낸다고?"

"네, 아마 새로운 회사를 만드나 봐요."

그는 미간을 찡그렸다. 동시에 그는 장인의 괴력에 약간의 신용을 두기도 했다.

"잘될까?"

"어쩌려나……."

겐조와 아내 사이에서 이런 간단한 대화가 오가고 얼마 지나서 장인이 그 일을 하러 북쪽 지방의 어느 도시로 출발했다는 소식을 아내에게서 전해 들었다. 그리고 한 주일쯤 지나 장모가 느닷없이 겐조를 찾아왔다. 남편이 여행지에서 갑작스러운 병에 걸려서 지금부터 자기도 가야 하는데 거기 드는 여비를 좀 마련해 줄 수 있느냐는 것이 장모의 용건이었다.

"네, 여비쯤이야 어떻게든 만들어 드릴 테니 얼른 가 보세요."

숙소에 누워 고통스러워할 사람과 기차로 달려갈 초조한 사람을 진심으로 가엾게 여긴 겐조는 자신이 아직 본 적도 없는 먼 곳 하늘의 처량함까지 상상의 눈으로 보고 있었다.

"아니, 전보를 받은 것뿐이니 상세한 건 전혀 알 수가 없어서 말예요."

"저런, 더 걱정이 되시겠네요. 가능하면 빨리 가 보시는 게 좋겠지요."

다행히도 장인의 병은 가벼운 것이었다. 하지만 그가 손을 대기 시작했다던 광산 사업은 그걸로 무산되고 말았다.

"아직 아무것도 안 보이는 건가?"

"뭐가 있긴 있는 것 같은데 제대로 되질 않는다는군요."

아내는 아버지가 어느 큰 도시의 시장에 입후보했다는 이야기를 들려주었다. 거기 드는 선거 운동 비용은 재력 있는 그의 옛 친구 하나가 부담해 주고 있는 모양이었다. 하지만 시의 유지들이 몇 명 함께 상경했을 때, 유명한 정치가인 어느 백작을 만나 장인이 적당한 사람인지를 물었더니 그 백작이 아무래도 안 맞는 듯하다고 대답하는 바람에 이야기는 그걸로 끝나 버렸다고 한다.

"참 곤란하네."

"곧 어떻게든 될 거예요."

아내는 겐조보다 자기 아버지를 훨씬 더 신용하고 있었다. 겐조 역시 그의 괴력을 모르는 바는 아니었다.

"아니, 너무 딱해서 하는 소리야."

그의 말에 거짓은 없었다.

## 76

하지만 그다음에 장인이 겐조를 방문했을 때는 두 사람 사이가 이미 변해 있었다. 자진해서 장모에게 여비를 만들어 줬던 사위는 한 걸음 물러서지 않을 수 없었다. 그는 비교적 먼 거리에 서서 장인을 바라보았다. 그의 눈빛은 냉랭하지도 무심하지도 않았다. 오히려 검은 눈동자에서 번뜩이는 반감의 번갯불이 있었다. 안간힘을 써서 그 빛을 감추려던 그는 어쩔 수 없이 이 날카로운 빛에 냉랭함과 무심함의 가면을 씌웠다.

장인은 곤경에 처해 있었다. 그리고 눈앞의 장인은 정중했다. 이 두 가지가 겐조의 본성에 압박을 가했다. 적극적으로 달려들지 못하는 그는 얌전히 참아야 했다. 단순히 무뚝뚝한 정도로 참을 수밖에 없었던 그로서는, 상대의 궁한 현실과 점잖은 태도가 오히려 속마음이 자연스럽게 흘러나오는 것을 방해하는 장애가 되었다. 이런 의미에서 그의 입장에서는 장인이 그를 괴롭히러 찾아온 것이나 다를 바 없었다. 장인 입장에서는 완전한 타인에게라도 이상해 보일 법한 응대를 내 사위에게서 당한다는 것이 견딜 수 없는 한심한 일임에 분명했다. 전후 관계없이 이 자리의 광경만을 보는 방관자의 눈에도 겐조는 역시 어리석었다. 모든 것을 알고 있는 아내에게조차 남편은 결코 현명한 사람이 아니었다.

"나도 이번에야말로 정말 곤란해서요."

이렇게 말을 꺼낸 장인은 겐조에게서 그럴듯한 대답조차 듣지 못했다.

그는 마침내 재계에서 유명한 어떤 사람의 이름을 댔다. 그 사람은 은행가이면서 사업가이기도 했다.

"실은 요전에 어떤 사람 주선으로 만났는데 어쩐지 잘될 것 같아요. 미쓰이와 미쓰비시를 빼면 일본에서는 아마 그곳 정도일 테니까 고용인이 되었다고 해서 굳이 내 체면을 구길 것도 없고 거기가 일을 하는 구역도 넓은 모양이니 재미있게 일을 할 수 있을 것 같아요."

이 재력가가 장인에게 약속했다는 지위란 것이 간사이에 있는 어떤 사립 철도 회사 사장이었다. 회사 주식 대부분을 혼자 소유하고 있는 그 사람은 자기 뜻대로 그곳 사장을 고를 특권을 가지고 있었던 것이다. 하지만 몇 십 주, 혹은 몇 백 주의 주주가 됨으로서 미리 그럴 자격을 만들어 두어야만 하는 장인은 어떻게 돈을 마련하려는 걸까? 사정을 모르는 겐조로서는 이 의문조차 풀리지 않았다.

"일시적으로 필요한 주식 수만큼만 내 명의로 바꾸어 두는 거예요."

겐조는 장인의 말에 토를 달 만큼 그의 재능을 무시하진 않았다. 그와 그의 가족을 목하 곤경에서 벗어나게 한다는 의미에서도 그 성공을 바랐다. 하지만 여전히 원래 서 있던 입장을 바꿀 수는 없었다. 그의 대답은 형식적이었고 당연히 그의 마음속 여린 부분을 약간은 답답하게 만들었다. 노회한 장인은 마치 그런 부분엔 전혀 개의치 않는 듯이 보였다.

"하지만 곤란하게도 이것을 지금 바로 할 수는 없어요. 다 때가 있는 법이라서."

그는 품에서 또 한 장의 사령 비슷한 것을 꺼내더니 겐조에게 보여 주었다. 거기엔 어떤 보험 회사가 그에게 고문을 촉탁한다는 문구와 그 보수로서 매월 그에게 1백 엔을 지급한다는 조건이 적혀 있었다.

"지금 이야기한 한쪽 일이 되면 이쪽을 그만둘 것인지, 아니면 되고도 그냥 계속할 것인지 그 부분은 아직 모르겠지만 어쨌든 1백 엔이라도 당장은 견딜 수 있으니까요."

예전에 그가 정부의 관직을 팽개쳤을 때, 관련자는 산인도(山陰道)* 변 어느 지방 지사라면 전임시켜 줄 수도 있다는 조건을 붙인 적이 있었다. 하지만 그는 단호히 그것을 거절했다. 그가 지금 별로 크지도 않은 보험 회사에서 1백 엔이라는 돈을 받으며 그다지 싫은 얼굴을 하지 않는 것도 역시 처지의 변화가 그의 성격에 미친 영향임에 틀림없었다.

이렇게 허물없는 장인의 태도는 어쩌면 겐조를 자기 자리에서 앞으로 밀어낼 듯도 했다. 그런 경향을 의식하자마자 그는 다시 뒷걸음질을 쳐야만 했다. 그의 품성은 부자연스러워 보이는 그의 태도를 윤리적으로 용인했던 것이다.

## 77

장인은 실무가였다. 오직 일 본위의 입장에서만 사람을 평가하려 들곤 했다. 노기 장군*이 한때 타이완 총독이 되었다가 얼마 안 되어 그만두었을 때, 그는 겐조에게 이런 이야기를 한 적이 있었다.

"개인적으로 노기 씨는 의리 있고 정이 많은 실로 훌륭한 사람입니다. 하지만 총독으로서의 노기 씨가 과연 적임이었는지 어떤지 하는 문제가 되면 논의의 여지가 상당히 있는 것 같아요. 개인의 덕은 자신에게 친하게 접촉하는 옆 사람들에게는 잘 전달될지 모르지만 멀리 떨어진 피치자들에게 이익을 주기엔 불충분하니까요. 거기까지 가면 역시 수완이죠. 수완이 없어서야 아무리 선인이라도 그저 앉아 있는 것 말고는 다른 수가 없으니까요."

그는 재직 중의 인맥으로 어떤 모임의 사무 일체를 관리하고 있었다. 후작을 우두머리로 받든 그 모임이 그의 힘으로 사업상의 설립 취지를 깔끔하게 완성한 후, 그의 손에는 2만 엔 정도의 잉여금이 맡겨졌다. 관로에 연이 끊긴 후엔 줄곧 마음먹은 대로 일이 안 되던 그는 끝내 그 위탁금에 손을 댔다. 그리고 어느샌가 전액을 다 쓰고 말았지만 자신의 신용을 유지하기 위해 누구에게도 그 사실을 밝히지 않았다. 따라서 그는 이 예금에 당연히 붙게 될 1백 엔 가까운 이자를 매월 조달하여 체면을 유지해야만 했다. 자기 집 살림살이보다 오히려 이쪽이 고통스럽던 그는, 공적 생애의 지속에 절대적으로 필요한 그 1백 엔을 다달이 보험 회사에서 받게 되었으니 당시 그의 심중에 들어가 생각해 보면 그야말로 더없이 기쁜 일이었다.

한참이 지나서야 비로소 아내에게 이 이야기를 들은 겐조는 그녀의 아버지에 대해 새삼 동정을 느꼈을 뿐 부도덕한 사람으로 그를 미워할 마음은 전혀 들지 않았다. 그런 남자의 딸과 부부가 되어 부끄럽다든가 하는 생각도 전혀 없었다. 하지만 겐조는 아내에게 이런 이야기를 거의 하지 않았다. 아내는 때때로 그에게 말했다.

"저는 어떤 남편이라도 상관없어요, 그냥 나한테만 잘해 주면."

"도둑이라도 괜찮아?"

"예예, 도둑이든 사기꾼이든 뭐라도 좋아요. 다만 아내를 소중히 여겨 준다면 그걸로 충분하죠. 아무리 위대한 남자라도, 훌륭한 인간이라도 집에서 불친절하면 나한텐 아무것도 아닌 걸요."

실제로 아내는 이 말 그대로인 여자였다. 겐조 역시 그 의견에 찬성이었다. 하지만 그의 추찰은 달무리처럼 아내의 말 밖으로까지 번져 나갔다. 그녀가 학문에만 자고 깨는 그를 이런 말로 은근히 비난하고 있다는 냄새를 맡은 것이다. 하지만 그보다 훨씬 강하게, 남편의 마음을 모르는 그녀가 이런 태도로 자신의 아버지를 변호하는 게 아닌가 하는 느낌이 겐조의 가슴을 쳤다.

'나는 그런 일로 사람과 헤어지는 인간이 아냐.'

자신을 아내에게 설명하려 노력하지 않았던 그도 혼자서 변명의 말을 거듭하기를 잊지 않았다.

하지만 장인과 그의 관계에 자연스럽게 골이 파인 것은 역시 장인이 지나치게 중요시하던 수완의 결과라고밖에 생각할 수 없었다.

겐조는 설날 장인에게 세배를 가지 않았다. 공하신년(恭賀新年)이라는 엽서만 보냈다. 장인은 이를 용서하지 못했다. 드러내 놓고 이를 꾸짖는 것도 아니었다. 그는 열두세 살 되는 막내 아이에게 똑같이 공하신년이라는 삐뚤빼뚤한 글씨를 쓰게 해서 그 아이의 이름으로 겐조에게 연하장을 보냈다. 이런 식의 '수완'으로 그에게 보복하는 법은 너무나 잘 알고 있었지만 겐조가 어째서 장인인 그에게 직접 신년 축하를 하러 가지 않는가 하는 점에 대해서는 전혀 반성이 없었다.

일파만파(一波萬波). 이자에 이자가 붙고 자식에게 자식이 생겼다. 두 사람은 점차 멀어졌다. 어쩔 수 없이 저지르는 죄와 하지 않아도 될 것을 일부러 수행하는 과실 사이에 엄청난 구별을 두는 겐조는 질 나쁜 이런 식의 여유를 몹시 미워하게 되었다.

## 78

'만만한 녀석이야.'

실제로 만만해 보일 만한 구석이 얼마든지 있다는 것을 자각하면서도 겐조는 남들이 자신을 이렇게 보는 게 기분 나빴다.

그의 신경은 이런 불쾌감을 넘어서는 사람에 대해서는 예민한 그리움을 느꼈다. 그는 군중 속에서도 금세 그런 사람을 찾아낼 수 있는 눈이 있었다. 하지만 그 자신은 도저히 그런 영역에 이르지 못했다. 그러니 더욱 그런 사람이 눈에 띄었다. 또 그런 사람들을 몹시 존경하게도 되었다.

동시에 그는 자신을 저주했다. 하지만 자신을 저주하게 만드는 상대방을 훨씬 더 격렬히 저주했다.

이리하여 장인과 그 사이에 자연스럽게 패인 골이 점점 깊어졌다. 그에 대한 아내의 태도 역시 은연중에 이를 도운 것이 분명했다.

두 사람 관계가 아슬아슬해지면 아내의 마음은 점차 친정 쪽으로 기울어졌다. 친정에서도 이를 가엾이 여기다 보니 무의식중에 아내 편을 들 수밖에 없게 되었다. 하지만 아내 편을 든다는 것은 어떤 경우엔 겐조를 적으로 돌린다는 뜻이었다. 두 사람은 점점 더 멀어질 따름이었다.

다행스럽게도 자연은 완화제로서 히스테리라는 것을 아내에게 주었다. 발작은 두 사람 관계가 긴장되었을 때에 맞추어 일어났다. 겐조는 때로 변소에 오가는 복도에 쓰러져 있는 아내를 안아 일으켜 이부자리까지 데리고 왔다. 한밤중에 한쪽 덧문이 열려 있는 대청 끝에 웅크리고 있는 그녀를 뒤에서 양팔로 받쳐 안고 침실로 돌아온 적도 있었다.

그럴 때면 그녀의 의식은 언제나 몽롱하여 꿈보다 더 분별력이 없었고 동공이 커다랗게 열려 있었다. 외부 세계는 그저 헛것처럼 비치는 모양이었다.

베갯머리에 앉아 그녀의 얼굴을 지켜보는 겐조의 눈엔 늘 불안이 번득였다. 때로는 연민의 정이 모든 것을 이겼다. 그는 곧잘 가엾은 아내의 흐트러진 머리카락에 빗질을 해 주었다. 땀이 밴 이마를 젖은 수건으로 닦아 주었다. 가끔은 정신을 차리라고 얼굴에 물을 뿜어 주기도 하고 입에서 입으로 물을 건네주기도 했다.

발작이 지금보다 심했던 예전 일도 겐조의 기억을 자극했다.

한때 그는 밤마다 가느다란 끈으로 자기 허리띠와 아내의 허리띠를 묶고 잤다. 끈의 길이를 4척 정도로 해서 돌아눕기엔 충분하게 만들었기에 아내의 항의도 없이 몇 날 밤이나 이어졌다.

언젠가는 아내의 명치에 찻잔 바닥을 갖다 대고 있는 힘껏 누른 적도 있다. 자꾸만 뒤로 휘어지려는 그녀의 엄청난 힘을 이 한 점으로 막아야만 하는 그는 차가운 비지땀을 흘렸다.

그녀의 입에서 이상한 소리를 들은 적도 있었다.

"하늘님이 오셨어요. 오색구름을 타고 오셨어요. 큰일 났어요, 여보."

"내 아기가 죽어 버렸네. 내 죽은 아기가 왔으니 가 봐야지. 봐요, 거기 있잖아요? 두레박 안에. 제가 잠깐 가서 보고 올 테니 놔주세요."

유산하고 얼마 안 된 그녀는 끌어안으려는 겐조의 손을 뿌리치고 이렇게 말하며 일어서려 했다…….

아내의 발작은 겐조에게 엄청나게 큰 불안이었다. 하지만 대개의 경우 그 불안 위에 보다 큰 자애의 구름이 펼쳐져 있었다. 그는 아내가 걱정스럽다기보다 불쌍했다. 약하고 가엾은 존재 앞에 겐조는 머리를 숙이고 할 수 있는 한 비위를 맞추었다. 아내도 기쁜 표정이었다.

그러니 일부러 발작을 일으키는 것이라는 의심을 하지 않는 이상, 또 너무 고집을 부려 어찌되든 멋대로 해라, 하는 생각이 들지 않는 이상, 끝내 그 빈도가 자연스러운 동정을 방해하여 왜 이렇게 나를 괴롭히느냐는 불만이 생기지 않는 이상, 아내의 병은 두 사람 사이를 부드럽게 만드는 방법으로서 겐조에게 필요한 것이었다.

불행히도 장인과 겐조 사이엔 이런 소중한 완화제라는 것이 존재하지 않았다. 그러니 아내 탓에 생긴 양자의 소원함은, 설령 부부 관계가 정상으로 복원된다 해도 금세 메워질 수는 없었다. 그것은 이상한 현상이었다. 하지만 현실임이 분명했다.

79

불합리한 일을 싫어하는 겐조는 속으로 그 때문에 끙끙 앓았다. 하지만 특별히 무얼 어떻게 해야 할지 몰랐다. 그의 성격은 욱하는 부분도 외골수인 구석도 있었지만 무척이나 소극적인 경향도 있었다.

'나한테 그런 의무는 없어.'

스스로에게 묻고 이런 대답을 한 그는 그 대답을 근본적인 것이라 믿었다. 그는 언제까지나 불쾌감 속에서 자고 깨기로 결심했다. 어쩌다가 자연스레 해결이 되리라는 예측 같은 건 하지 않았다.

불행히도 아내 역시 이 점에서는 어디까지나 소극적인 태도를 버리지 못했다. 그녀는 뭔가 사안이 있어야만 움직이는 여자였다. 남의 부탁이라도 받으면 남자들보다 더 매진하는 일도 있었다. 하지만 그것은 눈앞에 손으로 만질 수 있을 만큼 명료한 무엇인가가 있을 때에 한해서였다. 그런데 그녀가 본 부부 관계에는 그런 것이 전혀 없었다. 자신의 아버지와 겐조 사이 역시 이렇다 할 만한 파탄이라는 것을 찾을 수 없었다. 커다랗고 구체적인 변화가 아니면 사안이라 인정하지 않는 그녀는 다른 것은 잊어버렸다. 자신과 자신의 아버지, 남편 사이에 일어나는 정신적 동요는 속수무책이라고 여겼다.

'아니, 아무 일도 없잖아요?'

속으로는 동요를 의식하면서도 그녀는 이렇게 대답할 수밖에 없었다. 그녀로서는 가장 정당하다고 여겨진 이런 대답이 때로 거짓 울림으로 겐조의 귀를 치는 경우가 있었지만 그녀는 절대로 움직이지 않았다. 결국 될 대로 되라지, 하는 포기가 그렇지 않아도 소극적인 그녀를 한층 더 소극적으로 만들어 갔다.

이리하여 부부의 태도는 나쁜 일치를 보았다. 서로의 부조화를 영속화하려는 것이라 말해도 별수 없을 이런 일치는 뿌리 깊은 그들의 성격에서 나온 것이었다. 우연이라기보다는 오히려 필연적 결과였다. 서로의 얼굴을 마주한 그들은 상대의 인상으로 자신의 운명을 판단했다. 장인이 겐조의 손으로 마련한 돈을 받아 돌아가고 나서 그것을 굳이 화제 삼지도 않았던 부부는 아예 다른 이야기를 나누었다.

"산파가 언제쯤 태어난대?"

"언제라고 확실히 말은 안 하지만 이제 곧이에요."

"준비는 다 된 거야?"

"예, 안방 장롱 안에 들어 있어요."

겐조는 뭐가 들어 있는지 몰랐다. 아내는 힘들다는 듯 커다란 한숨을 쉬었다.

"어쨌든 이렇게 힘들어서야 원. 빨리 태어나야지."

"이번엔 죽을지도 모른다면서?"

"예, 죽든 말든 어쨌든 빨리 낳아 버리고 싶어요."

"정말 딱하시군."

"뭘요, 죽으면 당신 탓인지나 아세요."

겐조는 먼 시골에서 아내가 장녀를 낳던 때의 광경을 떠올렸다. 불안하다는 듯 얼굴을 찡그리고 앉아 있던 그가 좀 도와달라는 산파의 말을 듣고 산실로 들어갔을 때, 그녀는 뼈가 아플 정도로 끔찍한 힘으로 느닷없이 겐조의 팔에 매달렸다. 그리고 고문이라도 당하는 사람처럼 신음했다. 아내가 육체적으로 당하는 고통을 그는 정신적으로 느꼈다. 자신이 죄인이 아닐까 하는 생각까지 들었다.

"아이를 낳는 것도 힘들겠지만 그걸 보는 것도 괴로워."

"자, 어디 놀러라도 다녀오세요."

"혼자서 낳을 수 있어?"

아내는 대답하지 않았다. 남편이 외국에 가 있는 동안에 둘째 딸을 낳았다는 사실 따위는 아예 입 밖에 내지 않았다. 겐조도 물을 생각이 없었다. 선천적으로 걱정이 많은 그는 아내의 신음을 버려두고 어슬렁어슬렁 밖에서 돌아다닐 수 있는 남자가 아니었다.

산파가 다음번에 왔을 때 그는 확인했다.

"이번 주 중일까요?"

"아뇨, 조금 더 있어야 할 걸요."

겐조도 아내도 그렇게 알고 있었다.

## 80

날짜 계산이 틀렸는지 예상보다 일찍 산기를 느낀 아내는 고통스러운 음성으로 옆에서 자고 있던 남편을 깨웠다.

"아까부터 갑자기 배가 아프기 시작했어……."

"나올 것 같아?"

겐조는 아내의 배가 얼마나 아픈 건지 알 수 없었다. 그는 추운 밤중에 이불에서 얼굴만 내밀고 아내의 모습을 지켜보았다.

"좀 문질러 줄까?"

일어나는 것이 싫은 그는 가능하면 입으로 모면하려 들었다. 그에겐 아내의 출산에 관한 경험이 단 한 번밖에 없었다. 그 경험이라는 것도 거의 다 잊어버렸다. 하지만 장녀의 경우엔 이런 통증이 밀물처럼 몇 번 왔다가 사라졌다가 했던 것 같았다.

"그렇게 갑자기 태어나는 게 아니겠지? 아이라는 게. 한참 아프다가 가라앉았다가 하는 거지?"

"뭔지 모르겠지만 점점 더 아프기만 해요."

아내의 태도는 명백하게 그녀의 말을 보증하고 있었다. 이불

속에 가만히 있을 수 없어진 아내는 베개를 밀쳐 내고 오른쪽으로 누웠다가, 다시 왼쪽으로 돌아누웠다가 했다.

남자인 겐조로서는 속수무책이었다.

"산파를 부를까?"

"예, 빨리요."

직업상 산파 집엔 전화가 있었지만 그의 집에 그런 설비가 있을 리 없었다. 급한 일이 있을 때마다 그는 언제나 단골 의사에게 달려가곤 했다.

초겨울 어두운 밤이 새려면 아직도 한참 남아 있었다. 그는 산파와 그 집 문을 두드려야 할 하녀의 수고를 생각했다. 하지만 날이 샐 때까지 한가하게 기다릴 용기가 없었다. 침실 문을 열고 거실로 나가 하녀의 방문 앞까지 온 그는 서둘러 심부름꾼 하나를 재촉하여 밤길을 달려가게 했다.

그가 아내에게 돌아왔을 때 그녀의 통증은 훨씬 더 심해져 있었다. 그의 신경은 분초마다 문 앞에 멈춰 설 인력거 소리를 기다릴 정도로 긴장했다.

산파는 쉽게 오지 않았다. 아내의 신음이 쉴 새 없이 고요한 밤의 실내 공기를 휘젓고 있었다. 한 5분이나 지날까 말까 했을 때 그녀는 "이제 태어나요" 하고 남편에게 선고했다. 그리고 지금까지 참고 참았던 듯한 신음을 단번에 내지르면서 태아를 분만했다.

"정신 차려."

벌떡 일어서서 이불자락 끝으로 돌아간 겐조는 어째 해야 할지를 몰랐다. 램프는 가늘고 기다란 덮개 속에서 죽음처럼 고요한 빛을 어두운 실내에 드리우고 있었다. 겐조가 눈길을 떨구고 있는 주변은 이불의 줄무늬조차 확실히 안 보일 정도로 어두운 그늘로 덮여 있었다.

그는 당황했다. 하지만 램프를 옮겨 그곳을 비추는 것은 남자가 봐선 안 될 것을 굳이 보는 것 같은 기분이 들어 망설여졌다. 그는 할 수없이 암중모색했다. 그의 오른손이 갑자기 일종의 기이한 촉감과 함께 지금까지 경험한 적 없는 무엇인가에 닿았다. 그것은 한천처럼 물컹했다. 그리고 윤곽만으로는 모양이 확실치 않은 어떤 덩어리에 불과했다. 그는 오싹한 느낌을 전신에 전하는 이 덩어리를 가볍게 손가락 끝으로 어루만져 보았다. 덩어리는 움직이지도 울지도 않았다. 다만 만질 때마다 물컹물컹한 한천 같은 것이 벗겨져 떨어지는 듯했다. 만약 강하게 누르거나 들어 올렸다간 전체가 분명 부서져 버릴 게 틀림없다고 생각했다. 그는 두려움에 싸여 갑자기 손을 움츠렸다.

'하지만 이대로 내버려 두었다간 감기에 걸릴 거야. 추위로 얼어붙겠지.'

살았는지 죽었는지 구별도 못하는 그였지만 이런 걱정이 솟았다. 문득 출산 준비물이 장롱 안에 들어 있다던 아내의 말이 떠올랐다. 그는 서둘러 자기 뒤쪽의 장롱 문을 열어 다량의 솜을 끄집어 냈다. 탈지면이라는 이름조차 몰랐던 그는 무턱대고 그걸 잘라 내어 부드러운 덩어리 위에 올려놓았다.

## 81

그러는 동안 기다리고 기다리던 산파가 왔기에 겐조는 겨우 안심하고 제 방으로 들어갔다.

밤은 곧 밝았다. 갓난아이 우는 소리가 온 집 안의 찬 공기를 흔들었다.

"순산을 축하드립니다."

"아들인가, 딸인가?"

"따님인데……."

산파는 좀 안됐다는 듯이 말끝을 흐렸다.

'또 딸이야?'

겐조에게도 약간 실망의 빛이 보였다. 첫째가 딸, 둘째가 딸, 이번에 태어난 것도 또 딸, 도합 세 딸의 아버지가 된 그는 그렇게 딸만 낳아서 어쩔 셈인지, 하는 생각에 내심 아내를 비난했다. 하지만 그렇게 낳게 만든 것이 자신의 책임이라고는 생각하지 못했다.

시골에서 태어난 맏딸은 피부결이 곱고 어여쁜 아이였다. 겐조는 곧잘 그 아이를 유모차에 태워 밀면서 마을을 돌아다녔다. 때로는 천사처럼 평안한 잠에 빠진 얼굴을 들여다보며 집으로 돌아오기도 했다. 하지만 믿을 수 없는 것이 미래였다. 겐조가 외국에서 돌아왔을 때, 누군가 아이를 데리고 신바시까지 마중을 나왔다. 아이는 오랜만에 아버지 얼굴을 보고 더 좋은 아버지인 줄 알았다고 옆에 있던 사람에게 말했다는데 그 아이 자신의 용모 역시 못 보는 동안 나쁜 쪽으로 변해 있었다. 딸의 얼굴은 점차 길이가 짧아져 갔고, 윤곽에 각이 생겼다. 겐조는 이 딸의 용모 속에서 어느샌가 성장하고 있는 자기 얼굴의 단점들을 명백히 인정할 수밖에 없었다.

차녀는 일 년 내내 머리에 종기를 달고 살았다. 바람이 안 통해서라고 해서 결국 머리카락을 싹둑싹둑 잘라 버렸다. 턱이 짧고 눈이 커다란 이 아이는 둔감한 바다 괴물 같은 모습으로 어슬렁어슬렁 다녔다.

아무리 부모라도 세 번째 아이만 유독 예쁘게 자라 주리라고는 생각할 수 없었다.

'저런 물건들이 잇달아 태어나서 결국 어떻게 되는 걸까?'

그는 부모답지 않은 감상을 느꼈다. 그 속에는 비단 아이들뿐 아니라, 자신이나 아내까지도 포함하여 결국 어떻게 될까 하는 의미가 어렴풋이 섞여 있었다.

그는 외출 전에 잠깐 침실에 얼굴을 내밀었다. 아내는 새로 빤 시트 위에 편히 잠들어 있었다. 아이도 조그만 부속물처럼 두꺼운 솜을 두어 새로 만든 이부자리에 싸인 채 곁에 있었다. 그 아이는 빨간 얼굴을 하고 있었다. 어젯밤 어둠 속에서 그의 손에 닿았던 한천 같은 살덩어리와는 전혀 느낌이 다른 존재였다.

모든 것이 깔끔하게 정리되어 있었다. 주변엔 더러운 것의 그림자도 보이지 않았다. 한밤중의 기억은 흔적 없는 꿈인가 싶었다. 그는 산파를 보았다.

"이불을 바꿔 준 건가?"

"예, 요도 이불도 다 바꿨습니다."

"용케 이렇게 금세 정리가 되었군."

산파는 웃기만 했다. 젊을 때부터 독신으로 살아온 이 여자는 음성도 행동도 어딘가 남자 같았다.

"어른께서 무턱대고 솜을 다 써 버리시는 바람에 모자라서 엄청나게 고생했어요."

"그랬겠군. 너무 놀라서 말이야."

이렇게 대답하면서도 겐조는 그다지 미안한 마음이 없었다. 그보다는 다량의 피를 쏟고 창백한 얼굴로 누워 있는 아내 쪽이 걱정이었다.

"어때?"

아내는 가느다랗게 눈을 뜨고 베개 위에서 희미하게 끄덕였다. 겐조는 그대로 외출했다.

언제나처럼 돌아와서 그는 양복 차림 그대로 다시 아내의 머리맡에 앉았다.

"어때?"

하지만 아내는 고개를 끄덕이지 않았다.

"좀 이상한 것 같아요."

그녀의 얼굴은 아침과 달리 열로 상기되어 있었다.

"기분이 안 좋아?"

"예."

"산파를 오라고 할까?"

"곧 올 거예요."

산파는 이미 오기로 되어 있었다.

## 82

마침내 아내의 겨드랑이 아래 체온계가 들이밀어졌다.

"열이 좀 있네요."

산파는 이렇게 말하며 체온계 속에서 올라가 있던 수은주를 흔들어 떨어트렸다. 그녀는 비교적 말수가 적었다. 혹시 모르니 산부인과 의사를 불러 진찰을 받으면 어떻겠느냐는 말도 하지 않고 돌아가 버렸다.

"괜찮은 건가?"

"어떨까요?"

겐조는 전혀 지식이 없었다. 열만 났다 하면 곧장 산욕열이 아닌가 하는 걱정이 앞섰다. 어머니 대부터 쭉 알고 지낸 산파를 신뢰하고 있는 아내 쪽이 오히려 태연했다.

"어떨까요, 라니, 당신 몸이잖아."

아내는 대답하지 않았다. 겐조가 보기엔 죽어도 상관없어, 하는 표정이 얼굴에 나타나 있는 듯했다.

'사람이 이렇게 걱정을 해 주는데…….'

이런 느낌을 이튿날까지 지니고 있던 그는 평소처럼 아침 일찍 나갔다. 그리고 오후에 돌아와 아내가 이미 열이 내려 있다는 것을 알았다.

"역시 별일 아니었나?"

"예, 그래도 언제 또 열이 날지 몰라요."

"출산 후엔 그렇게 열이 났다가 내렸다가 하는 건가?"

겐조는 정색을 하고 물었다. 아내는 핼쑥한 뺨에 미소를 지었다.

열은 다행히도 다시 오르지 않았다. 산후 경과는 그럭저럭 순조로웠다. 겐조는 삼 주일을 누워 지내도록 되어 있다는 아내의 머리맡에 앉아 가끔 이야기를 했다.

"이번엔 죽는다, 죽는다 하더니 멀쩡하게 살아 있네."

"죽는 편이 좋으면 언제라도 죽을게요."

"그야 마음 내키시는 대로."

남편의 말을 농담으로 들을 수 있게 된 아내는 자기 생명에 대해 어렴풋이 위험을 느꼈던 당시를 돌아보지 않을 수 없었다.

"실제로 이번엔 죽는다 싶었거든요."

"어떤 이유로?"

"이유는 없어요. 그냥 생각하는 거죠."

죽을 것 같았는데 오히려 보통 사람보다 쉽게 아이를 낳고 예상과 현실이 완전히 뒤바뀐 것을 아내는 전혀 아랑곳하지 않았다.

"당신 참 태평이네."

"당신이야말로 태평이죠."

아내는 기쁘다는 듯이 제 곁에 누워 있는 갓난아이의 얼굴을 보았다. 그리고 손가락으로 조그만 뺨을 찔러 보고 어르기 시작했다. 갓난아이는 아직 인간다운 이목구비를 갖추었다고 하기 어려운, 이상한 얼굴이었다.

"출산이 가벼웠던 만큼 애가 좀 작은 것 같아."

"금세 커요."

겐조는 이 조그만 살덩어리가 지금의 아내만큼 커질 미래를 상상했다. 그건 먼 훗날이었다. 하지만 도중에 목숨 줄이 끊기지 않는 한, 언젠가 올 것이 틀림없었다.

"인간의 운명이란 참 알다가도 모를 일이야."

아내에겐 남편의 말이 너무 뜬금없었다. 그리고 의미를 알 수도 없었다.

"뭐라고요?"

겐조는 그녀 앞에서 같은 말을 반복할 수밖에 없었다.

"그게 어쨌다고요?"

"어쨌다는 게 아니라, 그냥 그렇다고."

"싱겁긴. 남이 못 알아듣는 소리만 하면 되는 줄 알고."

아내는 남편을 버려두고 다시 자기 곁으로 갓난아이를 끌어당겼다. 겐조는 싫은 얼굴도 하지 않고 서재로 들어갔다.

그의 마음속엔 죽지 않은 아내와 건강한 갓난아이 말고도 면직이 될 뻔했다가 살아남은 형도 있었다. 천식으로 죽을 것 같다가 아직 죽지 않은 누나가 있었다. 새로운 지위가 손에 들어올 듯하더니 아직 들어오지 않은 장인이 있었다. 그 밖에 시마다도 오쓰네도 있었다. 그리고 자기와 이 사람들과의 관계가 모조리 아직 정리되지 않은 채 그냥 있다는 사실이 있었다.

## 83

아이들이 제일 마음 편했다. 살아 있는 인형이라도 사 준 것처럼 기뻐하면서 틈만 나면 새 동생 곁에 오고 싶어 했다. 동생이 눈 한번 깜빡이는 것조차 경탄의 씨앗이 되는 그들에게는 재채기든 하품이든 모든 것이 신기한 현상이었다.

'이제 어떻게 되는 걸까?'

당장이 너무 바쁜 아이들의 가슴엔 한 번도 이런 의문은 떠오르지 않았다. 자기들 스스로가 앞으로 어떻게 '될' 것인지조차 이해하지 못하는 아이들이 물론 지금 어떻게 '할' 것인지 따위 생각할 리가 없었다.

이런 의미에서 보자면 아이들은 겐조로부터 아내보다도 한층 더 멀리 떨어져 있었다. 밖에서 돌아온 그는 때로 양복도 벗지 않고 문지방 위에 선 채로 멍하니 이들을 바라보았다.

'또 모여 있구만.'

그는 바로 발걸음을 돌려 방 밖으로 나가는 경우도 있었다.

때로는 옷도 갈아입지 않은 채 그냥 거기 양반다리로 앉았다.

"이렇게 줄곧 탕파를 넣어 두면 아이 건강에 나쁘지. 꺼내 버려. 도대체 몇 개나 넣어 두는 거야?"

그는 아무것도 모르는 주제에 이런 잔소리를 했다가 오히려 아내의 비웃음을 사기도 했다.

날이 지나도 그는 갓난아이를 안아 볼 마음이 들지 않았다. 그러면서 한방에 오그르르 모여 있는 아이들과 아내를 보면 간혹 또 다른 기분이 들기도 했다.

"여자란 아이들을 독차지해 버리는구먼."

아내는 놀란 얼굴로 남편을 돌아보았다. 지금까지 자신이 아무 생각 없이 실행해 온 일들과 관련해 남편의 말을 듣고 갑자기 깨달은 것이 있는 듯한 낌새였다.

"아니, 무슨 그런 아닌 밤중에 홍두깨 같은 말씀을 하세요?"

"그렇잖아? 여자들은 그렇게 해서 마음에 안 드는 남편에게 복수를 할 작정이겠지?"

"바보 같은 소리. 애들이 내 옆에만 모여드는 건 당신이 곁을 주시지 않아서죠."

"내가 곁을 주지 못하게 한 것이 바로 당신이잖아?"

"마음대로 하세요. 그런 말도 안 되는 소리를 하시다니. 어차피 말 잘하는 당신을 내가 어떻게 당하겠어요?"

겐조는 진지했다. 말도 안 되는 것도 말을 잘하는 것도 아니라고 생각했다.

"여자란 책략을 좋아해서 안 돼."

아내는 이부자리에서 저쪽을 보고 돌아누웠다. 그리고 베개 위에 눈물을 툭툭 떨구었다.

"그렇게 굳이 나를 괴롭히지 않아도……."

아내의 모습을 본 아이가 금세라도 울음을 터뜨릴 것 같았다. 겐조의 가슴이 묵직해졌다. 그는 정복당하는 것이라 알면서도, 아직 산욕을 떨치지 못한 그녀 앞에 사과의 말을 늘어놓을 수밖에 없었다. 하지만 그의 이해력은 여전히, 이런 동정과는 별개였다. 아내의 눈물을 닦아 준 그는 그 눈물로 자신의 생각을 정정하지는 못했다.

다음번 얼굴을 보자 아내는 갑자기 남편의 약점을 찔렀다.

"당신 왜 아이를 안아 주지 않아요?"

"어쩐지 안는 게 불안해서. 목도 가누지 못하니까 위험하잖아."

"거짓말 마세요. 당신에겐 처자식에 대한 정이라는 게 없어요."

사실 갓난아이는 물렁물렁해 보였다. 뼈 같은 게 어디 있는지 전혀 알 수 없었다. 그런데도 아내는 인정하지 않았다. 그녀는 맏딸이 수두에 걸렸을 때, 겐조의 태도가 갑자기 변했던 실례를 증거로 들었다.

"그때까진 날마다 안아 주더니 그 후 갑자기 안 안아 줬잖아요?"

겐조는 사실을 부정할 마음도 없었다. 동시에 자기 생각을 바꾸려 들지도 않았다.

"뭐라 하든 여자들은 기교가 있으니 당할 수가 없어."

그는 깊이 믿고 있었다. 마치 자기 자신은 모든 기교로부터 해방된 자유인이라도 되는 것처럼.

## 84

무료했던 아내는 곧잘 대여점에서 빌려 온 소설을 이부자리에 앉아 읽었다. 때로 머리맡에 놓인 두껍고 너저분한 표지가 겐조의 주의를 끌어 그는 아내에게 물었다.

"이런 게 재미있어?"

아내는 자신의 문학적 취미가 저속하다고 그가 비웃고 있다는 느낌이 들었다.

"어때서요? 당신이 재미없더라도 내가 재미있으면 그만이지."

여러 가지 면에서 자기와 남편의 격차를 의식하고 있던 그녀는 이렇게 대꾸했다.

겐조에게 시집을 오기 전 그녀는 자기 아버지와 남동생, 관저에 드나드는 두세 명의 남자를 알고 있을 따름이었다. 그리고 그 사람들은 모두 겐조와는 다른 뜻을 가지고 사는 이들뿐이었다. 그 몇 사람에게서 남성이라는 관념을 유추하여 지니고 겐조에게 온 그녀는 예기했던 것과는 전혀 반대인 한 남성을 자신의 남편에게서 발견했다. 그녀는 그 어느 쪽인가가 옳은 것이어야 한다고 생각했다. 물론 그녀의 눈엔 자기 아버지 쪽이 올바른 남성의 대표자처럼 보였다. 그녀의 생각은 단순했다. 이제 곧 남편이 세상의 가르침을 받아 자기 아버지처럼 달라져 갈 것이 틀림없다는 확신을 지니고 있었다.

생각과 달리 겐조는 완강했다. 동시에 아내의 집착도 강했다. 두 사람은 서로를 경멸했다. 뭐든지 자기 아버지를 표준으로 삼으려 드는 아내는 툭하면 마음속으로 남편에게 반항했다. 겐조는 또 자신을 인정하지 않는 아내에게 정나미가 떨어졌다. 괴팍한 그는 그녀를 무시하는 태도를 서슴없이 드러냈다.

"자, 당신이 좀 가르쳐 주면 되잖아요? 그렇게 사람을 바보로 만들지 말고."

"당신한테 배우려는 마음이 없으니까 그렇지. 자신은 이제 이걸로 어엿한 한 사람의 인간이다 하는 속마음이 있는데 내가 뭘 할 수 있겠어?"

'누가 맹종할 줄 알고?' 하는 심사가 아내에겐 있었고, '도저히 계발할 방법이 없잖아' 하는 변명이 남편의 마음속에 숨어 있었다. 두 사람 사이에서 반복되는 이런 말싸움은 역사가 깊었고, 오래된 것인 만큼 묘책이 없었다.

겐조는 정말 질렸다, 하는 듯이 손때 묻은 대여본을 집어 던졌다.

"읽지 말라는 게 아냐. 그거야 당신 맘이지. 그래도 너무 눈을 혹사하지 않는 게 좋잖아?"

아내는 바느질을 제일 좋아했다. 밤에 잠이 안 오거나 할 때면 한 시고 두 시고 상관없이 가느다란 바늘귀를 램프 아래 들이대곤 했다. 맏딸인가 둘째가 태어났을 때, 젊은 혈기에 적당한 기간이 경과하기 전에 바느질감을 집어 든 것이 원인이 되어 시력이 형편없이 떨어진 경험도 있었다.

"예, 바늘을 드는 건 독이겠지만 책 정도는 괜찮은 거 아닌가요? 그것도 줄곧 읽고 있는 것도 아니고요."

"그래도 피곤할 때까지 읽으면 안 되지. 나중에 힘들어."

"아뇨, 괜찮아요."

아직 서른도 되지 않은 아내는 피곤의 의미를 잘 몰랐다. 그녀는 웃으며 상대를 하지 않았다.

"당신이 아니라 내가 힘들다고."

겐조는 일부러 듣기 싫은 소리를 했다. 자신이 주의를 주건만 무시하는 아내를 보면 겐조는 곧잘 이런 식으로 말을 했다. 그것이 남편의 또 다른 나쁜 버릇의 하나로 아내에겐 첨가되었다.

동시에 그의 노트는 더더욱 잔글씨로 채워져 갔다.

처음엔 파리 대가리만 하던 글씨가 점차 개미 대가리만 하게 졸아들었다. 왜 그렇게 잔글씨를 써야 하는지조차 생각해 본 적이 없던 그는, 거의 무의미하게 펜 굴리기를 멈추지 않았다. 햇빛이 사위어 가는 석양의 창 아래, 어둑한 램프의 등잔불 그림자, 그는 이런 식으로 틈만 나면 시력을 혹사시키곤 했다. 아내에겐 주의를 주면서 자신은 전혀 아랑곳하지 않던 그는 이를 모순이라고도 생각하지 않았다. 아내 역시 아무렇지 않은 듯했다.

85

아내가 자리를 털고 일어났을 때, 겨울은 이미 황폐해진 그의 집 정원에 서릿발을 세우고 있었다.

"정말 황량하네요, 올핸 유난히 추운 것 같아."

"피를 많이 쏟아서 그런 것 아닐까?"

"그런 건가요?"

아내는 비로소 깨달았다는 듯이 양손을 화로에 쬐며 자신의 손톱 색을 살폈다.

"거울을 보면 얼굴색으로도 알 것 같은데 말야."

"예, 그야 알고 있죠."

그녀는 다시 불을 쬐던 손으로 창백한 얼굴을 두세 번 문질렀다.

"그래도 춥기도 추운 거죠? 올핸."

겐조에겐 자신의 설명을 들으려 하지 않는 아내가 이상해 보였다.

"그야 겨울인데 추운 게 당연하지."

아내의 말이 우스웠던 겐조는 사실 남들보다 훨씬 추위를 타는 남자였다. 특히 요 몇 해 겨울은 그의 몸에 혹독했다. 그는 어쩔 수 없이 서재에 고타츠를 만들어 양 무릎에서 허리까지 스며드는 냉기를 막았다. 신경 쇠약의 결과로 이렇게 느끼는 것이라고는 생각지도 못했던 그는, 자신에 대한 주의가 부족한 점에 있어서는 아내와 별반 다를 것이 없었다.

아침이면 남편을 출근시키고 머리에 빗질을 하는 아내 손에 기다란 머리카락이 몇 오라기씩이나 남았다. 그녀는 빗을 때마다 빗살에 감겨 있는 빠진 머리카락을 아깝다는 듯 바라보았다. 그것이 그녀에겐 잃어버린 혈액보다 오히려 소중해 보였다.

'새로이 살아 있는 생명을 만들어 낸 나는 그 대가로 쇠약해져 가야 하는 거야.'

그녀의 가슴에 이런 감상이 가느다랗게 피어올랐다. 하지만 그녀는 그런 가느다란 감상을 언어로 정리해 내지는 못했다. 동시에 그 감상에는 장한 일을 했다는 긍지와 벌을 받았다는 원망이 뒤섞여 있었다. 어느 쪽이든 새로 태어난 아이가 기꺼울 따름이었다.

그녀는 몽실몽실 다루기 힘든 갓난아이를 솜씨 좋게 안아 올려 그 동그란 뺨에 자기 입술을 갖다 댔다. 그러자 자기에게서 나온 것은 어쨌든 자기 것이라는 생각이 불현듯 떠올랐다.

그녀는 자기 옆에 아이를 내려놓고 다시 반짇고리 앞에 앉았다. 때때로 바느질하던 손을 쉬면서 따스하게 잠들어 있는 그 얼굴을 신중한 얼굴로 들여다보곤 했다.

"그건 누구 옷이야?"

"물론 이 아기 것이죠."

"그렇게 여러 장이 필요한 거야?"

"예."

아내는 잠자코 손을 놀렸다.

겐조는 문득 알아차린 듯이 아내의 무릎 위에 놓인, 커다란 무늬의 헝겊을 바라보았다.

"그거 누나가 선물로 준 거지?"

"맞아요."

"안 해도 될 짓을 한다니까. 돈도 없으면서 이런 걸 보내고."

겐조에게서 받은 용돈을 나누어 이런 선물을 보내야만 직성이 풀리는 누나의 심성이 겐조는 이해하기 어려웠다.

"요컨대 내 돈으로 내가 산 거나 마찬가지잖아?"

"그래도 당신한테 이렇게 하는 게 도리라고 생각하시니까 어쩔 수 없죠."

누나는 흔히 하는 말로, 지나치게 경우 바른 여자였다. 남에게 뭔가를 받으면 반드시 그 이상의 것으로 갚으려 애를 썼다.

"참 문제야, 그렇게 도리니 의리니 하는 게 도대체 뭘까 몰라. 그런 형식적인 것을 따지느니 자기 용돈이나 히다에게 뜯기지 않게 조심하는 편이 훨씬 낫지."

그런 문제엔 의외로 무신경한 아내는 굳이 누나를 변호하려 들지 않았다.

"조만간 뭔가 답례를 할 테니 그걸로 된 거 아닌가요?"

남의 집에 갈 때도 거의 뭘 들고 가는 일이 없는 겐조는 여전히 뭔가 마뜩찮다는 듯이 아내 무릎 위의 양모 옷감을 응시하고 있었다.

## 86

"그러니까 원래는 누님 댁에 모두들 이것저것 가지고 왔던 거래요."

아내는 겐조의 얼굴을 보며 갑자기 이런 말을 꺼냈다.

"열 개를 주면 열다섯 개를 돌려주시는 누님 성격을 알고들 있으니까 모두들 답례를 노리고 뭔가를 준다는 거죠."

"열에 열다섯 개를 돌려준다 해 봤자 겨우 50전이 75전이 되는 거잖아?"

"그걸로 좋은 거겠죠, 그런 사람들은."

남들 눈에는 취흥이라고나 여겨질 정도로 자잘한 노트나 만들어 내고 있는 겐조로서는 세상에 그런 인간들이 살고 있으리라곤 여겨지지 않았다.

"꽤나 복잡한 교제로군. 우선 너무 바보 같지 않아?"

"옆에서 보기엔 바보 같아 보이지만 막상 그 안에 들어가면 어쩔 수 없는 거겠죠."

겐조는 요전에 어디선가 가외로 받은 30엔을 자기가 어떻게 써 버렸던가 하는 문제를 생각할 수밖에 없었다.

지금부터 한 달쯤 전에 그는 어떤 지인의 부탁으로 그 사람이 경영하는 잡지에 긴 원고를 썼다. 그때까지 자잘한 노트 이외엔 쓸 필요가 없던 그에게 이 원고는 다른 방면으로 움직이는 그의 두뇌를 처음 시험해 본 것에 불과했다. 그는 그저 펜 끝에서 새어 나오는 재미있는 느낌에 사로잡혔고, 보수 같은 것은 전혀 예상하지 않았다. 의뢰자가 원고료를 그 앞에 내놓았을 때, 그는 뜻밖의 물건이라도 주운 듯이 기뻤다.

예전부터 자기 집이 너무나 살풍경하다고 생각했던 그는 곧장 단고자카에 있는 목공소에 가서 자단으로 액자 하나를 짜라고 했다. 그 안에 지나에서 돌아온 친구에게 받은 북위(北魏)*의 이십 품 탁본이라는 것 중의 하나를 골라 넣었다. 그리고 그 액자를 고리가 달린 가느다란 오죽(烏竹) 아래 늘어뜨려 도코노마의 못에 걸었다. 대나무가 둥글어 벽에 틈이 생긴 탓인지 액자는 바람이 없어도 비스듬히 기울곤 했다.

그는 또 단고자카를 내려와 야나카 쪽으로 올라가서 거기 있는 도자기점에서 화병 하나를 사 왔다. 화병은 붉은색이었고, 안에는 엷은 황색으로 커다란 풀꽃이 그려져 있었다. 높이는 1척 정도였다. 그는 그것을 또 도코노마 위에 올려놓았다. 커다란 꽃병과 흔들흔들하는 비교적 작은 액자는 아무래도 어울리지 않았다. 그는 좀 실망한 듯한 눈으로 이 어울리지 않는 조합을 바라보았다. 그나마 아무것도 없는 것보다는 낫다 싶었다. 취미 생활에 여유를 부릴 형편이 아닌 그로서는 불만스러웠지만 그것으로 만족할 수밖에 없었다.

그는 또 혼고 거리에 있는 기모노 가게 한 곳을 찾아가 옷감을 샀다. 직물에 관해 아무런 지식도 없는 그는 그저 지배인이 보여 주는 것 가운데서 적당히 선택했다. 그것은 엄청나게 번쩍이는 가스리 천*이었다. 유치한 그의 눈엔 빛나지 않는 것보다는 광택이 있는 편이 고급스러워 보였다. 지배인이 거기에 맞춘 하오리와 기모노를 함께 구입하라고 권해서 결국은 비단 옷감인 이세자키 메이센 두 필을 안고 가게를 나섰다.

이세자키 메이센이라는 이름조차 그는 그때까지 들어 본 적이 없었다.

이런 물건들을 사들이면서도 그는 전혀 남 생각은 하지 않았다. 새로 태어난 아이조차 안중에 없었다. 자기보다 힘든 사람들의 삶 따위는 까맣게 잊고 있었다. 세간의 의리를 지나치게 중시하는 누나에 비하면 그는 가엾은 이들에 대한 연민조차 잃어버리고 있었다.

"그렇게 손해를 보면서까지 의리를 지킨다는 건 훌륭하네. 하지만 누나는 타고난 허영꾼이니까 어쩔 수가 없어. 너무 훌륭하지만 않으면 좋을 텐데 말이야."

"친절해서 그런 건 전혀 아닌가요?"

"글쎄."

겐조는 잠깐 생각했다. 누나는 친절한 여자가 틀림없었다.

"어쩌면 내 쪽이 인정머리 없는 건지도 모르지."

## 87

이런 대화로 겐조가 지난 기억을 되살리고 있는 참에 오쓰네가 두 번째로 찾아왔다.

지난번에 봤을 때와 거의 비슷하게 초라한 옷차림의 그녀는 추위 때문에 속옷을 껴입어서인지 지난번보다 한층 더 동글동글해 보였다. 겐조는 손님용 화로를 그녀 곁으로 얼른 밀어 주었다.

"아뇨, 괜찮아요. 신경 쓰지 마세요. 오늘은 꽤나 따뜻하니까요."

밖에는 부드러운 햇살이 장지에 끼워 둔 유리 너머로 엷게 빛나고 있었다.

"나이가 드시면서 점점 살이 찌시나 봅니다."

"예, 덕분에 몸은 정말 건강합니다."

"그것참 다행입니다."

"그 대신 형편은 점점 더 말라만 가는 걸요."

겐조는 노후에 이렇게 투실투실 살이 찌는 사람의 건강이 미심쩍었다. 적어도 부자연스럽게 여겨졌다. 어딘가 불길해 보이기도 했다.

'술이라도 마시는 것 아닐까?'

이런 추측까지 흉중을 오갔다.

오쓰네가 몸에 지니고 있는 물건들은 모조리 낡아 빠진 것들이었다. 몇 번이나 물속에 들어갔다 나왔는지 모를 그 기모노니 하오리는 어딘가 비단의 광택이 남아 있는 듯하면서도 이상하게 거칠거칠했다. 다만 아무리 낡은 것이라도 깔끔하게 손질되어 있다는 점에서 그녀의 성격을 볼 수 있을 따름이었다. 겐조는 둥그스름하면서도 더없이 옹색해 보이는 모습을 바라보면서 그녀의 생활 상태가 그녀의 말과 크게 다르지 않다는 사실을 깨달았다.

"어디를 보나 힘든 사람들뿐이니 큰일이군요."

"댁에서 힘들다고 하시면 이 세상에 힘들지 않은 사람은 한 사람도 없겠네요."

겐조는 변명할 마음도 들지 않았다. 그는 곧 생각했다.

'이 사람은 내가 자기보다 부자라고 생각하고 있는 것처럼, 내가 자기보다 건강하다고 생각하는 거겠지.'

최근 겐조는 사실 건강이 좋지 않았다. 그것을 자각하면서도 의사의 진찰은 받지 않았다. 친구에게도 이야기하지 않았다. 그저 혼자서 불편함을 참고 있었다. 하지만 자기 몸의 미래를 상상할 때마다 그는 울적해지곤 했다. 어떤 때는 남들이 자기를 이렇게 약하게 만들어 버렸다 싶은 생각이 들어 혼자서 화를 냈다.

'나이가 젊으니 자고 깨고만 문제없으면 건강하다고 생각하는 거겠지. 그럴듯한 집에 살면서 하녀만 두고 있으면 돈이 있다고 생각하는 것처럼.'

겐조는 잠자코 오쓰네의 얼굴을 바라보았다. 동시에 그는 새로 도코노마에 장식한 화병과 그 뒤에 걸려 있는 액자를 바라보았다. 조만간 입게 될 번쩍거리는 옷감도 그의 마음속에 있었다. 그는 어째서 이 노인을 동정할 수 없는지 이상했다.

'어쩌면 나라는 인간이 인정머리가 없는 건지도 몰라.'

그는 누나 때 생각했던 것을 다시 한 번 마음속에서 반복했다. 그러고는 '인정머리가 없어도 상관없어' 하는 답을 얻었다.

오쓰네는 자기가 신세를 지고 있는 사위에 관해 이러저런 이야기를 시작했다. 세간에서 곧잘 보듯이 그의 능력이 곧 그녀의 문제였다. 그녀가 말하는 능력이란 곧 다달이 들어오는 돈이라는 뜻이고 그녀에겐 넓은 세상 어디에도 인간의 가치를 정하는 것이라곤, 그 돈 말고는 없는 모양이었다.

"뭐니 뭐니 해도 일단 받아 오는 것이 얼마 안 되니 어쩔 수 없어요. 조금 더 벌면 좋을 텐데."

그녀는 자기 사위를 대놓고 어리석다거나 무능하다고 말하는 대신 매월 그의 노력이 낳는 수입액을 겐조 앞에 늘어놓았다. 마치 자를 들고 옷감의 치수를 재기만 하면, 무늬나 질감은 아무래도 좋다는 것처럼.

공교롭게도 겐조는 그런 척도로 자신을 재어 주길 바라지 않는 일을 하고 있는 남자였다. 그는 냉담하게 그녀의 불평을 들어 넘길 수밖에 없었다.

88

적당한 때를 보아 그는 일어나 서재로 들어갔다. 책상 위에 올려 두었던 지갑을 들고 슬쩍 안을 살펴보니 5엔 지폐 한 장이 있었다. 그는 그것을 손에 든 채로 원래 자리로 돌아와 오쓰네 앞에 놓았다.

"약소하지만 이걸로 차비라도 보태세요."

"그런 걱정을 끼쳐 미안하네요. 이럴 작정으로 온 건 아닌데."

그녀는 사양의 말과 함께 지폐를 받아 품 안에 넣었다.

돈을 주면서 겐조가 지난번과 같은 소리를 한 것과 마찬가지로 그것을 받는 오쓰네의 말도 처음과 전혀 다르지 않았다. 게다가 우연히도 5엔이라는 금액까지 일치했다.

'다음에 왔을 때, 만약 5엔 지폐가 없으면 어떡하지?'

겐조의 지갑이 언제나 그 정도의 내용물로 채워져 있는 건 아니라는 사실이야 소유주인 그에겐 잘 알려져 있지만 오쓰네가 알 리 없었다. 세 번째로 찾아올 오쓰네를 예상한 그가 세 번째로 줘야 할 5엔을 예상하기 힘들었을 때, 그는 문득 한심한 생각이 들었다.

"이제부터 그 사람이 오면 언제나 5엔을 줘야 할 것 같은 생각이 들어. 결국 누나가 쓸데없는 의리를 지키려는 것과 마찬가지인가?"

자기와는 관계없는 일이라는 듯이 숯 다리미질을 하고 있던 아내는 손을 멈추지 않고 이렇게 말했다.

"없으면 안 주면 되는 거죠. 뭐 그리 허영을 부릴 필요가 있다고."

"없을 땐 주고 싶어도 못 주는 건 나도 알아."

두 사람의 대화는 금세 끝났다. 사그라진 숯불을 다리미에서 화로로 옮기는 소리가 그사이를 비집고 들렸다.

"어쩌다가 당신 지갑에 오늘은 또 5엔이나 들어 있었던 거예요?"

도코노마에 어울리지도 않는 화병을 사느라 4엔 얼마가 들었다. 액자를 만드는데 또 5엔 정도가 들었다. 목공소에서 1백 엔으로 깎아 줄 테니 사라고 권하던, 멋들어진 자단 책장을 뚫어져라 바라보면서 그는 그 20분의 1도 채 되지 않는 돈을 소중히 품에서 꺼내 목공인의 손에 쥐어 주었다. 그는 또 번쩍번쩍하는 2필의 이세자키 메이센을 사는데 10엔 정도를 썼다. 친구에게 받은 원고료가 이런 식으로 바뀌고 난 뒤 손때 묻은 5엔 지폐 딱 한 장이 남았던 것이다.

"실은 아직도 사고 싶은 게 있는데 말이야."

"뭘 사려고 했었는데요?"

겐조는 아내 앞에서 굳이 품목을 들어 말할 수 없었다.

"잔뜩 있지."

끝없는 욕심 앞에 그의 말은 간단했다.

남편과는 동떨어진 취미를 지닌 아내는 더 이상 따져 묻는 수고를 하는 대신 다른 질문을 했다.

"그 할머니는 형님 같은 이들보다 훨씬 침착하던데요. 그러니 시마다라는 사람과 우리 집에서 마주쳐도 싸우지도 않겠더라고요."

"마주치지 않으니 그나마 다행이지. 두 사람이 같은 방 안에서 얼굴을 맞대기라도 해 봐. 그야말로 난리가 날걸. 한 사람씩 상대하기도 버거워 죽을 판에."

"지금도 역시 싸울까요?"

"싸움을 하든 말든 내가 끔찍하잖아."

"두 사람 다 아직 모르는 것 같아요. 한쪽이 우리 집에 온다는 걸."

"글쎄, 어떨까?"

시마다는 한 번도 오쓰네 이야기를 하지 않았다. 오쓰네 역시 겐조의 예상과 달리, 시마다에 관해서 아무 말이 없었다.

"그 할머니가 그래도 그 사람보단 낫죠?"

"어째서?"

"5엔만 주면 말없이 돌아가잖아요."

시마다가 올 때마다 청구액이 높아지는 것에 비하면 오쓰네의 태도는 점잖은 것이 사실이었다.

## 89

오래지 않아 인중이 기다란 시마다의 얼굴이 다시 겐조의 집에 나타났을 때, 그는 곧바로 오쓰네가 생각났다.

그들도 적으로 태어난 것이 아닌 이상, 사이가 좋던 옛날도 있었음이 분명했다. 사람들에게서 바늘로 찔러도 피 한 방울 안 날 것이라는 소리를 들으면서도 아랑곳없이 돈만 모으고 있던 당시엔 얼마나 좋았겠는가? 어떤 미래의 희망에 지배당하고 있었던 걸까? 그들에게 부부 금슬의 유일한 증거였던 그 돈이 어딘가로 날아가 버린 후, 그들은 꿈과 같은 자기들의 과거를 과연 어떻게 돌아보았을까?

겐조는 곧 오쓰네 이야기를 시마다에게 할 참이었다. 하지만 과거에 대해 무감각한 표정만을 보여 주는 시마다의 얼굴은 아무것도 기억 못한다는 듯이 멍청했다. 옛날의 증오, 오랜 애착, 그런 건 당시 돈과 함께 그의 마음에서 사라져 버렸다고밖엔 생각되지 않았다.

그는 허리춤에서 담뱃갑을 꺼내더니 잎담배를 곰방대에 채워 넣었다. 재를 떨어낼 때면 왼손으로 담뱃대를 받았고 화로 귀퉁이를 두드리거나 하진 않았다. 찌꺼기가 끼었는지 피울 때 "주우, 주우"하는 소리가 났다. 그는 말없이 품을 더듬었다. 그러고는 겐조를 보았다.

"종이 좀 없나요? 하필 담뱃대가 막혀서."

그는 겐조가 건네준 휴지를 잘라 조그맣게 말았다. 그러고는 두세 번씩 곰방대를 닦아 냈다. 그는 이런 일엔 능숙한 사람이었다. 겐조는 말없이 그 손놀림을 보고 있었다.

"연말이 가까워 많이 분주하지요?"

그는 이제 공기가 잘 통하는 담뱃대를 물고 기분 좋게 피워 가며 물었다.

"우리 직업은 연말이고 연시고 없어요. 일 년 내내 마찬가집니다."

"그건 다행이네. 보통은 그렇진 않죠."

시마다가 또 뭔가 이야기를 꺼내려는 참에 안에서 아이가 울었다.

"어라, 갓난아기 같네요."

"예, 바로 얼마 전에 태어났습니다."

"아이고, 전혀 모르고 있었네요. 아들인가요, 딸인가요?"

"딸입니다."

"허어, 실례지만 몇 번짼니까?"

시마다는 이것저것 물었다. 거기에 적당한 응답을 하고 있는 겐조가 속으로 무슨 생각을 하고 있을지는 전혀 눈치채지 못했다.

출산율이 높아지면 사망률도 증가한다는 통계상의 논의를, 바로 사오 일 전 어느 외국 잡지에서 읽으면서 겐조는, 어딘가에서 아이 하나가 태어나면 어딘가에선 노인 하나가 죽는 것이구나 하는, 이론도 공상도 아닌 이상한 생각을 했었다.

'요컨대 누군가가 대신 죽어야 한다는 거지.'

그의 생각은 꿈처럼 어렴풋했고 때로 그의 머릿속에 희미하게 떠오를 뿐이었다. 그것을 보다 명료해질 때까지 이해력으로 밀고 나간다면 바로 그 대신할 사람은 아이의 모친이 될 것이 분명했다. 그다음엔 아이의 부친이기도 했다. 하지만 지금 겐조는 거기까지 갈 마음이 없었다. 다만 자기 앞에 있는 노인에게만 의미 있는 눈길을 주고 있었다. 무엇을 위해 살고 있는지 거의 그 의미를 인정하기 어려운 이 노인은 누군가를 대신하기에 더없이 알맞은 인간임에 틀림없었다.

'도대체 왜 이렇게 건강한 걸까?'

겐조는 자신의 상상이 얼마나 잔혹한지조차 거의 잊고 있었다. 그리고 심상치 않은 자신의 건강상태에 대해서는 아무런 책임도 없는 듯 그저 지겹다는 생각이 들었다. 그때 시마다가 그를 보며 뜬금없는 소리를 했다.

"오누이가 결국 저세상으로 갔어요. 장례도 끝났고."

아무래도 어렵겠다고, 척추병이라는 이름으로 미루어 오래전에 알고는 있었지만 새삼 이런 소리를 듣고 보니 겐조도 불현듯 가엾어졌다.

"그랬군요, 안됐네요."

"아니, 병이 병인만큼, 도저히 나을 수는 없었죠."

시마다는 태연해 보였다. 죽는 것이 당연하다는 듯이 담배 연기를 뿜어냈다.

## 90

그런데 이 불행한 여인의 죽음에 동반되어 일어난 경제적 영향은 시마다에게 죽음 그 자체보다 훨씬 중대한 것이었다. 겐조의 예상은 바로 현실이 되어 그 앞에 나타날 수밖에 없었다.

"그와 관련해서 꼭 한 가지 이야기를 좀 들어줘야겠는데."

여기까지 와서 겐조를 바라보는 시미다의 얼굴은 긴장해 있었다. 겐조는 듣기 전부터 그다음을 짐작할 수 있었다.

"또 돈 이야기죠?"

"뭐, 그런 거지. 오누이가 죽었으니 시바노와 오후지의 인연이 끊겨 버린 거니까 이제 지금까지 다달이 보내 주던 것이 없어졌거든."

시마다의 말투는 묘하게 거만해졌다가 정중해졌다가 했다.

"지금까진 긴시 훈장 연금만은 쭉 이쪽으로 왔었거든. 그게 갑자기 없어져 버리면 완전히 예상이 빗나가 버리는 거니까 나도 힘이 들죠."

그는 또 어투가 바뀌었다.

"어쨌든 이렇게 되어 버리면 자네 말고 달리 신세를 질 만한 사람이 아무도 없으니까. 그러니 어떻게든 해 주지 않으면 곤란해."

"그렇게 덮어 놓고 기대려 들면 안 되죠. 지금 나에겐 그런 일을 해야 할 인연 같은 건 없으니까요."

시마다는 꼼짝 않고 겐조를 노려보았다. 반쯤은 탐색을 하는 듯도 하고, 반쯤은 약자를 겁주는 듯도 한 그 눈초리는 단지 상대를 격앙시켰을 따름이었다. 겐조의 태도를 보고 더 들어가면 위험하다 싶었는지 시마다는 곧장 화제를 매듭 지으며 위험을 최소화했다.

"오랜 세월 쌓인 것들은 천천히 이야기하기로 하고 자, 우선 급한 불이라도 좀."

겐조로서는 어떤 급한 불이 자기들 사이에 있다는 것인지 이해할 수 없었다.

"일단 이번 연말을 보내야 하니까. 어느 집이나 연말이면 1백이나 2백 정도 목돈이 필요한 거야 정해져 있잖아."

겐조는 네 멋대로 해라, 싶어졌다.

"난 그런 돈 없습니다."

"장난치지 말고. 이런 살림 규모에 그 정도 융통을 못한다니, 그럴 리는 없지."

"그럴 리가 없든 있든, 없으니 없다는 겁니다."

"오, 그래? 네 월급이 한 달에 8백 엔은 된다면서?"

겐조는 이런 막돼먹은 말투에 화가 난다기보다는 기가 찼다.

"8백 엔이든 1천 엔이든 내 수입은 내 겁니다. 그쪽에서 상관할 일이 아니라고요."

시마다는 거기까지 오자 침묵했다. 겐조의 대답이 자신의 예상에서 어긋났다는 듯한 태도였다. 뻔뻔스러운 것치곤 머리가 나쁜 그는 더 이상 상대를 어떻게 해 볼 방도가 없었다.

"자, 아무리 힘들어도 안 도와주겠다는 건가요?"

"예, 이젠 한 푼도 못 줍니다."

시마다는 일어섰다. 현관에 내려서서 열었던 격자문을 닫으면서 그는 돌아보았다.

"이젠 안 올 테니."

마지막이라는 듯, 한마디 한 그의 눈은 어둡게 빛나고 있었다. 겐조는 문지방에 서서 그의 눈을 똑바로 내려다보았다. 하지만 그는 그 눈빛이 대단하다고도 무섭다고도 기분 나쁘다고도 느끼지 않았다. 그 자신의 눈동자에서 나오는 분노와 불쾌감은 그런 습격을 충분히 받아 내고도 남음이 있었다.

아내는 멀리서 몰래 겐조의 기색을 살폈다.

"도대체 무슨 일이에요?"

"멋대로 하라고 내버려 둬."

"또 돈 달라고 온 거예요?"

"누가 줄 줄 알고?"

아내는 미소를 지으며 슬쩍 남편을 바라보는 듯했다.

"그 할머니 쪽이 가늘고 길게 이어지니 그나마 안전하네."

"시마다 쪽도, 이걸로 끝날 것 같아?"

겐조는 내뱉듯이 말하고 다가올 다음 막을 머릿속에서 예상하기까지 했다.

## 91

동시에 그는 지금까지 잠들어 있던 기억을 깨우지 않을 수 없었다. 겐조는 비로소 신세계에 들어선 인간의 예리한 눈으로 생가로 돌아왔던 먼 옛일을 선명히 바라보았다.

생가 아버지에게 겐조는 조그만 일개 방해물이었다. 뭐 하러 이런 반병신이 다시 내 인생에 끼어든 걸까, 하는 표정의 아버지는 그를 거의 자식 취급조차 하지 않았다. 지금까지와는 전혀 다른 아버지의 이런 태도가 친아버지에 대한 겐조의 애정을 뿌리째 말려 버렸다. 그는 양부모 앞에서는 시종 자신에게 싱글벙글하고 있던 아버지가 방해물을 짊어지고 금세 퉁명스럽게 변해 버린 걸 보면서 일단 놀랐다. 다음엔 정나미가 떨어졌다. 하지만 그는 아직 비관할 줄 몰랐다. 발육에 동반된 그의 활기는 아무리 억누르려 해도 밑에서 쑥쑥 치고 올라왔다. 그는 우울함에 빠지지 않을 수 있었다.

자식을 잔뜩 두었던 그의 아버지는 겐조에게 의지할 마음이 추호도 없었다. 굳이 신세질 속셈이 아닌데 돈을 들이는 것은 단 한 푼이라도 아까웠다. 부자간의 인연이 이어져 있으니 어쩔 수 없이 받아들이긴 했지만 밥을 먹이는 것 이외에 보살펴 준다는 것은 그저 손해를 본다는 소리였다.

게다가 정작 본인은 돌아왔지만 호적은 돌아오지 않았다. 아무리 생가에서 정성껏 길러 내 봤자 막상 무슨 일이 있어 다시 데려가 버리면 그뿐이었다.

'먹이는 건 어쩔 수 없으니 해 주마. 하지만 이쪽에서 그 이상은 못한다. 그쪽에서 하는 게 당연하지.'

아버지의 논리는 이것이었다.

시마다는 또 시마다대로 자기에게 유리한 쪽으로만 일의 추이를 관망하고 있었다.

'그냥 생가에 맡겨 두기만 하면 어떻게든 하겠지. 그러다가 겐조가 자라서 조금이라도 일을 할 수 있게 되면 그때 어떻게 해서든 이쪽으로 뺏어 오면 그뿐이지.'

겐조는 바다에 살 수 없었다. 산에도 있을 자리가 없었다. 양쪽에서 내밀리며 그 사이에서 쭈뼛쭈뼛하고 있었다. 동시에 바다 것을 먹고, 때로는 산의 것에도 손을 내밀었다.

생부의 눈에도 양부의 눈에도 그는 인간이 아니었다. 차라리 물건이었다. 단지 생부가 그를 잡동사니 취급하는 데 비해, 양부에겐 조만간 무언가 도움을 받아야지, 하는 속셈이 있을 따름이었다.

"이제 이쪽에서 데려다가 사환이라도 뭐라도 시킬 테니 그런 줄 알아라."

겐조가 어느 날 양가를 방문했을 때, 시마다는 무슨 말끝엔가 이런 소리를 했다. 겐조는 놀라서 도망쳐 왔다. 가혹하다는 느낌이 어린 마음에도 엷은 두려움을 심어 주었다. 그때 그가 몇 살이었는지도 잘 기억나지 않지만 어쨌든 오랜 시간 공부를 해서 훌륭한 인간이 되어 세상에 나서야 한다는 욕심이 이미 충분히 싹터 있을 때였다.

'사환 같은 걸로 보내지면 안 돼.'

그는 마음속으로 몇 번이나 같은 말을 반복했다. 다행히도 그 말을 반복한 것은 헛되지 않았다. 그는 어찌어찌 사환이 되지 않을 수 있었던 것이다.

'하지만 어떻게 해서 지금의 내가 되었을까?'

그는 이런 생각을 하면 너무나 신기했다. 그 신기함 속에는 자신이 주변과 용케도 싸워 이겼다고 하는 자긍심도 상당히 섞여 있었다. 그러다 보니 아직 되지 않은 것을 이미 이룬 것처럼 간주하는 도취도 물론 포함되어 있었다.

그는 과거와 현재를 대조해 보았다. 과거가 어떻게 현재로 발전해 왔는지 의아했다. 하지만 자신이 바로 그 현재 때문에 괴로워하고 있다는 사실은 전혀 깨닫지 못했다.

그와 시마다의 관계가 틀어진 것은 바로 이 현재 덕분이었다. 그가 오쓰네를 싫어하는 것도 누나나 형과 동화하지 못하는 것도 이 현재 덕분이었다. 장인과 점점 멀어져 가는 것도 이 현재 덕분임이 틀림없었다. 한편에서 보자면 남들과 어울리지 못하도록 현재의 자신을 만들어 낸 그는 가엾은 존재였다.

## 92

아내는 겐조더러 말했다.

"당신 마음에 드는 인간은 어차피 어디에도 없을 걸요. 세상엔 온통 바보 천치들뿐이니까요."

겐조의 마음엔 이런 풍자를 웃어넘길 만한 여유가 없었다. 주위 상황은 도량이라곤 없는 그를 점점 더 옹졸하게 만들었다.

"당신은 돈 버는 능력만 있으면 그걸로 좋은 거라 여기고 있는 거지?"

"돈도 못 버는 인간이란 아무짝에도 쓸모가 없잖아요?"

하필 장인은 능력 있는 인간이었다. 그녀의 남동생 역시 그런 방면으로만 발달된 성향이었다. 이에 반해 겐조는 태어날 때부터 실용성에서는 극단적으로 동떨어진 인간이었다.

그는 이사에도 도움이 안 되었다. 대청소 때도 그는 팔짱을 낀 채 구경만 했다. 짐짝 하나를 꾸릴 때도 그는 어떻게 끈을 묶어야 하는지조차 알지 못했다.

'남자 주제에.'

꼼짝 않는 그는 옆에서 보기엔 눈치 없는, 꿔다 놓은 보릿자루일 뿐이었다. 그는 그럴수록 더 움직이지 않았다. 그렇게 하여 자신의 본령을 한층 더 반대 방향으로 옮겨 갔다.

그는 이런 견지에서 예전에, 아내의 남동생을 자기가 살고 있던 외딴 촌구석으로 데리고 가 교육해 보려 생각한 적이 있었다. 그 처남은 겐조가 보기에 너무 시건방졌다. 집안에서 한량노릇을 하면서 누구의 말도 듣지 않는 천방지축이었다. 어떤 이학사에게 날마다 자택에서 가르침을 받고 있었는데 그 사람 앞에 턱 하니, 양반다리를 하고 앉았다. 또 명색이 선생인데 아무개 군, 하고 불렀다.

"저래 가지고야, 원. 저에게 맡겨 주십시오. 제가 시골로 데려가서 가르칠 테니."

겐조의 말을 장인은 말없이 들었다. 그리고 말없이 흘려 버렸다. 장인은 눈앞에서 온갖 횡포를 다 부리는 자기 자식을 보면서도 미래에 대한 아무런 걱정도 없는 듯 보였다. 장모 역시 태평이었다. 아내도 전혀 걱정하는 빛이 없었다.

"만약 시골로 보냈다가 당신하고 부딪히거나 하면 사이만 나빠지고 나중에 곤란해질까 봐, 그래서 안 보냈대요."

아내의 변명을 들으며 겐조는 그 말이 모두 거짓말이라고는 생각하지 않았다. 하지만 그것 말고도 뭔가 다른 이유가 있으리라는 생각도 들었다.

'걔가 바보인가요? 그런 신세는 지지 않아도 됩니다.'

주변의 낌새로 보아 겐조는 거절의 본뜻은 오히려 이런 것 아닐까 추측했다.

맞다, 처남이 바보는 아니었다. 오히려 지나치게 영악했다. 겐조도 그 정도는 알고 있었다. 그가 자신과 아내의 미래를 위해 처남을 교육하려 했던 것은 완전히 다른 방면에 관해서였다. 그리고 유감스럽게도 그 방면은 오늘에 이르도록 여전히 아내의 부모도 아내도 이해하지 못했다.

"돈만 벌면 끝인가? 그런 것도 몰라서 어쩌겠다는 거야?"

겐조의 말은 무턱대고 내리누르는 것이었다. 상처 입은 아내의 얼굴엔 불만의 빛이 또렷이 보였다. 기분이 좀 풀렸을 때 아내는 겐조에게 말했다.

"그렇게 무작정 언성을 높일 것이 아니라, 좀 알아듣게 말씀을 하시면 좋잖아요?"

"알아듣게 말을 하려고 하면 이론만 들이댄다고 또 뭐라고

하잖아?"

"그러니까 더 알기 쉽게. 내가 못 알아들을 것 같은 까다로운 이론은 관두시고."

"그래서야 어떻게 설명을 하라는 거야? 숫자를 쓰지 말고 계산을 하라는 거나 마찬가진데."

"아니, 당신 이론은 남들을 내리누르려고 끌어다 대는 거라고밖엔 생각할 수 없으니까."

"당신 머리가 나쁘니까 그렇게 생각하는 거야."

"내 머리도 나쁘겠지만 내용도 없는 텅 빈 이론을 갖다 내리누르는 것도 질색이라고요."

두 사람은 또다시 같은 원 위를 빙글빙글 돌기 시작했다.

## 93

얼굴을 마주하고 남편과 원만하게 어울릴 수 없을 때 아내는 할 수 없이 등을 돌렸다. 그리고 거기 잠들어 있는 아이를 보았다. 그녀는 잊고 있었다는 듯이 얼른 아이를 안아 올렸다.

문어처럼 물컹물컹한 살덩어리와 그녀 사이엔 이론의 장벽도 분별의 울타리도 없었다. 자기가 만지는 것이 의심할 여지없는 자기 자신인 듯했다. 그녀는 따스한 마음을 아기에게 쏟아붓기 위해 무턱대고 여기저기 입술을 갖다 대고 입을 맞췄다.

'당신이 내 것이 아니더라도 이 아이는 내 거야.'

그녀의 태도에선 명백히 이런 마음이 읽혔다.

그 갓난아이는 아직 이목구비조차 확실하지 않았다. 머리엔 아무리 기다려도 머리카락 같은 것도 나지 않았다. 공평한 눈으로 보자면 그저 하나의 괴물 같았다.

"이상한 아이가 태어났네."

겐조는 솔직하게 말했다.

"어떤 아이든 막 태어났을 땐 다 이런 거예요."

"설마, 그럴 리가 있나? 좀 더 정돈된 얼굴로 태어날걸."

"조금만 더 있어 보세요."

아내는 자신 있다는 듯 말했다. 겐조는 전혀 믿기지 않았다. 하지만 그는 아내가 이런 갓난아기를 위해 한밤중에 몇 번이나 깨어 일어난다는 것을 알고 있었다. 힘들게 잠에서 깨어나면서도 전혀 싫은 내색을 하지 않는다는 것도 알았다. 그는 아이에 대한 어머니의 애정이 아버지에 비해 얼마나 강한 것일까 의문을 느낄 정도였다.

사오 일 전, 제법 강한 지진이 일어났을 때 겁쟁이인 그는 얼른 대청에서 마당으로 뛰어내렸다. 그가 다시 집으로 들어오니 아내는 뜻밖의 비난을 남편에게 퍼부었다.

"당신 참 냉정하네요. 자기 혼자만 살겠다고, 세상에."

어째서 아이들의 안전을 먼저 생각하지 않느냐는 것이 아내의 불만이었다. 순간적인 충동으로 이루어진 자신의 행위에 대해 이런 비난을 받으리라고는 생각도 못했던 겐조는 놀라고 말았다.

"여자들은 그런 경우에도 아이 생각을 할 수 있다는 거야?"

"당연하죠."

겐조는 자신이 너무 몰인정한 사람인가 싶었다.

하지만 지금 그는 득의양양한 얼굴로 아이를 안고 있는 아내를 오히려 차갑게 바라보았다.

'뭘 모르는 것들끼리 모여 있어 봤자 도리가 있나?'

잠시 후엔 그의 생각이 더 넓은 구역에 걸쳤고 현재에서 먼 미래까지 연장되었다.

'오래지 않아 그 아이가 커서 당신한테서 떨어져 나갈 시기가 올 게 뻔해. 당신은 나와 떨어져 있어도 아이하고만 융화되어 하나가 되어 있으면 그걸로 그만이다 싶을지 모르지만 그건 잘못된 생각이야. 두고 보라지.'

서재에 가 앉아 있으려니 그의 감상은 다시 뜬금없는 과학적 색채마저 띠었다.

'파초에 열매가 맺히면 이듬해부터 그 줄기는 말라 버린다. 대나무도 마찬가지고. 동물 중에는 새끼를 낳기 위해 살아 있는 건지 죽기 위해 새끼를 낳는 건지 알 수 없는 것들도 얼마든지 있다. 인간 역시 완만하긴 하지만 그에 준한 법칙에 지배당한다. 어머니는 일단 자신이 소유한 모든 것들을 희생해서 아이에게 목숨을 준 이상 또 남아 있는 모든 것을 희생해서 그 목숨을 수호해야만 한다. 그녀가 하늘로부터 그런 명령을 받고 이 세상에 나온 것이라면 그 보상으로 아이를 독점하는 건 당연한 것이다. 고의라기보다는 자연 현상이지.'

그는 어미의 입장이라는 것을 이렇게 정리해 놓고 아비로서 자신의 입장도 생각해 보았다. 그리고 그것이 어미의 것과 어떻게 다른지에 생각이 미쳤을 때, 그는 마음속에서 아내에게 이렇게 말했다.

'아이가 있는 당신은 행복하지. 하지만 그 행복을 얻기 전에 당신은 이미 막대한 희생을 치른 거야. 앞으로도 당신이 생각지도 못할 희생을 얼마나 더 치러야 할지. 당신은 행복할지 모르지만 실은 가엾은 존재야.'

## 94

점점 연말이 다가왔다. 찬 바람이 불면서 눈송이가 희끗희끗 보이기 시작했다. 아이는 하루에도 몇 번씩 "이제 몇 밤 자면 설날이야?" 하는 노래를 불렀다. 아이들의 마음은 그들이 부르는 노래와 똑같아서 다가오는 새해의 희망으로 가득 차 있었다.

서재에 있던 겐조는 때때로 손에 펜을 든 채로 아이들의 노래에 귀를 기울였다. 자신에게도 저런 시절이 있었던가 싶었다.

아이는 또 '나리가 질색하는 섣달그믐날'이라는 노래도 불렀다. 겐조는 쓴웃음을 지었다. 하지만 그 노래 역시 지금 자신의 처지에 딱 들어맞는 건 아니었다. 그는 그저 두꺼운 사절지 종이 다발을 열 개나 스무 개씩 책상 위에 쌓아 놓고 그것을 한 장씩 읽어 내느라 고생하고 있었다. 그는 읽어 가며 그 종이에 빨간 잉크로 줄을 긋기도 하고 동그라미를 치기도 하고 삼각형을 그리기도 했다. 그리고 자잘한 숫자를 늘어놓고 성가신 계산도 했다.

종이에 적혀 있는 것들은 모조리 연필로 흘려 쓴 것들이어서 빛이 어두운 곳에서는 제대로 안 보이는 글자가 많았다. 갈겨써서 읽을 수 없는 것도 간혹 있었다. 피곤한 눈을 들어 쌓아 놓은 다발을 바라보며 겐조는 우울해졌다. '페넬로페의 옷감 짜기'* 라는 영어 속담이 몇 번이나 그의 입에 올랐다.

'아무리 해 봤자 끝이 없어.'

그는 때로 펜을 내려놓고 한숨을 쉬었다.

더구나 끝나지 않는 일은 그의 주변 앞뒤로 얼마든지 널려 있었다. 그는 아내가 들고 온 명함 한 장을 이상하다는 듯이 들여다보았다.

"뭐야?"

"시마다 일로 잠깐 뵙고 싶대요."

"지금 좀 바쁘다고 하고 돌려보내."

일단 나갔던 아내가 금세 다시 돌아왔다.

"언제 찾아오면 좋을지 물어봐 달랍니다."

겐조는 짜증난다는 듯한 표정으로 자기 옆에 높다랗게 쌓여 있는 종이 다발을 바라보았다. 아내는 다시 재촉할 수밖에 없었다.

"뭐라고 할까요?"

"모레 오후에 와 달라고 해."

겐조도 할 수 없이 시간을 정했다.

작업을 중단당한 그는 멍하니 앉아 담배를 피우기 시작했다. 그 참에 아내가 돌아왔다.

"갔어?"

"네."

아내는 남편 앞에 펼쳐져 있는, 붉은 표시 투성이의 너저분한 종이들을 바라보았다. 밤중에 아기 때문에 몇 번씩 깨야 하는 그녀의 번거로움을 겐조가 모르듯이, 이 산처럼 쌓인 종잇조각을 면밀히 읽어 내야 하는 남편의 곤혹을 아내는 상상하지 못했다.

남편의 일을 제쳐 두고 그녀는 앉자마자 곧장 남편에게 물었다.

"또 뭔 소리를 하려는 걸까요? 끈질기네."

"한심하게도 해 가기 전에 어떻게 좀 해 보려는 거겠지."

아내는 더 이상 시마다를 상대할 필요가 없다고 생각했다. 겐조의 마음은 오히려 옛일을 생각해서 돈을 좀 주는 쪽으로 기울어졌다. 하지만 둘의 이야기는 거기까지 도달할 기회를 잃고 삼천포로 빠졌다.

"처가 쪽은 어때?"

"여전히 힘들겠죠."

"그 철도 회사 사장 자리는 아직인가?"

"그건 되긴 된대요. 그래도 이쪽 좋으라고 그렇게 쉽게 되겠어요?"

"올해 안엔 어려운 건가?"

"도저히."

"어렵겠지?"

"어려워도 어쩔 수 없는 거죠. 모든 게 운명인 걸요."

아내는 비교적 차분했다. 모든 것을 체념한 듯이 보였다.

## 95

겐조가 정한대로 하루 지나 낯선 명함의 소유자가 다시 그의 현관에 나타났을 때, 그는 여전히 거칠어진 펜 끝으로 너절한 종이 위에 동그라미니 삼각형이니 여러 가지 부호들을 그려 넣느라 분주했다. 그의 손가락 끝은 붉은 잉크로 군데군데 더럽혀져 있었다. 그는 손도 씻지 않은 채 응접실로 나갔다.

시마다 일로 왔다는 남자는 지난번 요시다와는 약간 다른 형이었지만 겐조가 보기엔 양쪽 모두 큰 차이 없이 자신과는 딴판인 인간들이었다.

그는 줄무늬 하오리에 각반을 차고 흰 버선 차림이었다. 상인이라고도 신사라고도 말하기 어려운 그의 차림새나 말투가 겐조에게 '마름'이라는 일종의 인품을 연상하게 만들었다. 그는 자신의 신분이나 직업을 밝히기 전에 돌연 겐조에게 물었다.

"제 얼굴을 기억하시겠습니까?"

겐조는 놀라서 그를 보았다. 그의 얼굴엔 아무런 특징이 없었다. 굳이 말하자면 오늘까지 오로지 속물로만 살아왔다고 하는 정도일까?

"전혀 모르겠네요."

그는 이겼다는 듯 웃었다.

"그렇겠죠. 이미 잊을 만한 세월이죠."

그는 잠시 뜸을 들이다가 덧붙였다.

"하지만 전 이래 봬도 당신이 도련님, 도련님 하고 불리던 옛날을 아직 기억하고 있어요."

"그러세요?"

겐조는 짤막한 답을 하고서 그의 얼굴을 그냥 지켜보았다.

"아무래도 생각이 안 나나 보죠? 자, 이야기하죠. 저는 예전에 시마다 씨가 취급소를 하고 계실 무렵, 거기서 근무하던 사람입니다. 그 왜, 선생이 장난을 치다가 주머니칼로 손가락을 베어 난리가 났었잖아요? 그 칼이 내 필기구 상자에 들어 있던 거여서 그때 세숫대야에 물을 떠다가 당신 손가락을 식혀 준 게 나였다고요."

겐조의 머릿속엔 그런 기억이 아직 또렷이 남아 있었다. 하지만 지금 자기 앞에 앉아 있는 사람이 그때 어떤 모습이었는지는 전혀 생각나지 않았다.

"그런 연고로 이번에 또 내가 부탁을 받고 시마다을 위해 찾아뵌 것이지요."

그는 곧장 본론으로 들어갔다. 그리고 겐조가 예상했던 대로 돈을 요구하기 시작했다.

"이제 다시는 이 댁에 오지 않겠다고 합니다."

"지난번 다녀가면서 이미 그렇게 말하고 갔습니다."

"그러니, 어떨까요? 이쯤에서 깔끔하게 정리를 하는 걸로 하시면. 그렇지 않으면 언제까지나 선생이 귀찮아질 따름일 텐데."

겐조는 귀찮은 일을 처리해 줄 테니 돈을 내놔라 하는 듯한 상대의 말이 고까웠다.

"아무리 얽혀 있어도 귀찮을 건 없어요. 어차피 세상이란 게 이리저리 얽혀 사는 거니까요. 설령 귀찮다 하더라고 내주지 않을 돈을 내줄 정도라면, 안 주고 귀찮아도 참는 것이 나는 훨씬 마음이 편합니다."

그 사람은 잠시 생각했다. 이것 좀 곤란한데, 하는 낌새도 보였다. 하지만 마침내 입을 열더니 뜻밖의 소리를 했다.

"게다가 선생도 알고 계시겠지만 파양을 하면서 선생이 시마다에게 보내 놓은 각서가 아직 저쪽 손에 있으니 이번 기회에 얼마든 좀 주고 그 각서와 바꾸시면 좋지 않겠습니까?"

겐조는 그 각서를 분명히 기억하고 있었다. 그가 생가로 복적하기로 했을 때, 시마다는 당사자인 그가 한 줄 써 달라고 주장했고, 겐조의 생부도 어쩔 수 없이 뭐라고 쓰든 써 주라고 그에게 말했었다. 아무것도 쓸 말이 없던 그는 별수 없이 붓을 들었다. 그런 다음 이번에 파양이 되었으니 향후 서로 도리에 어긋나거나 몰인정한 일은 없었으면 한다는 의미를, 기껏해야 두 줄 정도로 적어 저쪽에 건넸다.

"그딴 건 휴지 조각이나 마찬가지예요. 그쪽에서 지니고 있어

봤자 아무 도움도 안 되고 내가 받아와도 쓸데없죠. 만약 이용할 생각이라면 얼마든지 이용하라고 하세요."

겐조는 그따위 종잇조각을 팔아넘기려 드는 그 인간의 태도가 더욱 기분 나빴다.

96

이야기가 막히자 그 사람은 잠시 쉬었다. 그리고 적당히 때를 보아 또 같은 이야기를 시작했다. 이야기는 산만했다. 이론으로 안 되면 인정에라도 호소한다는 식도 아니었다. 다만 어떻게든 일만 성사시키면 된다는 속셈이 노골적으로 들여다보였다. 결론이 나는 것도 아니고 그저 함께 휘둘리고 있던 겐조는 결국 질리고 말았다.

"각서를 사라는 둥, 성가신 것이 싫으면 돈을 내라는 둥 하면 이쪽에서도 거절하는 수밖에 없겠지만, 차라리 어려우니 좀 도와달라, 그 대신 앞으로는 일절 이런 요구는 하지 않겠다는 보증을 한다면 옛정을 생각해서 약간은 마련해 줄 수도 있습니다."

"예예, 그게 바로 제가 온 목적이니까요, 할 수만 있다면 그렇게 좀 부탁을 드리고 싶어서."

겐조는 그렇다면 어째서 좀 더 빨리 그렇게 말을 하지 않았나 싶었다. 동시에 상대방도 왜 좀 더 빨리 그런 말을 하지 않았느냐는 표정을 지었다.

"자, 얼마나 주실 건가요?"

겐조는 잠자코 생각했다. 하지만 어느 정도가 적당한 선인지 확실한 금액이 나올 리도 없었다. 물론 가능하면 적은 편이 그에겐 좋았다.

"글쎄, 한 1백 엔 정도겠지요."

"1백 엔이라."

그 사람은 이렇게 반복했다.

"어떠세요? 하다못해 한 3백 정도로 해 주실 수 없을까요?"

"줘야 할 이유만 있다면 몇 백 엔이라도 줘야지요."

"물론 그러시겠지만 시마다 씨도 저렇게 어렵고 하니까."

"그런 식으로 말하자면 나도 힘듭니다."

"그런가요?"

그가 빈정거리는 투로 말했다.

"애당초 한 푼도 못 준다고 해도 그쪽에선 어쩔 수가 없을 걸요? 1백 엔으로 싫으면 관두시지요."

상대방도 겨우 밀고 당기기를 그만두었다.

"자, 어쨌든 본인에게 그렇게 잘 말해 보죠. 그러고 나서 올 테니까 그때 다시 이야기하죠."

그 사람이 가고 나자 겐조는 아내에게 말했다.

"마침내 올 것이 왔어."

"무슨 소리예요?"

"또 돈을 뜯기는 거지. 누가 오기만 하면 돈을 뜯기게 되니 지긋지긋해."

"한심하네요."

아내는 별다른 동정의 말을 하지 않았다.

"어쩔 수 없지."

겐조의 대답도 간략했다. 겐조는 거기 이르기까지의 과정을 자세히 아내에게 이야기하는 것조차 성가셨다.

"그야 당신 돈을 당신이 주시는 거니까 제가 뭐라고 할 일은 아니죠."

"돈이 어디 있다고."

겐조는 내뱉듯이 말하고는 다시 서재로 들어갔다. 거기엔 연필로 더럽혀진 종이들이 군데군데 빨갛게 된 채 책상 위에서 그를 기다리고 있었다. 그는 얼른 펜을 들었다. 그리고 이미 더럽혀진 종이를 더욱 붉게 더럽혀야만 했다.

손님을 만나기 전과 그 후에 달라진 기분 때문에 불공평해지지나 않았을까 두려워 그는 일단 다 읽은 것을 다시 한 번 확인하며 읽었다. 그래도 세 시간 전의 그의 기준이 지금의 기준인지 어떤지 전혀 알 수가 없었다.

'신이 아닌 이상 공평할 수가 있나.'

그는 흐리멍덩한 자신을 변호해 가며 죽죽 훑어 나가기 시작했다. 하지만 쌓아 올린 종이 다발은 아무리 속력을 내도 끝날 기약이 없었다. 가까스로 한 다발을 접어 놓으면 다시 새 다발을 펼쳐야만 했다.

'신이 아닌 이상 언제까지 참을 수도 없지.'

그는 다시 펜을 집어 던졌다. 빨간 잉크가 피처럼 종이 위에 번졌다. 그는 모자를 쓰고 추운 길 위로 뛰쳐나왔다.

## 97

인적 드문 길을 걷고 있는 동안 그는 자신에 관해서만 생각했다.

'너는 도대체 무엇을 하러 이 세상에 태어난 것인가?'

그의 머릿속 어디선가 이런 질문을 그에게 던지는 자가 있었다. 그는 대답하고 싶지 않았다. 할 수만 있다면 대답을 피하려 했다. 그러자 그 음성은 더욱 그를 추궁하기 시작했다. 몇 번이고 같은 짓을 반복하며 멈추지 않았다. 그는 마지막에 소리쳤다.

"몰라."

음성은 듣자마자 비웃었다.

"모를 리가 없지. 알고 있으면서 거기 갈 수 없는 거겠지. 도중에 걸려 있는 거잖아?"

"내 탓이 아냐, 내 잘못이 아니라고."

겐조는 도망이라도 치듯이 잰걸음으로 걸었다.

번화한 거리에 왔을 때 새해맞이 준비로 바쁜 바깥세상은 경이에 가까운 새로움으로 갑자기 그의 눈을 찔렀다. 그의 기분이 마침내 변했다.

그는 손님의 주의를 끌기 위해 온갖 수단을 다하여 꾸며 놓은 가게 앞을 여기저기 들여다보며 걸었다. 어떤 때는 자기와 전혀 상관없는 산호로 된 머리 장식이니 나전 옻칠 머리빗 따위를 유리창 너머로 아무런 의미 없이 오랫동안 바라보기도 했다.

'연말이 되면 사람들은 꼭 무언가를 사들이는 건가?'

적어도 자신은 아무것도 사지 않았다. 아내 역시 거의 아무것도 사지 않는다고 할 수 있었다. 그의 형, 그의 누나, 장인, 누구를 보나 살 만한 여유가 있는 자는 하나도 없었다. 다들 해를 넘기는 것만도 힘겨운 인간들뿐이었다. 그중에서도 장인은 가장 힘든 것 같았다.

'귀족원 의원만 되어 있었다면 어디서든 기다려 줄 거라고 합디다만.'

빚 독촉에 시달리는 아버지의 형편을 남편에게 털어놓으며 아내는 언젠가 이런 소리를 했었다.

그건 내각이 와해되던 무렵이었다. 장인을 한직에서 끌어내어 결국은 어쩔 수 없이 사직하게 만든 사람은 자신들이 물러날 즈음에 그를 귀족원 의원으로 천거하여 어느 정도 그에 대한 의리를 다하려 했었다. 하지만 다수 후보자 가운데 제한된 인원을 뽑아야만 하는 총리대신은 장인의 이름 위에 사정없이 줄을 그어 버리고 말았다. 그는 끝내 뽑히지 못했다. 어떤 의미에서 보험에 들지 못한 사람에게만 가혹한 채권자들은 당장 그의 집 문 앞으로 몰려들었다. 관저를 떠나면서 사용인 수를 줄였던 그는 얼마 후에 자가용 인력거를 없앴다.

마침내 자기 집마저 남의 손에 넘길 무렵엔 더 이상 손을 쓸 수가 없었다. 날이 가고 달이 지날수록 점점 더 비참해질 따름이었다.

"주식에 손을 댄 게 잘못이에요."

아내는 이런 소리도 했었다.

"공직에 있을 때는 중개인 쪽에서 알아서 돈을 벌게 해 준대요. 그러니 괜찮았지만 일단 물러나고 나면 더 이상 신경을 쓰지 않으니까 다들 망한다는군요."

"무슨 소린지 알 수가 없구먼. 우선 뜻도 모르겠어."

"당신이 알든 모르든 그렇다니까 어쩔 수 없지요."

"뭔 소리를 하는 거야? 그러면 중개인은 절대로 손해를 보지 않는다고 정해져 있다는 거야? 멍청한 여자구먼."

겐조는 그때 아내와 주고받은 이야기까지 기억이 났다.

그는 문득 깨달았다. 그를 지나쳐 가는 사람들은 모두 잰걸음으로 지나갔다. 다들 바쁜 모양이다. 모두들 일정한 목적을 지니고 있는 듯 보였다. 그것을 조금이라도 빨리 마무리 짓기 위해서 부지런히 움직이고 있다고밖에 여겨지지 않았다.

어떤 이는 완전히 그의 존재를 무시했다. 다른 이는 지나쳐 가면서 흘낏 보기도 했다.

'넌 참 바보구나.'

드물게 이런 표정을 짓는 이조차 있었다.

그는 다시 집으로 돌아와 빨간 잉크를 너저분한 종이 위에 바르기 시작했다.

## 98

이삼 일 지나 시마다의 부탁을 받은 남자가 또 명함을 들여보내며 면회를 청했다. 거절할 수도 없어서 겐조는 방을 나가 마름 비슷한 사람 앞에 다시 한 번 앉을 수밖에 없었다.

"분주하실 텐데 이렇게 자주 찾아뵙네요."

그는 닳아빠진 남자였다. 입에 발린 인사치레를 하지만, 미안해하는 낌새는 그의 태도 어디에도 보이지 않았다.

"실은 지난번 일을 시마다 씨에게 잘 이야기했더니 그렇다면 어쩔 수 없다, 금액은 그걸로 좋으니 그 대신 모쪼록 연내에 주셨으면 좋겠다, 하더군요."

겐조는 그럴 가능성이 없었다.

"연내라 하면 이제 며칠 남지 않았잖아요?"

"그러니까 저쪽에서도 서두르는 거겠죠."

"있으면 지금 당장이라도 주죠. 하지만 없는 건 어쩔 수가 없잖아요?"

"그런가요?"

두 사람은 한동안 말없이 앉아 있었다.

"어떨까요? 좀 어떻게 해 보실 수 없나요? 저도 이렇게 바쁜 때에, 시마다 씨를 위해 일부러 찾아오고 했으니."

그거야 그쪽 사정이었다. 그것이 겐조의 마음을 움직일 만한 수고나 번거로움도 아니었다.

"미안하지만 안 되겠는데요."

두 사람은 다시 침묵에 빠졌다.

"자, 언제쯤이나 받을 수 있을까요?"

겐조는 언제가 될지도 몰랐다.

"어쨌든 해나 바뀌고 나면 어떻게 해 봐야죠."

"저도 이렇게 부탁을 받고 왔으니 저쪽에 대고 뭐라고 보고를 해야 할 테니 하다못해 날짜라도 좀 정해 주셨으면 싶은데요."

"그렇겠군요. 그럼 1월 안으로, 라고 해 둡시다."

겐조는 더 이상 할 말이 없었다. 상대방은 할 수 없이 돌아갔다.

그날 밤 추위와 권태를 견디기 위해 메밀 숭늉을 만들어 달라고 한 겐조는 걸쭉한 회색 액체를 들이켜 가며 쟁반을 무릎 위에 얹어놓고 옆에 앉은 아내와 이야기를 나눴다.

"또 1백 엔을 만들어야 해."

"당신이 안 줘도 될 걸 주겠다고 약속하니까 나중에 곤란한 거예요."

"안 줘도 되는 거지만 난 줄 거야."

언어의 모순이 아내를 불쾌하게 만들었다.

"그렇게 고집을 피우신다면 어쩔 수 없죠."

"당신은 남한테는 너무 이론만 내세운다느니 하면서 공격하는 주제에 자기는 엄청 형식에 얽매이는 구석이 있는 여자로군."

"당신이야말로 형식을 좋아하죠. 뭐든지 이론을 앞세우니까."

"이론과 형식은 다르지."

"당신 건 똑같아요."

"자, 이 말은 해야겠는데, 나는 입으로만 논리를 가진 남자가 아냐. 입에 있는 논리는 내 손에도 발에도 온몸 전체에 다 있다고."

"그렇다면 당신의 이론이 그렇게 텅 비어 보일 리가 없잖아요?"

"텅 비어 보이다니. 마치 잘 만든 곶감에 흰 분이 일어나는 것 같아서 이론이 안에서부터 하얗게 쏟아져 나오는 거야. 밖에서 발라 놓은 설탕하곤 다르다고."

이런 설명 자체가 이미 아내에겐 텅 빈 이론이었다. 뭐든 눈에 보이는 것을 손에 꽉 쥐어야만 직성이 풀리는 그녀는 남편과 이야기하기를 즐기지도 않았다. 또 해 보려 해도 되지 않았다.

"당신이 형식적이라고 하는 건 말이야, 인간의 내면이 어떻든 밖으로 드러난 것만 파악하면 그걸로 그 인간을 곧바로 정리할 수 있다고 생각하기 때문이야. 마치 장인어른이 법률가라서 증거가 없으면 불평을 할 이유가 없다고 생각하는 거나 마찬가지라고……."

"아버지는 그런 소리를 한 적이 없어요. 나 역시 그렇게 겉모습만 꾸미고 사는 인간이 아니고요. 당신이 평소에도 그런 비뚤어진 눈으로 사람을 보니까……."

아내의 눈에서 눈물이 툭툭 떨어졌다. 이야기는 그 바람에 끊겨 버렸다. 시마다에게 줄 1백 엔 이야기가 삼천포로 빠졌다. 그리고 점점 이상해져 버렸다.

99

이삼 일 지나 아내가 오랜만에 외출했다.

"문안 겸해서 연말 인사를 다녀왔어요."

젖먹이를 안은 채 겐조 앞으로 온 그녀는, 차가운 볼이 발그레해져 따스한 공기 속에 앉았다.

"처가는 어때?"

"별로 달라진 건 없어요. 그 정도 되면 걱정을 넘어서서 오히려 태연해지는 건지도 모르겠어요."

겐조는 뭐라 할 말이 없었다.

"그 자단 책상을 사지 않겠느냐고 하는데 별로 좋을 것도 없겠다 싶어 관뒀어요."

포도목이라고 하는 나무로 전체를 짠, 커다란 서양식 책상은 1백 엔도 더하는 근사한 물건이었다. 예전에 파산한 친척에게서 빚 대신 그것을 저당 잡은 장인은 같은 운명 아래 조만간 그것을 또 누군가에게 빼앗겨야 했다.

"좋을 게 있고 없고가 아니라, 그런 비싼 물건을 살 여유는 당분간 없을 것 같은데."

겐조는 쓰게 웃으며 담배를 피워 물었다.

"아 참, 여보, 그 사람 줄 돈을 히다 씨한테 빌릴래요?"

아내는 뜬금없는 소리를 했다.

"히다한테 그럴 여유가 있나?"

"있대요. 히다 씨가 올해를 마지막으로 회사를 그만둔다더라고요."

겐조는 이 새로운 소식이 당연하다 여겼다. 또 이상한 느낌도 들었다.

"이제 나이 들었으니까. 그래도 그마저 관두면 더 힘든 것 아닌가?"

"앞으로야 어떨지 모르지만 지금 당장은 그렇게 힘들지 않은가 봐요."

그의 사직은 그를 밀어 주었던 중역 한 사람이 회사와 관계를 끊은 것에 기인하는 모양이었다. 하지만 오랜 기간 근속해 온 결과, 그의 손에 들어올 돈은 일시적으로 그의 경제 상황을 기름지게 하기엔 충분했다.

"그냥 묻어 두기도 그러니까 믿을 만한 사람이 있으면 빌려주고 싶으니 좀 알아봐 달라고 오늘 부탁을 받았어요."

"허어, 마침내 고리대금업자가 되는 건가?"

겐조는 평소에 시마다가 하는 짓을 비웃고 있던 히다와 누나를 떠올렸다. 자기들 처지가 바뀌면 어제까지 경멸하고 있던 사람을 흉내 내면서도 그 사실을 전혀 깨닫지 못하는 누나 부부는 반성이 모자란다는 점에서 차라리 어린아이 같았다.

"어차피 고리겠지?"

아내는 고리인지 저리인지 전혀 몰랐다.

"어쨌든 잘 굴리기만 하면 한 달에 이자가 삼사십 엔은 되니까 그걸로 두 사람 용돈을 쓰면서 이제부터 가늘고 길게 살 작정이라고 형님이 그렇게 말씀하시던데요."

겐조는 누나가 말하는 이자에서 원금이 얼마나 될지 속으로 계산해 보았다.

"자칫하다간 그 돈을 다 잃어버리지. 그보다는 그렇게 욕심 안 부리고 은행에라도 맡겨 두고 적당한 이자를 받는 편이 안전한데."

"그러니까 믿을 만한 데를 찾는 거겠죠."

"믿을 만한 사람은 그런 돈 안 빌리지, 무서우니까."

"그래도 은행 이자로는 모자라니까."

"그럼 나도 빌리기 싫어."

"시아주버니도 곤란하신가 봐요."

히다는 이번 계획을 형에게 털어놓음과 동시에 우선 개시로 형더러 돈을 좀 빌려 가라고 부탁했다는 것이다.

"멍텅구리 같으니, 돈을 좀 빌려 가 달라니, 이쪽에서 부탁을 하는 게 어디 있어? 형도 돈이야 필요하겠지만 그렇게까지 해서 빌릴 필요는 없을걸?"

겐조는 씁쓸함과 동시에 우스꽝스러웠다. 히다의 제멋대로인 성격이 한 가지만 보아도 잘 드러났다. 그런 걸 옆에서 보면서도 시치미를 떼고 있는 누나의 심보도 그에겐 이상했다. 피를 나눈 남매라는 느낌이 전혀 없었다.

"당신, 내가 빌릴 거라고 한 건 아니지?"

"그런 소릴 왜 해요?"

## 100

이자가 싸고 비싸고를 떠나 히다에게서 돈을 융통한다는 것 자체가 겐조로선 도저히 생각할 수 없는 일이었다. 그는 다달이 얼마간의 용돈을 누나에게 보내고 있는 몸이었다. 그 누나의 남편이란 작자에게서 이번엔 이쪽에서 돈을 빌린다는 것이 누가 봐도 모순이라는 것은 명백했다.

"앞뒤가 안 맞는 일이야 세상에 얼마든지 있긴 하지만."

이렇게 말을 꺼낸 그는 갑자기 웃음이 나왔다.

"어쩐지 이상하네. 생각하면 우스울 따름이야. 뭐, 어쨌든 내가 빌리지 않더라도 어떻게 될 테지 뭐."

"예. 그야 빌려 갈 사람이야 얼마든지 있겠지요. 사실 벌써 한 곳에 빌려주었다던데요. 어딘가 있는 요정인가 어디에."

요정이라는 말이 겐조의 귀엔 더욱 우습게 들렸다. 그는 정신없이 웃어 댔다. 아내에게도 남편의 매형이 요정에 돈을 빌려주었다는 사실이 이상하게 보였다. 하지만 그녀는 그것을 남편의 명예에 관련된다고 생각할 만한 성격은 아니었다. 다만 남편과 함께 재미있다는 듯 웃을 따름이었다.

우습다는 느낌이 가라앉고 나니 반동이 있었다. 겐조는 히다에 대해 불쾌했던 옛일이 떠올랐다.

그건 그의 둘째 형이 병사할 무렵의 일이었다. 병자는 평소에 자기가 갖고 있던, 양쪽으로 열리는 은시계를 동생인 겐조에게 보이며 "이걸 곧 너에게 줄게" 하고 거의 입버릇처럼 말했었다. 시계를 가져 본 적이 없던 어린 겐조는 갖고 싶어 견딜 수 없었던 그 장식품이 언제나 되어야 자기 허리띠에 감길 수 있을까 상상하면서 남모르게 미래의 뿌듯함을 예상해 가며 한두 달을 보냈다.

병자가 죽었을 때, 그의 아내는 남편의 말을 존중하여 그 시계를 겐조에게 주겠다고 모두가 있는 곳에서 명언했다. 그런데 죽은 이의 유품이라고 볼 수도 있을 이 물건은 불행히도 전당포에 들어가 있었다. 물론 겐조에겐 그걸 찾아올 능력이 없었다. 그는 형수로부터 소유권만을 양도받은 것이나 마찬가지였고 정작 시계는 만져 보지도 못한 채 며칠이 지나갔다.

어느 날 모두가 한자리에 모였다. 그런데 그 자리에서 히다가 문제의 시계를 품에서 꺼낸 것이다. 시계는 몰라볼 만큼 잘 닦여서 번쩍이고 있었다. 새로 단 줄에는 산호 구슬 장식까지 달려 있었다. 그는 그것을 빼기듯 형 앞에 놓았다.

"그럼 이걸 처남에게 주기로 하죠."

옆에 있던 누나 역시 히다와 같은 소리를 했다.

"아이고, 이렇게 번거롭게 해서, 고마워요. 그럼 잘 쓰겠습니다."

형은 고맙다며 그것을 받았다.

겐조는 잠자코 세 사람이 하는 짓을 보고 있었다. 세 사람은 그가 거기 있다는 사실조차 거의 안중에 없었다. 끝까지 한마디도 하지 않은 그였지만 내심 엄청난 모욕을 당한 듯한 기분이 들었다. 하지만 그들은 태연했다. 그들이 하는 짓을 원수 보듯 미워한 겐조였지만 그 역시 어째서 그들이 그렇게 뻔뻔스러운 짓을 하는 것인지 도무지 알 수 없었다.

그는 자신의 권리를 주장하지 않았다. 또한 설명을 요구하지도 않았다. 다만 침묵 속에 정나미가 떨어졌다. 그리고 친형과 누나에 대해 정나미가 떨어진다는 것 자체가 그들에겐 가장 큰 형벌이 틀림없으리라고 판단했다.

"그런 걸 아직도 기억하고 계세요? 당신도 꽤나 뒤끝이 있네요. 형님이 들으시면 얼마나 놀라실까요?"

아내는 겐조의 얼굴을 보며 기색을 살폈다. 겐조는 꿈쩍도 하지 않았다.

"뒤끝이 있든 남자답지 못하든, 사실은 사실이지. 용케 사실을 지운다 해 봤자 감정을 죽이진 못하니까. 그때의 감정이 아직 살아 있다고. 살아서 지금도 어딘가에서 움직이고 있어. 내가 죽여 버려도 하늘이 되살려 놓으니 어쩔 수가 없지."

"돈 같은 거 안 빌리면 그걸로 되는 거죠, 뭐."

이렇게 말한 아내의 가슴엔 히다뿐 아니라, 자기도, 자신의 친정 일도 계산에 들어 있었다.

## 101

새해가 되었을 때, 겐조는 하룻밤 새 달라진 세상의 외관을 뜨악한 표정으로 바라보았다.

'모두가 부질없는 짓이야. 인간의 잔재주일 뿐이지.'

사실 그 주변엔 그믐날도 설날도 없었다. 모든 것이 지난해의 연속이었다.

사람들 얼굴을 보며 '신년 축하'라 하는 것조차 지긋지긋했다. 그런 입에 발린 소리를 하느니 아무도 안 만나고 입 다물고 있는 편이 그나마 마음 편했다.

그는 평소의 차림 그대로 어슬렁거리며 밖으로 나왔다. 가능하면 신년의 공기가 통하지 않을 만한 곳으로 발을 움직였다. 겨울 나무들과 황량한 논밭, 초가지붕과 가느다란 시냇물, 그런 것들이 멍한 그의 눈에 들어왔다. 하지만 그는 이 가련한 자연에 대해서조차 이미 아무런 감흥이 없었다.

다행히 날씨는 온화했다. 바람이 불지 않는 들판에는 봄 아지랑이 같은 것이 멀리 보였다. 그 사이로 드리운 엷은 해 그림자도 온유하게 그의 몸을 감쌌다. 그는 사람도 없고 길도 없는 곳으로 일부러 헤매어 들었다. 그리고 녹기 시작한 서리로 진흙투성이가 된 신발을 깨닫고는 한동안 발을 움직이지 않고 서 있었다. 그는 한곳에 멈춰 서 있는 사이에 기분을 바꿔 보려고 그림을 그렸다. 하지만 그림이 너무나 형편없어서 오히려 그를 풀죽게 만들었다. 그는 묵직한 발을 끌어가며 다시 집으로 돌아왔다. 도중에 시마다에게 줘야 할 돈을 생각하고 문득 뭘 좀 써 보자는 생각이 들었다.

겐조는 붉은 잉크로 너저분한 종이에 덧칠하는 작업을 가까스로 마쳤다. 새로운 일을 시작할 때까지는 아직 열흘 정도 여유가 있었다. 그는 그 열흘을 이용하려 했다. 겐조는 다시 펜을 들고 원고지를 향해 앉았다.

조금씩 건강이 쇠해 간다는 불쾌한 사실을 알면서도 그것에 주의를 기울이지 않고 있던 그는 그저 맹렬하게 일에 몰두했다. 마치 스스로 자기 몸에 반항이라도 하듯이, 마치 자신의 목숨을 학대하기라도 하듯이, 또 자신의 질병에 복수라도 하겠다는 듯이. 그는 피에 굶주렸다. 더구나 남을 해치지 못하니 할 수 없이 자신의 피를 빨며 만족했다.

예정된 매수를 채웠을 때, 그는 펜을 던지고 다다미 위에 쓰러졌다.

"아아, 아아."

그는 짐승처럼 소리를 질렀다. 원고를 돈으로 바꿀 단계가 되었고, 별 어려움 없이 일이 끝났다. 다만 어떤 절차를 밟아 그것을 시마다에게 건네줄 것인지 좀 고민했다. 직접 만나는 건 내키지 않았다. 저쪽에서도 다시는 오지 않겠다고 마지막에 한 말이 있으니 겐조 앞에 나설 마음이 없을 것은 뻔했다. 아무래도 가운데 서 줄 사람이 필요했다.

"역시 형님이나 히다 씨에게 부탁하시는 수밖에 없겠네요. 지금까지 해 온 것도 있으니까."

"그러게, 그렇게 하는 게 제일 낫겠지. 별로 내키진 않지만. 공적으로 남에게 부탁을 할 만한 일도 아니고."

겐조는 쓰노카미자카로 찾아갔다.

"1백 엔을 준다고?"

놀란 누나는 아깝다는 듯이 눈을 동그랗게 뜨고 겐조를 보았다.

"하긴 겐짱 경우는 체면이라는 게 있으니까. 너무 조잔한 짓도 못하고. 게다가 그 시마다라는 할아범이 보통 사람이 아니라 그런 고약한 인간이니 1백 엔 정도는 어쩔 수가 없겠네."

누나는 겐조가 생각지도 않은 일까지 이러쿵저러쿵 떠들어 댔다.

"어쨌든 새해 초장부터 너도 정말, 웬 철면피를 만난 건지."

"철면피 잉어의 폭포 오르기?*"

아까부터 옆에 양반다리로 앉아 신문을 읽고 있던 히다가 이때 처음으로 입을 열었다.

하지만 그가 한 말은 누나에게 통하지 않았다. 겐조도 이해하지 못했다. 그런데도 마치 알아들었다는 듯이 아하하, 하고 웃는 누나 쪽이 오히려 겐조는 우스웠다.

"그래도 겐짱은 좋겠네. 돈을 벌려고 하면 얼마든지 벌 수가 있으니까."

"이쪽이랑은 머리 치수가 좀 다른 거지. 우대장 요리토모 공의 해골*인가 봐."

히다는 이상한 소리만 주워 섬겼다. 하지만 부탁한 일은 두말 없이 받아들였다.

102

히다와 형이 함께 겐조의 집을 찾아온 것은 정월 보름경이었다. 설날 소나무 장식이 치워진 거리에는 아직 어딘지 신년의 냄새가 맴돌고 있었다. 연말도 봄도 없는 겐조의 방 안에 앉은 두 사람은 뭔가 편치 않은 듯 두리번거렸다.

히다는 품에서 서류 두 장을 꺼내더니 겐조 앞에 놓았다.

"뭐, 이제 이걸로 겨우 정리가 되었네요."

한 장에는 1백 엔을 받았다는 것과 앞으로 모든 관계를 끊는다는 것이 고풍스러운 문장으로 적혀 있었다. 필적은 누구 것인지 확실치 않았지만 시마다의 도장은 분명 찍혀 있었다.

겐조는 '이러한 연후에는 후일에 달하도록'이라는 둥 '후일을 위해 아래와 같이 서약함'이라는 둥의 단어들을 비웃으며 묵독했다.

"번거로운 부탁을 드렸네요. 수고하셨습니다."

"이렇게 증명 서류를 받아두면 괜찮겠지. 안 그러면 언제까지나 성가시게 굴지 모르잖아. 그렇지, 조오 씨?"

"그럼. 이제 겨우 안심할 수 있게 된 거지."

히다와 형의 대화는 겐조에게 아무런 감명도 주지 않았다. 주지 않아도 될 돈 1백 엔을 호의에서 준 것이라는 느낌만 강하게 남았다. 성가신 일을 피하기 위해 돈의 힘을 빌린 것이라고는 도저히 생각할 수 없었다.

그는 말없이 다른 한 장의 서류를 폈고, 거기서 자신이 복적하며 시마다에게 보냈던 글을 발견했다.

'저는 금번 귀가와 이연이 되면서 실부로부터 양육료를 지급하였으며, 금후에도 상호간에 불성실 불인정한 일이 없도록 주의하기로 하였사옵니다.'

겐조는 이 글의 의미도 논리도 이해할 수 없었다.

"그걸 팔아넘기겠다는 것이 저쪽의 속셈이었지."

"결국 1백 엔에 사 준 셈이구먼."

히다와 형은 다시 이야기를 시작했다. 겐조는 그들 이야기에 끼어드는 것조차 싫었다.

두 사람이 돌아가고 나서 아내는 남편 앞에 놓여 있는 두 통의 서류를 펼쳐 보았다.

"이쪽은 좀이 슬었네요."

"휴지 조각이야, 아무짝에도 쓸데없는. 찢어서 쓰레기통에 버려."

"굳이 찢어 버릴 거야 없잖아요?"

겐조는 말없이 자리를 떴다. 다시 얼굴을 마주했을 때 그는 아내에게 물었다.

"아까 그 서류 어쨌어?"

"장롱 서랍에 넣어 두었어요."

그녀는 소중한 물건이라도 보관했다는 듯한 말투였다. 겐조는 그녀가 한 일을 꾸짖을 마음도 없었지만 칭찬할 생각도 들지 않았다.

"정말 다행이죠? 그 사람이라도 이렇게 정리가 되었으니."

아내는 안심했다는 듯한 표정을 지어 보였다.

"뭐가 정리돼?"

"그래도 그렇게 증서를 받아 두면 그걸로 된 거 아닌가요? 이젠 오지도 못할 거고 와 봤자 이쪽에서 상대를 안 해 주면 그만이잖아요?"

"그야 지금까지나 마찬가지지. 그렇게 할 생각이면 언제라도 할 수 있었으니까."

"그래도 그렇게 자기가 쓴 것을 이쪽 손에 쥐고 있으면 전혀 다르다고요."

"안심된다고?"

"예, 안심이죠. 깔끔하게 정리가 되었으니까요."

"전혀. 그리 쉽사리 정리될 리 없지."

"어째서요?"

"정리가 된 건 겉모습뿐이야. 그러니까 당신은 형식적인 사람이라는 거야."

아내의 얼굴엔 미심쩍음과 반항의 빛이 아른거렸다.

"자, 어떻게 하면 정말로 정리가 되는 거예요?"

"이 세상에 정리가 되는 일 따위는 거의 없어. 한 번 일어난 일은 언제까지나 이어지거든. 단지 여러 가지 모양으로 변하니까 남들도 자기도 모를 뿐이지."

겐조의 말투는 내뱉듯이 씁쓸했다. 아내는 말없이 젖먹이를 안아 올렸다.

"아이, 예뻐라, 착하기도 하지. 아빠가 하시는 말씀은 뭐라시는 건지 알 수가 없구나."

아내는 이렇게 말하면서 아이 얼굴에 몇 번이고 입을 맞췄다.

다이쇼 4년 6월 3일~9월 14일

## 주

9 **하오리** 일본 옷 위에 입는 짧은 겉옷.

12 **요곡** 노가쿠[能樂]의 대사에 가락을 붙인 것.

15 **하타모토** 에도 시대 쇼군 직속의 하급 무사.

18 **칠적** 삼벽(三碧)이란 9성(星)의 하나. 9성은 일, 월, 화, 수, 목, 금, 토, 라후(羅睺), 계도(計都)라는 별의 구요성을 사람의 생년에 배치하여 운명을 정한 '1백 2흑 3벽 4록 5황 6백 7적 8백 9자'라는 아홉 가지를 가리키며 3벽이란 목성에 해당되어 동방이 본위다. 중국에서 만들어졌고 일본의 음양도에도 도입되었다.

25 **한 정** 지금의 한 블록에 해당함.

26 **나가야** 서민을 위한 공동 주택으로 길게 이어 지었다.

**4척** 1척은 약 30.3센티미터로 4척은 대략 121센티미터 정도다.

33 **오비** 일본 옷의 허리에 두르는 폭이 넓은 띠.

36 **치리멘 헤코오비** 바탕이 오글쪼글한 비단 한 폭으로 만든 허리 띠.

**조닌** 일본 근세 사회 계층의 하나로 주로 도시에 사는 상인을 가리킴.

48 **칸누시** 신사의 우두머리.

49 **도오키쇼** 1555~1636. 명말의 문인. 호는 사백(思白). 시 · 서 · 화

에 뛰어나고 일본의 당풍 서도에 큰 영향을 끼쳤다.

71 **조잔 기담** 유아사 조잔(1708~1781, 에도 중기 유학자)이 쓴 수필적 사담집(史談集).

**강담물** 협객들의 복수담이나 세간에 떠도는 야담 등을 구연하거나 읽을 거리로 만든 것.

**쿄쿠테이 바킨** 曲亭馬琴(1767~1848) 에도말기 독본인 쿠사조오시 작가.

72 **도코노마** 일본 전통 가옥 다다미방 한 면에 15센티미터 정도 높이의 단을 만든 것. 원래는 상석이라는 의미였으나 후에는 장식을 위한 공간으로 쓰였다.

**스루가초** 에도 시대부터 유명한 번화가.

**에치고야** 유명한 기모노 상점.

**노렌** 헝겊으로 만든 간판.

**풍속화보** 1889년 도쿄의 동양당(東陽堂)에서 창간한 월간 잡지.

73 **조오** 조타로의 애칭.

80 **샤미센** 세 개의 줄이 있는 일본의 전통 현악기.

**신심(信心)을 코에 걸고** 절이나 신사 참배를 핑계로 놀러 다닌다는 뜻.

**도하치켄** 두 사람이 마주 앉아 여우 등의 흉내를 내고 고함을 쳐 가며 승부를 가리는 놀이.

82 **기방** 게이샤들을 관리하는 곳.

87 **2촌** 1촌은 약 3.03센티미터다. 2촌은 6.06센티미터.

88 **右本日收取右月賦金(우본일수취우월부금)은 皆濟相成候(개제상성후)** '오른쪽 날짜에 오른쪽 월부금을 모두 지불하였습니다'란 뜻.

89 **권선훈몽이니 여지지략** 메이지기의 소학교 교재.

94 **하카마** 일본 전통 의상 중 남성 정장 바지.

**몬츠키** 가문(家紋)을 넣은 예복.

98 **고시이타** 헝겊으로 싼 얇은 판자.

99 **후리소데** 소매가 길게 늘어진 여성의 예복.

**히토에** 안을 대지 않은 홑옷.

**아즈마카가미** 가마쿠라 막부가 일기체로 편찬한 역사서.

**숫나비도 암나비도** 혼례 자리에 장식하는 종이로 접은 나비.

**삼삼구도** 혼례식에서 신랑, 신부가 하나의 잔으로 세 번씩, 세 개의 잔을 사용하여 술을 마시는 풍습.

106 **긴시[金鵄] 훈장 연금** 긴시 훈장 연금은 1890년 제정, 무공이 있는 육해 군인에게 수여한 훈장으로 공1급에서 7급까지 있었고 1941년 일시금으로 개정될 때까지 종신 연금을 받을 수 있었다. '긴시'라는 이름의 유래는 진무(神武) 천황의 정벌 때, 그의 활 위에 앉았던 황금색 솔개가 빛나는 바람에 적군의 눈을 부시게 만들었다는 일본 신화의 전설에서 따온 것이다.

108 **간(間)** 길이의 단위로 1간은 약 1.8미터다.

110 **가람** 승려가 살면서 불도를 닦는 곳을 말함.

114 **산반소** 가부키의 개막을 축하하는 춤.

**에보시** 옛날 귀족이나 무사들이 쓰던 모자의 일종.

131 **후지타 토오코** 藤田東湖, 1806~1855. 에도말기 유학자, 근황가.

**白髮蒼顔万死余(백발창안만사여)** '흰 머리에 창백한 얼굴, 셀 수 없는 죽음의 고비를 넘기고 여생을 살고 있네'란 뜻.

143 **한 단 높은 곳에 서야만 하는** 학교의 교단을 가리킴.

163 **난코** 아오키 난코. 산수와 꽃 그림을 주로 그린 화가.

**보사이** 가메다 보사이. 에도 말기 유학자.

175 **남천기둥** 남천은 상록교목의 일종으로 기둥을 만들 만큼 굵어지기 힘들다.

179 **시마다** 원서에는 시마다라고 되어 있으나 아마도 겐조를 지칭하는 듯하다.

181 **엔초** 라쿠고가[낙어가(落語家)]인 산유테이 엔조(三遊亭圓朝, 1839~1900). 인정화(人情話)에 뛰어났고 괴담 등도 능했다.

181 **닌조바나시** 인정화.

195 **히로시게** 안도 히로시게, 1797~1858. 우키요 화가로 풍경화가 특히 빼어나다.

196 **도키치** 오야 도키치, 1826~1892. 에도 시대 때 살았던 장기의 명수.

210 **지나** 중국의 멸칭이지만 원서 그대로 두었다.

216 **산인도** 교토에서 주고쿠 지방까지의 오래된 도로.

**노기 장군** 노기 마레스케. 1849~1912. 무사 출신의 일본 육군 대장. 메이지 천황의 뒤를 따라 순사했다.

243 **북위** 중국 남북조 시대 선비족이 세운 나라.

244 **가스리 천** 붓으로 스친 듯한 잔무늬를 가진 천.

266 **페넬로페의 옷감 짜기** 오디세우스의 아내 페넬로페가 뭇 남성들의 구혼을 거절하기 위해 낮에는 옷감을 만들고 밤에는 풀어 버렸다는 그리스 신화.

288 **철면피 잉어의 폭포 오르기** 잉어가 폭포를 거슬러 오르면 용이 된다는 중국의 전설에 빗대어 폭포의 거센 물보라를 맞으며 오르다 보면 그 얼굴이 더 두꺼워질 것이라는 말장난.

**요리토모 공의 해골** 가마쿠라 막부를 설립한 초대 쇼군인 요리토모의 머리는 보통 사람보다 컸다는 속설이 있다. 머리가 좋다는 뜻.

해설

# 나쓰메 소세키와 그의 자전적 소설 『한눈팔기』

서은혜(전주대학교 인문대학 일본언어문화학과 교수)

## 나쓰메 소세키의 생애와 작품 세계

### 1. 교사에서 작가로

나쓰메 소세키를 가리켜 흔히들 일본 근대 문학의 아버지라고 부른다. 일본의 근대는 1868년 메이지 유신을 기점으로 잡는데, 1867년에 태어나 1916년에 서거한 나쓰메 소세키는 그야말로 이 시기를 온전히 살다 간 문학자라고 말할 수 있다. 그의 삶과 문학 작품 속에는 일본의 근대 초기 메이지 시대 모습이 오롯이 반영되어 있다.

1853년 미국의 페리 제독이 이끈 4척의 군함이 도쿄만 우라가에 출현했다. 일본의 도쿠가와 막부는 그 위력에 굴복하여 미일화친조약을 맺었고, 이로써 200년 이상 이어진 쇄국 정책은 완전히 무너졌다. 사츠마, 초슈, 도사 등 웅번을 중심으로 '존왕양이'를 내건 메이지 유신을 향한 움직임이 시작되었고 1867년 마지막 쇼군 도쿠가와 요시노부의 대정봉환에 이어 1868년 3월, 공론존중(公論尊重)과 개국화친(開國和親) 등을 기본 정책으로 삼고 천황의 복권을 천명하면서 에도는 도쿄로 이름이 바뀌어 수도가 되었으며 연호는 메이지로 정해졌다. 1869년에는 판적봉환(版籍奉還)으로 막부에서 무사들에게 분배했던 영지와 백성을 일단 천황에게 반환했다가 1871년 폐번치현(廢藩置県)을 단행하여 오늘날 보는 것과 같은 부현제를 실시하게 된다. 판적봉환에 따라 번주(藩主)와 번사(藩士)의 신분 구별을 없애고 번주는 화족(華族)으로, 번사는 사족(士族)으로 만들어 봉건적 주종 관계를 해소시켰으며 농공상은 평민이 되었고, 에타[穢多]나 히닌[非人] 등의 천민 칭호를 없애 평민으로 만들었다. 이른바 사민평등(四民平等)의 근대가 시작된 것이다.

나쓰메 소세키가 1867년 2월 9일, 에도의 우시고메(현재 도쿄 신주쿠)에서 5남 3녀의 막내로 태어났을 때, 아버지 나오카츠는 50세, 후처였던 어머니는 41세였다. 그의 집은 유서 깊은 지역의 명가였고 경제적인 여유도 있었지만 너무 늦은 나이에 낳은 아이를 부끄럽게 여겼던 그의 부모는 긴노스케라 이름 붙인 이 아이를 생후 얼마 되지 않아 동네 고물상(일설에는 푸성귀 가게)에 보내 기르게 했다. 이때는 오래지 않아 돌아왔지만 결국 부모는 일 년 후 두 살배기 아이를 시오바라 부부에게 입양

보냈다. 양부모는 7, 8년 동안 그를 애지중지 길렀으나 이것이 두 사람의 노후 부양을 위한 것이라는 사실을 이 조숙한 아이는 일찌감치 눈치채고 있었다. 더구나 이후 양부의 외도로 인해 양부모 사이가 틀어지면서 벌어진 진흙탕 싸움에서 아이는 극심한 마음의 상처를 입었고, 특히 이 과정에서 드러난 양어머니의 인간적 천박함에 대한 경멸은 소세키의 유일한 자전적 소설이자 마지막 완성작인 『한눈팔기[道草]』 속에 적나라하게 드러나 있다. 결국 양부모의 이혼으로 양부의 성을 지닌 채로 본가로 돌려보내졌고, 친부모와 양부모로부터 연거푸 버림을 받았다는 어린 시절의 깊은 내상이, 이 명석하고 감수성 예민한 아이에게 영향을 끼치지 않았을 리는 없다. 게다가 세 살에 앓았던 천연두의 후유증으로 그의 얼굴엔 마마 자국이 남았고, 세 번이나 전학을 거듭하며 초등학교를 마치는 동안 그는 명민하고 내성적인 소년으로 자랐다. 어려서부터 한문을 공부하면서 문인과 지사라는 두 가지 기질이 함께 성장했으나 근대화, 서양화의 물결 속에서 한문이 아닌 영어가 삶의 도구로서는 유용하리라 여겨 영문학과에 진학했다고 한다.

도쿄제국대학 예비 문예과에 입학하면서 마사오카 시키를 만나 한문, 하이쿠 등을 통해 가까워졌다. 소세키의 회상에 따르면 시키는 꽤나 까다로운 성격이어서 마음에 들지 않는 이들과는 아예 눈도 마주치려 하지 않았다는데, 두 사람은 마음이 맞아 시키가 1902년 서른다섯 살로 죽음을 맞을 때까지 친우로 지냈다.

만 스무 살이 되던 1887년에는 맏형과 둘째 형을 한꺼번에 결핵으로 잃었다. 더구나 소세키 역시 갑작스러운 혈담으로 결핵이 의심되는 일까지 겹쳐 한동안 심한 신경 쇠약 증세를 보였고 가마쿠라에서 참선으로 마음을 다스리기도 한다. 1889년, 마사오카의 한시문집 『나나구사슈[七艸集]』에 한문으로 평을 쓰면서 처음으로 소세키라는 호를 쓰기 시작했는데 이는 『몽구(蒙求)』에 나오는 '漱石枕流(수석침류— 돌로 양치하고 흐르는 물을 베고 눕다)'라는 말에서 따온 것이다. 원래대로라면 '돌을 베고 누우며 물에 입을 헹구는' 것이 옳지만 이를 뒤집어 놓은 말로 세상의 틀에 맞지 않고 유별난 태도를 이른다.

1890년 23세에 안과 병원에서 우연히 만나 호감을 느꼈던 여성과의 첫사랑은 부질없이 끝났고 이듬해엔 젊은 소세키가 몹시 좋아하던 셋째 형수가 심한 입덧이 원인이 되어 숨지는 등 괴로운 일들이 겹쳐 한때 염세주의에 빠지기도 했다. 제국대학 영문과를 졸업한 후 마츠야마에서 중학교 교사, 구마모토에서 고등학교 교사로 생활했지만 자신은 적격이 아니라는 생각은 늘 품고 있었던 듯하다.

소세키는 29세에 귀족원 서기관장의 딸인 나카네 쿄코와 결혼했다. 그의 결혼 생활은 행복하다고 말하기 어려웠고, 교사 생활에 안주하지 못했던 그는 "나는 교육자로 적당치 않고 교육가의 자격을 지니지 못하였다. 그 부적당한 사내에게 호구지책으로 가장 쉬운 것이 교사 지위이니 바로 지금 일본에서 참된 교육자가 없음을 보여 줌과 동시에……" 운운하는 글을 쓰기도 했다. 문학가로서 살고 싶다는 열망은 강했으나 적당한 기회를 잡지 못하고 있던 그는 34세가 되던 해 문부성 유학생으로 선정되어 가족을 일본에 둔 채, 혼자서 영국 런던으로 건너간다. 유학 생활은 몹시 궁핍하고 고통스러운 것이었으며, 서양 혹은 서양인과 그 문화에 대한 열등감과 실망을 동시에 경험하는 계기가 되었다. 인종적 차별로 인해 말할 수 없는 멸시를 당하며 "이리 떼 속의 삽살개처럼 불쌍한 삶"을 맛보는 한편, 서양의 학자들이 자신의 전문 분야 이외의 영역에 대해서는 얼마나 무지한지를 보면서, 한문학을 통해 동양적 교양을 쌓으며 전인적 인간의 완성을 지향했을 그는 큰 실망을 맛보았다. 특히 영문학에서 자신이 받아들일 수 없는 외국 학자들의 주장을 밀쳐 내고 일본인으로서의 독립적 판단을 견지하고자 노력하면서 이를 위한 근거를 마련하려 고투했다. 런던에서 짧은 기간 함께 지냈던 화학자 이케다 키쿠나에로부터 자극을 받은 소세키는 '문학이란 무엇인가'를 독자적으로 규명하고자 하였다. 유학 기간 동안 거의 하숙집에 틀어박히다시피하여 고금의 영문학 서적들을 수집, 탐독하면서 영문학의 본질을 규명하겠다는 큰 뜻을 품었던 것이다. 이른바 '문학론'의 방법론적 자각이었고, 훗날 드러나는 '자기 본위'를 일종의 윤리적 자세로서 확립하고자 하는 몸부림이었으나 이 고독하고 극단적인 분투는 그의 신경을 몹시 쇠약하게 만들었다. 결국 소세키가 정신병에 걸렸다는 소문이 문부성까지 전해졌다.

1903년에 일본으로 돌아온 그는 귀국 후 모교인 제1고등학교

와 도쿄제국대학에서 영문학을 강의하면서 1905년 『이 몸은 고양이야[吾輩は猫である]』를 발표했다. 단 한 번 게재로 끝낼 생각이었던 이 작품은 뜻밖의 호평을 받으면서 총 11회에 걸쳐 연재되었다. 오랫동안 쌓인 울적함을 토해 내듯이 근대 자본주의 사회의 위선과 기만을 풍자함과 동시에 '태평일민(太平逸民)'인 지식인들의 '양심과 자유의 세계'에 메스를 대어 이를 비판하기도 했던 이 작품으로 소세키는 본격적인 작가의 길에 들어선다. 이어서 같은 계열의 풍자적 작품인 『도련님[坊っちゃん]』, 유학 시절 이야기를 담은 『런던탑[倫敦塔]』 등을 썼다. 1906년 10월부터는 스즈키 미에키치의 제안으로 목요일 오후 3시, 마음 맞는 이들과 모여 환담을 나누는 '목요회'가 만들어졌다.

## 2. 『아사히 신문』 입사와 전기 3부작

1907년 그는 아사히신문사에 입사했는데 실은 그전에 교토제국대학, 도쿄제국대학으로부터의 교수 초빙을 거절한 후의 일이었다. 대학의 교수직을 거절하고 신문기자가 되면서 의기양양했던 그에게서 남다른 시민적 식견을 발견하는 이들도 있지만 실은 경제적 이유도 있는 이직이었다. 당시 소세키가 남긴 「입사의 변」을 보면 잘 알 수 있다.

대학에서는 강사로서 연봉 8백 엔을 받고 있었다. 아이들은 많고 집세가 비싸서 8백 엔으로는 도저히 살 수가 없다. 할 수 없이 두세 곳 학교를 돌아다니면서 가까스로 하루하루를 살고 있었다. 아무리 소세키라도 이렇게 정신이 없어서야 신경 쇠약에 걸린다. 게다가 어느 정도 글도 써야 한다. 취미로 글을 쓰는 거라고 한다면 그렇게 말할 수도 있겠지만, 근래 소세키는 무언가를 쓰지 않으면 살아 있는 것 같지가 않은 것이다…….

아사히신문사와의 교섭 결과, 월급 2백 엔에 연 2회 상여라는 파격적인 조건을 얻었다(참고로 당시 경찰의 초임은 12엔이었다). 그의 초기 작품에는 실업가라든가 특권 계급에 대한 혐오가 드러나고 있어서 금전에 대한 그의 이런 집착에 위화감을 느낄 수도 있지만 영국 유학과 귀국 후에 짊어지게 되었던 빚, 혹은 『한눈팔기』에 그려지듯이 양부모나 친척들의 경제적 원조 요구 등 외적 요인이 크게 작용하고 있었다고 여겨진다.

1908년에 발표한 이른바 청춘소설 『산시로[三四郎]』는 의식의 밑바닥에 잠복하고 있던 '무의식의 위선'을 다룬 것이었다. 『꿈 열흘밤[夢十夜]』, 『영일소품[永日小品]』에서도 의식의 심연에 자리 잡은 존재의 불안과 공포, 허무 등을 형상화하거나 탐미적 상상력을 발휘하였다. 한편에서 리얼리즘에 기초한 고급스러운 풍자소설로 현실에 대한 비판적 사고를 드러냈다면 같은 시기에 쓰인 비일상, 즉 꿈의 세계에는 채워지지 않는 예술적 욕망을 담았다고 할 수 있을 것이다.

1909년에 소세키는 '아사히 문예란'을 만들어 반자연주의의 아성으로 주목받았지만 '공평과 불편부당'을 표방하며 자연주의 문학에도 열려 있었고, 소세키 역시 『그러고 나서[それから]』에 이어 『문(門)』을 게재하면서 소박한 사실성으로 자연주의 진영으로부터 환영을 받았다. 그러나 그의 작품은 세속을 잊어버리고 인생을 느긋하게 바라보고자 하는, 그가 만든 단어로 하자면, '저회취미(低徊趣味)'적 요소가 강해서 당시의 주류였던 자연주의와 대립하는 '여유파'라고 불리기도 했다. 『산시로』, 『그러고 나서』, 『문』을 소세키의 전기 3부작이라 부른다.

### 3. 후기 3부작의 세계

이 무렵 신경 쇠약 증세는 조금 나아졌지만 위장은 더욱 나빠져서 『문』을 끝내고 위궤양 진단을 받아 입원했다. 퇴원 후 이즈의 슈젠지 온천으로 전지요양을 떠났으나 오히려 1910년 8월 24일, 엄청난 각혈 후 위독 상태에 빠지는, 이른바 '슈젠지의 변고'를 겪었고 이후 그의 인생관, 생사관에도 큰 변화가 나타났다. 두 달 후 도쿄로 돌아와 재입원, 치료를 받고 7개월 만에 집으로 돌아왔다. 입원 중에 쓴 체험기 『생각나는 일들[思ひ出す事など]』에는 당시의 심경이 그려져 있다. 이후 문부성으로부터 문학 박사 학위 수여를 제안받기도 했으나 끝내 사양했고 문예위원회 등에도 참가하지 않았다. 이듬해 1911년 여름 간사이 지

역을 강연 여행 하던 중 위궤양이 재발하여 오사카에서 입원하였다. 10월에는 아사히신문사에 사의를 표명했으나 신문사의 만류로 아사히 문예란만 폐지했다. 같은 해 11월에는 다섯째 딸인 두 살배기 히나코의 갑작스러운 죽음으로 큰 충격을 받았다. 『문』에 이어 쓴 장편 『히간 지나까지[彼岸過迄]』 속에는 어린 딸을 잃어버린 아버지의 절절한 슬픔이 담겨 있다.

『히간 지나까지』는 단편을 겹쳐 장편소설을 구성하는 기법을 채용한 첫 작품이었는데 서로 사랑하는 남녀가 결혼에 이르지 못하는 근본적 원인을 내적 자아에게 따져 들어가는 과정에서 마침내, 자연을 '생각하지 않고 바라보는' 초월적 심경을 획득함으로써 자의식에서 벗어났다고 한다. 하지만 소세키가 지닌 실존적 관심이 이로써 해결되었다기보다는 거꾸로 자의식의 심연으로 더 깊이 내려가는 계기가 되었다. 1912년의 『행인(行人)』에서는 이지적인 주인공을 광기로 내몰았고, 『마음[こころ]』에서는 또 다른 결론인 자살로 몰아간다.

『마음』의 주인공인 '선생님'은 니가타 지역 명문가의 외아들로 스무 살에 부모를 한꺼번에 여의고 숙부가 유산을 관리하고 있었다. 신뢰하고 있던 숙부에게 유산을 강탈당한 후 그는 모든 인간에 대한 신뢰를 잃었지만 자기만은 괜찮은 인간이라는 자신을 지니고 있었다. 하지만 하숙집 딸에 대한 사랑 때문에 친우 K를 배신하여 죽음에 이르게 만들면서 자기 역시 아집과 질투에 사로잡힌, 숙부와 다를 바 없는 인간이라는 사실을 깨닫는다. 그는 아내에게 이런 사정을 끝내 숨기고 조용한 생활을 이어 가지만 끊임없이 죄의식에 시달렸고 메이지 천황의 죽음과 이에 따른 노기 대장의 순사에 촉발되어 스스로 목숨을 끊는다. 이 작품은 소세키가 주인공을 죽임으로써 자신은 살아남아 새로운 전환을 시도한 것이라 일컬어지기도 한다. 『행인』 집필 중 위궤양이 다시 발병한 그는 신경 쇠약에 시달렸다. 이 기간 동안 근대 지식인의 불안과 적막, 고독이 작품 속에 응결되었지만 『마음』을 완성한 후 결국 몸져누웠다. 『행인』, 『히간 지나까지』, 『마음』을 소세키의 후기 3부작이라 부른다.

## 4. 만년의 사상적 궤적

그의 초기 작품들이 문명 비평을 주로 다루었던 데 반해 후반기 작품들은 남녀 사이의 연애 문제가 중심 모티프가 되면서 고독, 이기심, 죄의식 등 내면 심리극의 양상을 띠게 된다. "연애에 대한 파악과 이해 없이는 나쓰메의 작품은 무의미하고 생명 없는 요설로밖에 볼 수 없을 것이다"라는 고미야 도요타카의 말처럼, 당사자 모두에게 정신적 고통을 강요하는 연애의 삼각관계 구도는 인간의 어둡고 추악한 내면을 들여다보게 만드는 장치로 작용한다. 한 여자를 두고 경쟁과 암투를 벌이고 질투와 이기심의 발현 끝에 좌절과 죄의식을 나눠 갖는 두 남자는 작가의 이중적 자아의 표상이라고 할 수 있을 것이다. 삼각관계야말로 인간관계의 갈등 구조를 극명하게 부각시키는 모형이며, 연애는 자기 성찰의 기제가 되어 자신과 타자 사이 인간관계의 본질을 고통스러울 만큼 극명하게 드러내고 있는 것이다.

소세키는 이후 1914년에 학습원에서 '나의 개인주의[私の個人主義]'를 강연하고 1915년에는 수필 『유리문 안[硝子戸の中]』을 발표했다. 특히 1915년에는 지금까지의 실험적 소설들과는 다른 자전적 작품 『한눈팔기』를 집필하여 영국 유학에서 귀국한 후의 교사 시절, 즉 『이 몸은 고양이야』를 썼던 당시 생활을 사실적으로 묘사하였다. 쉰 살이 되던 1916년, 2년째에 접어든 제1차 세계 대전과 관련하여 군국 사상을 비판하였고 한동안 병상에서 지낸 후 '명암(明暗)'이라는 제목으로 역시 추악한 인간의 어두운 내면을 소설로 쓰기 시작하는 한편, 남화풍 수채화를 그리고 한시를 지으며 '하늘의 뜻을 따라 나를 버린다[則天去私]'는 경지에 이르렀다고 한다. 11월 22일, 위궤양 발발에 의한 내출혈이 시작되었고 상태가 악화되어 결국 12월 9일 저녁, 세상을 떠났다.

위장병과 신경 쇠약, 당뇨병 등 평생을 질병으로 고생하던 그는 결국 50세도 채우지 못하고 단명했다. 그중 생애의 12년을 작가로 살면서 11편의 장편 소설과 2편의 중편 소설, 그리고 다수의 단편 소설을 남겼다. 1908년의 『양귀비꽃[虞美人草]』에서 유작인 『명암』에 이르는 대다수 작품이 신문 연재 소설이었지만 이른바 대중 문학의 범주에 들진 않는다.

나쓰메 소세키를 일본 근대 문학의 아버지, 국민 작가라고 부르는 것은 그가 이룬 예술적 성취와 더불어 근대 일본인의 정신적 좌표 설정에 기여한 그의 노력 때문이다.

일본의 토착 문명과 서구 외래 문명 사이의 좁혀질 수 없는 거리를 인식하고, 그 결합이 빚어내는 갈등과 알력 속에서 일본인은 어떤 삶의 방식을 정립해 나가야 할 것인가를 늘 고민했던 그는, 1911년 8월의 '현대 일본의 개화'라는 강연에서 일본인들이 인간다운 삶을 영위하기 위해서는 문명개화가 결코 만능이 아니라고 말한다. 문명개화를 하면 '삶이 옛날보다 나아져야만 함에도 불구하고 개화가 진척되면 될수록 생존 경쟁이 더욱 치열해지고', '생존 경쟁으로부터 초래되는 불안 때문에 삶이 더욱 고통스러워지는 것'이 '개화의 패러독스'라는 것이다. 서양이 300년에 걸쳐 이룬 것을 일본은 40년 만에 손에 넣으려 하니 '겉핥기식의 개화'가 될 수밖에 없고 이러한 시대를 사는 일본인의 내면에는 정신적 공허감과 불안이 자리할 수밖에 없다는 것이 그의 생각이었다. 청일·러일 전쟁의 승리로 열강 대열에 합류함으로써 근대화의 완성기에 접어들었다고 들떠 있던 일본인들에게 고통스러운 자기 인식의 계기를 마련한 그는 1914년의 '나의 개인주의' 속에서 자기 본위를 주장하게 되는데, 이는 특히 영국 유학 시절의 열등감과 자의식으로부터의 돌파구이기도 했다.

> 이때 나는 처음으로 문학이란 무엇인가? 하는 개념을 근본적으로 자기 힘으로 정립하는 것 이외에 나를 구원할 방법은 없다는 것을 깨달았습니다. 지금까지는 완전히 타인 본위로

뿌리 없는 수초처럼 그렇게 떠다니고 있었기에 안 되었다는 것을 가까스로 깨우친 것이지요.

자기 본위의 입장에서 서양을 상대화하는 눈을 강조하는 이러한 자각은 차별과 멸시의 시선에 시달리던 영국 유학 경험에서 비롯되었을 것이다. 그는 서구주의자를 인정하지 않았지만 국수주의자를 긍정하지도 않았다. 오직 독립된 자기 정립을 위한 싸움에 그의 독창성이 있었다. '자기의 본령'에 입각하여 개성을 발휘하는 것만이 인간의 행복을 약속한다, "내가 갈 길을 가고, 남이 갈 길을 막지 않는다"는 타자 존중을 전제로 하는 개인주의 철학을 지니게 된 것이다. 이는 자기중심주의와는 좀 다른, 서양이라는 거대한 대상과 마주한 동양의 작은 섬나라 지식인이 느꼈던 자기 상실의 위기감에서 벗어나기 위해 마련한 정신의 토대라고 이해할 수 있을 것이다.

## 마지막 소설 『한눈팔기』

### 1. 위대함과 '돈'

1915년에 발표된 『한눈팔기』는 나쓰메 소세키의 마지막 완성작이자 유일한 자전적 소설이다. 주인공 겐조는 해외 유학에서 돌아와 대학에서 '비상한 열정'으로 강의를 이어 가고 있다.

'나는 나 자신을 위해 살아야 한다'는 신념을 지니고 있지만, 고급 관료의 딸인 아내는 친정의 생활과 결혼 후의 삶을 비교해 가며 남편을 돈벌이가 시원찮은 괴짜 정도로 취급하고 있다. 겐조 앞에 십오륙 년 전에 인연이 끊긴 양부 시마다가 갑자기 나타나 돈을 요구하면서 그는 '과거의 망령'에 시달리게 되고 형과 누나, 심지어 사업에 실패한 장인까지 모두 그에게 경제적 도움을 청한다. 끊임없이 이어지는 아내와의 불화로 괴로워하면서도 그는 결국 겨우겨우 마련한 돈으로 주변의 문제를 해결한다.

소세키는 자신의 일생 중 같은 시기를 1905년 『이 몸은 고양이야』라는 첫 소설에서 이미 한번 다룬 바 있는데 그 속의 명랑하고 들뜬 분위기가 『한눈팔기』에서는 진지하고 차분하게 가라앉아 있다. 고양이의 눈이라는 한계에 갇혀 피상적일 수밖에 없었던 인간 관찰 역시 깊어지고 어두워졌다.

근대 자본주의 이후 사람들은 거의 모든 것을 돈으로 살 수 있게 되었다. 하지만 여전히 사랑이니 우정, 가족애 같은 인간관계는 돈과 무관하다고 믿고 싶어 한다. 그런데 이미 소세키의 작품 『마음』에는 부친의 유산을 숙부에게 속아 빼앗기고 그 결과 인간에 대한 신뢰를 잃어버리는 인물 '선생님'이 등장한다. 또한 작가는 어린 시절의 입양과 파양으로 인간관계는 때로 돈으로 거래될 수 있다는 것을 일찌감치 체험하였다. 금전 관계에 포박되어 버린 인간관계와 그에 따른 온갖 말썽, 그것의 수습이 겐조에게 특히 고역인 것은 다음에서 보듯이 일상의 경제 활동과 동떨어진, 어쩌면 거의 대척점에 있는 '위대함'에 대한 지향 때문이다.

그는 부자가 될 것인지 위대해질 것인지, 두 가지 가운데 어느 한쪽으로 어중간한 자신을 확실히 정리하고 싶었다. 하지만 지금부터 부자가 된다는 것은 얼간이 같은 그에겐 이미 늦은 일이었다. 위대해지고자 해도 세간의 번거로움이 방해했다. 그 번거로움의 씨앗을 찬찬히 살펴보면 역시 돈이 없다는 것이 큰 원인이었다. 어쩌면 좋을지 모르는 그는 그저 초조했다. 금력으로 지배할 수 없는 참으로 위대한 무엇이 그의 눈에 들어오기까지엔 아직 한참이나 멀어 보였다.(본문 162쪽)

돈을 요구하기 위해 길목을 지키고 있는 양아버지의 등장으로 이 작품은 시작된다. 그리고 몇 번이나 그에게 금전을 갈취당한 끝에 가까스로 돈을 마련하여 다시 한 번 양부와 절연한다. 아내는 양부와의 관계가 정리되었다고 기뻐하지만 이 세상에 정리가 되는 일이란 좀처럼 없다고 내뱉는 겐조의 말로 작품은 마무리된다.

## 2. 자연주의, 혹은 사소설

이 작품이 발표되었던 1915년, 일본 문단은 이른바 '사소설'

이 휩쓸고 있었다. 에밀 졸라를 비롯한 작가들에 대한 소개와 더불어 일본에 들어온 자연주의 문학의 흐름 위에서 1906년 시마자키 도손의 『파계(破戒)』가 메이지 유신 이후에도 여전히 남아 있는 '부라쿠민[部落民]'이라는 피차별 계층에 관한 문제를 다루어 비판적 자연주의의 싹을 보여 주었다. 하지만 이듬해 다야마 가타이가 누구나 작가 자신임을 알 수 있는 중년 남성을 내세워 숨겨진 성적 욕망과 그 좌절을 적나라하게 묘사한 『이불[布団]』이 엄청난 베스트셀러가 되면서 일본 문학에는 작가의 치부를 '있는 그대로[ありのまま]' 그려 내는 이른바 '사소설'의 시대가 열렸다.

관찰에 기반한 객관적인 묘사를 중요하게 여기는 서구 자연주의와 달리 객관성보다는 사실을 숨김없이 있는 그대로 쓴다는 폭로성이 우선되었고 그 경우 '사실'이란 추하고 감추어야 할 일들이라는 뉘앙스를 자연스럽게 띠게 된 것이다. 일본의 사소설 작품에서 흔히 보이는 사생활의 적나라한 묘사는 이런 흐름의 연장선에 있다.

소세키는 그런 풍조로부터 늘 일정한 거리를 두고 있었고 당시 자연주의 문학의 대표 작가였던 마사무네 하쿠초는 "(소세키가) 독자를 재미있게 해야만 한다는 직업의식"으로 "작품의 질을 떨어뜨리고 있다"고 말하기도 했지만 『한눈팔기』에 관해서는 찬사를 아끼지 않았다고 한다. 분명 이 작품은 소세키의 작품 가운데 보기 드물게 플롯다운 플롯 없이 그저 사실이 있는 그대로 그려지고 있다. 또한 자전적 요소가 가득하며 특히 부부의 어긋난 관계에 중심을 둔 작가의 사생활이 상세하게 묘사되기도 한다.

주인공 겐조는 '교양 없는' 아내 오스미를 경멸하고 오스미는 남편을 무능력한 허풍선이라 여겨 전혀 신뢰하지 않는다. 아내를 따스하게 받아들일 만한 여유가 없이 공부와 일에 쫓기는 남편과 그런 남편을 늘 답답해하며 원망하고 있는 아내 사이에 교감은 없다. 소세키의 부인 쿄코가 쓴 회고록『소세키의 추억[漱石の思ひ出]』에는 신혼 초 작가가 했다는 말이 기록되어 있다.

"나는 학자이니 공부를 해야만 하고, 너 따위에게 신경을 쓸 수가 없다. 그건 미리 명심했으면 한다."

이렇게 시작된 결혼 생활이 행복할 리 없었고 실제로 쿄코는 시라카와라는 강에서 투신 자살을 시도한 적도 있다.

물론 작품 속 겐조는 생활비가 부족하다는 오스미를 위해 여분의 일감을 얻어다가 해내는 등의 노력을 한다.

> 겐조가 새로 구한 여분의 일감은 그의 학문이나 교육에 비해 그다지 어려운 건 아니었다. 다만 그는 거기 들이는 시간과 노력이 싫었다. 무의미하게 시간을 낭비한다는 것이 목하 그에겐 무엇보다 두려웠다. 그는 살아 있는 동안 뭔가를 이루어낸다, 그리고 이루어 내야 한다고 생각하는 남자였다.(본문 61~62쪽)

가족을 부양하기 위한 일이 무의미한 시간 낭비라고 생각하는 남편이 마지못해 일한 대가로 받아 온 여분의 수입을, 가족을 부양하는 것은 결혼한 남자의 마땅한 의무라 여기는 부인은 당연하다는 듯이 받아들 뿐이다. 겐조는 이런 아내의 태도에 실망한다. 두 사람 사이에는 두껍고 차가운 얼음벽이 있다. 고집스럽고 타협할 줄 모르는 두 사람의 '아(我)'는 언제까지나 서로 부딪히고 갈등하는 '둥근 원' 위에서 내려올 줄 모른다. 이념의 장이 아닌 일상생활 속에서 끝없이 이어지는, 소소하지만 인간을 확실히 피폐하게 만드는 다툼과 상처들에는 타개도 파국도 없다.

현실 속 인물들에 대한 묘사의 생생함도 이 작품의 또 한 가지 특징이라 할 것이다. 예컨대 겐조의 누나인 오나쓰는 사람은 좋지만 끊임없이 품위 없는 수다를 늘어놓는 생각 없는 초로의 여자다. 명색이 대학교수의 누나이면서 읽고 쓰는 것도 제대로 하지 못하는 문맹이다. "겐조는 피붙이지만 가엾기도 하고 창피하기도 했다(본문 21쪽)." 지병인 천식으로 나날이 제 목숨을 갉아먹는 그녀의 모습은 불량하고 천박한 남편과 대비되며 더욱 선명하다. 그런데 이러한 누나나 형, 아내를 그려 내는 묘사의 냉정함은 아내와의 관계, 혹은 다른 인간관계 속에서 보이는 겐조의 유치하고 이기적인 면, 쓸데없는 자존심과 고집, 까칠하고 타협할 줄 모르는 성격 등을 그릴 때도 달라지지 않는다. 자신을 포함한 모든 인간에게 균등한 거리를 유지하는 작가의 시선, 이는 '나[私]'를 유일한 시점으로 설정하는 사소설에서는 찾아보기 어렵다.

## 3. '길가의 풀'을 뜯고 있는 인간 군상, 그 속의 '나'

이미 파양한 지 오래된 양아들에게 돈을 뜯어 내기 위해 찾아온 시마다는 눈앞에 있는 고장 난 램프에 신경이 쓰여 그걸 고치겠답시고 골몰하기도 한다. 탐욕스럽지만 "그 욕심을 한참 못 따라가는 유치한 잔머리를 최대한 굴리고" 있는 초라한 노인은 "움푹 들어간 눈을 지금 반투명 유리 덮개에 갖다 대고", "어둑신한 등불을 응시하고 있다". 그 모습을 보면서 겐조의 가슴에는 "그는 이렇게 늙었다(이상 모두 본문 136쪽)"는 문장이 떠오른다. 그렇다면 자신은 어떻게 나이 들어갈까를 상상하고 아마도 이 탐욕스러운 노인의 평생과 별로 다를 것도 없을 것이라고, 신의 눈으로 본다면 그렇게 보일 것이라고 겐조는 생각한다. 하지만 거기까지다. 이 작품에는 그의 다른 작품들 속에 등장하는 자살이나 광기, 종교가 없다. 그런 방법으로 현실에서 벗어나지 않는다. 오히려 한 사람 한 사람이 묵직한 현실감을 지니고 소설 속에 자리 잡고 있다.

입양한 아이를 노후의 보험 삼아 기르다가 자신의 외도로 인한 추악한 부부간의 불화 끝에 파양하고 본가로 돌려보낸 시마다이지만 양아들을 시도 때도 없이 찾아와 돈을 내어 놓으라 요구하고 협박까지 일삼는 추레한 모습을 보인다. 이 늙은 남자와 자신은 그다지 다를 것이 없는 존재라는 서늘한 각성은 십 년 전 『이 몸은 고양이야』에서 '고등유민'으로서 지녔던 자의식이나 자기 중심성과는 크게 결이 다르다.

'나의 이야기'를 있는 그대로 드러내어 쓰면서 아마도 소세키는 자기 아닌 타인들 역시 '나'로서 살고 있다는 사실을 새삼 발견한 듯하다. '사소설'과 같이 현실 속의 개인을 있는 그대로 그리고 있으나 '나'라는 시점만을 고집하지 않아 가능했던 깨달음일 것이다. 그리고 이러한 각성은 그의 다음 작품에 반영된다.

그의 이전 작품 주인공은 모두 남성이었다. 그의 눈에 보이는 세상에서 여성은 언제나 '대상'이고 '수수께끼'일 뿐 주체가 아니었다. 그런데 그녀들 역시 저마다 '나'로서 고유한 삶을 살고 있었던 것이다.

그가 마지막으로 쓰기 시작했던 『명암(明暗)』에서는 이전 작품과는 전혀 다른 특징이 눈에 띈다. 여기서 여성은 자립한 인간으로서 고뇌하는 내면을 지닌 주인공이 되어 있다. 메이지(1868~1912)에서 다이쇼(1912~1926)로, 시대가 옮아 갔고, 이른바 '다이쇼 데모크라시(democracy)'라는 분위기 속에서 실제로 '여성'이니 '노동자'와 같은 새로운 주체들이 사회에 등장하며 세상은 다원화, 다층화해 가는 중이었다. 소세키는 분명 이러한 변화를 눈치채고 있었다. 하지만 『명암』을 완성하지 못한 채 그는 눈을 감았다.

### 4. 작품의 제목에 관하여

원작의 제목은 '道草(도초)'다. 일본어에 '道草を喰う'라는 말이 있다. 한자만 보아도 알 수 있듯이 원래 의미는 (말이 목적지를 향해 가다 말고) 길가의 풀을 뜯는다, 라는 뜻으로 목적을 잊어버리고 딴 짓을 한다, 해찰한다 등의 의미가 있다. 해찰을 '한다'에 해당하는 말이 '喰う'이니 道草는 명사인 해찰 정도로, 혹은 단순하게 길가의 풀이라고 번역되는 것이 정확하다(이 작품이 번역된 제목 중에 '路傍草(노방초)'라는 고풍스러운 제목이 있는 것은 그런 의도가 아닐까 싶다). '한눈팔기'라는 번역이 잘못된 것은 결코 아니지만 작가의 의도를 너무 산문적으로 앞질러 간 것 아닐까 하는 느낌도 없지 않다.

이 제목을 붙이면서 소세키는 어쩌면 인간에게 '길가의 풀'이란 무엇인지를 명료히 하고 싶었던 것은 아닐까? 한눈을 '판다'는 동사보다는 인생에서 '길가의 풀'이란 어떤 것이 있을까에 우선 관심을 두었던 것은 아닐까 싶다. 과연 '무엇'이 목적지를 향해 가야 할 인간의 관심을 흩뜨려 딴 짓을 하게 만든다고 생각했을까? '목적지'에 대해 구체적으로 말한 바 없지만 당시 상황에서 이른바 입신양명, 출세, 세간의 인정을 받는 작가가 되는 것도 그가 말하는 '위대함'과 무관하진 않을 것이고, 보다 나은 인간이 되는 일, 정신적 자기 고양, 혹은 진실의 탐구 같은 진부한 대답도 가능하다. 조금 더 나아가 어쩌면 그가 말년에 이르렀다는 '측천거사'의 경지인지도 모른다. 그것이 무엇이든 일단 세운 인생의 목표에 도움이 되지 않는, 그것을 향해 가는 걸음을 훼방하는 것들, 갈등과 다툼으로 점철된 결혼 생활을 비롯한 온갖 인간관계, 특히 구차한 금전으로 얽힌 관계의 비루함과 성가심 같은 것이 이 소설이 말하는 '길가의 풀'일 수도 있다.

어쨌든 지금까지 이 작품의 제목은 '한눈팔기'로 주로 번역되어 왔고 새삼 '해찰'이나 '길가의 풀' 등으로 제목을 바꿀 경우 독자들에게 혼란을 드릴 수도 있어 그대로 쓰기로 했다는 말씀을 덧붙여 둔다.

**판본 소개**

이 작품은 「아사히신문[朝日新聞]」에 1915년 6월 3일부터 9월 14일까지 연재되었다. 같은 해 10월 이와나미 쇼텐[岩波書店]에서 단행본이 간행된 이후, 신초샤[新潮社], 가도카와 쇼텐[角川書店], 슈에이샤[集英社], 아오조라 분코[青空文庫] 등 일본의 대표적 출판사에서 출간된 작가의 작품집에 포함됨은 물론, 단행본 출간도 꾸준히 이어지고 있다.

이 번역은 가도카와 쇼텐이 1954년 초판을 발간한 후 1968년 35판까지 발행하고, 이후 개판하여 1991년에 펴낸 31판을 저본으로 삼고 있다.

## 나쓰메 소세키 연보

1867 2월 9일, 도쿄에서 5남 3녀의 막내로 출생, 아버지 나쓰메 나오카츠는 50세, 후처였던 어머니 치에는 41세. 본명은 긴노스케, 낳자마자 남의 집에 보내졌다가 바로 돌아옴.

1868 시오바라 쇼노스케·야스 부부(모두 29세)에게 양자로 입양됨.

1870 천연두에 걸려 얼굴에 흔적이 남음.

1874 양부모 사이에 불화가 생겨 일시적으로 양모와 함께 생가에 돌아와 지내기도 했으나 결국 양부모의 별거로 양부에게 맡겨짐.

1875 양부모의 이혼으로 시오바라 성을 지닌 채 생가로 돌아옴.

1878 이복 누나 사와 사망.

1880 동네에서 일어난 불로 본가는 창고만 남기고 소실됨.

1881 생모 치에(55세) 사망.

1884 도쿄제국대학 예과 입학. 동급생 마사오카 시키를 만남.

1886 위장병으로 학년말 시험을 치르지 못하여 낙제.

1887 3월 만형 다이스케(31세), 6월 둘째 형 마사노리(29세)가 결핵으로 사망.

1888 시오바라에서 나쓰메 성으로 복적. 제1고등중학교 예과를 졸업하고 동교 본과에 진학, 영문학을 전공함.

1889 마사오카 시키의 책을 평하면서 처음으로 '소세키'라는 호를 쓰기 시작함.

1890 제1고등중학교 제1부 본과 졸업. 눈병 요양을 위해 하코네에 2주가량 체류. 도쿄제국대학 문과대학 영문학과 입학.

1891 셋째 형수(24세) 사망. 영문과 2학년으로 J. M. 딕슨 교수의 부탁을 받아 『호조키[方丈記]』를 영어로 번역함.

1892 도쿄전문학교(현 와세다대학) 강사가 됨.

1893 제국대학 영문과 졸업, 대학원 진학. 유시마 성당 안의 고등사범학교(쓰쿠바대학 전신)의 영어 수업에 촉탁됨.

1895 에히메현 심상중학교에 영어과 교사로 부임. 8월 이후 마츠야마에 돌아와 있던 마사오카 시키와 함께 생활하던 중 혼담이 있어 귀경. 귀족원 서기관장 나카네 시게카즈의 장녀 쿄코(19세)와 맞선 후 약혼.

1896 에히메현 심상중학교 사직, 구마모토 제5고등학교(현 구마모토대학) 강사로 부임. 6월 구마모토시의 자택에서 결혼식. 제5고등학교 교사가 됨

1897 아버지 나오카츠(81세) 사망. 이후 상경하여 처가에 머묾. 쿄코 유산.

1898 쿄코가 시라가와 강에 투신자살을 기도하나 구조됨. 이 무렵 5고 학생이던 테라다 도라히코가 처음 방문.

1899 장녀 출생.

1900 문부성으로부터 영어 연구차 만 2년간 영국 유학을 명령받음. 9월 8일 기선으로 요코하마 출발, 10월 28일 런던 도착.

1901 소세키 부재 중 도쿄에서 차녀 출생. '런던 소식'을 잡지 『호토토기스[ホトトギス]』에 게재. 이 무렵부터 하숙집에 틀어박혀 '문학론' 저술에 몰두.

1902 9월 마사오카 시키(35세) 사망. 12월 5일 귀국길에 오름.

1903 1월 24일 귀경. 제5고를 의원 면직하고 제1고등학교 영어 수업

촉탁 사령과 함께 도쿄제국대학 문과대학 영문학과 강사 사령장을 받음. 5월 제1고 제자인 후지무라 미사오가 게곤 폭포에서 투신 자살. 3녀 출생.

1904 메이지대학 고등예과 강사 겸임. 『호토토기스』에 다카하마 쿄시 등과 합작한 하이쿠 및 하이쿠풍의 시 게재.

1905 1월 『이 몸은 고양이야(吾輩は猫である)』를 『호토토기스』에 발표(이후 부정기적으로 게재). 10월 『이 몸은 고양이야』 상편 발간. 4녀 출생.

1906 4월 『도련님[坊っちゃん]』, 9월 『풀 베개[草枕]』 발표. 『이 몸은 고양이야』 중편 발간. '목요회' 결성.

1907 1월 『태풍[野分]』 발표. 「아사히신문[朝日新聞]」 입사를 결의하고 도쿄제국대학과 제1고등학교에 사표 제출. 6월 장남 출생. 『양귀비꽃[虞美人草]』 연재 시작. 『이 몸은 고양이야』 하편 발간.

1908 『양귀비꽃』 발간. 『갱부(坑夫)』, 『문조(文鳥)』, 『꿈 열흘 밤[夢十夜]』, 『산시로[三四郎]』 연재. 12월 차남 출생.

1909 1월 『영일소품(永日小品)』 연재 시작. 5월 『산시로』 발간. 6월 『그러고 나서[それから]』 연재 시작. 9월 만주·조선 여행, 10월 『만·한 여기저기[滿·韓ところどころ]』 연재 시작. '아사히 문예란' 창설.

1910 1월 『그러고 나서』 발간. 3월 『문(門)』 연재 시작. 5녀 출생. 6월 위궤양으로 입원, 퇴원 후 전지 요양 중이던 슈젠지 온천에서 다량의 각혈, 위독 상태에 빠짐(슈젠지의 변고). 10월 귀경 후 재입원. 10월 『생각나는 일들[思ひ出す事など]』 연재 시작.

1911 『문』 발간. 2월 문부성의 문학 박사 학위 수여 건의를 물리침. 8월 간사이 강연 여행 중 위궤양 재발로 오사카에서 입원. 10월 「아사히신문」에 사의 표명하나 만류당함. '아사히 문예란' 폐지. 11월 5녀 히나코 갑작스러운 사망.

1912 1월 『히간 지나까지[彼岸過迄]』 연재 시작. 「아사히신문」 입사에

진력해 주었던 이케베 산잔(49세) 사망. 9월 치루 수술. 12월 『행인(行人)』 연재 시작.

1913 2월 강연집 『사회와 자신[社会と自分]』 발간. 4월 위궤양 재발과 신경 쇠약으로 『행인』 연재 중단. 회복 후 유화를 배우기 시작함. 9월 『행인』 연재 재개.

1914 1월 『행인』, 9월 『마음[こころ]』 발간. 11월 학습원에서 '나의 개인주의' 강연.

1915 1월 『유리문 안[硝子戸の中]』 연재 시작. 3월 교토 여행 중 위통으로 쓰러져 4월 귀경. 6월 『한눈팔기[道草]』 연재 시작. 10월 『한눈팔기』 발간. 11월 '목요회'에 아쿠타가와 류노스케, 쿠메 마사오 등이 참가함.

1916 1월 1일 『점두록(点頭録)』 발표. 류머티즘 치료를 위해 유가와라 온천으로 갔으나 류마티즘이 아닌 당뇨병으로 진단, 치료받음. 5월 『명암(明暗)』 연재를 시작했으나 미완으로 남음.

1916 11월 16일 마지막 목요회 모임. 11월 말부터 위궤양 재발로 와병, 점차 상태가 악화되었고 12월 9일 오후 6시 45분 사망.

# 새롭게 을유세계문학전집을 펴내며

을유문화사는 이미 지난 1959년부터 국내 최초로 세계문학전집을 출간한 바 있습니다. 이번에 을유세계문학전집을 완전히 새롭게 마련하게 된 것은 우리가 직면한 문화적 상황에 적극적으로 대응하기 위해서입니다. 새로운 을유세계문학전집은 세계문학의 역할이 그 어느 때보다 중요해졌다는 인식에서 출발했습니다. 오늘날 세계에서 타자에 대한 이해는 우리의 안전과 행복에 직결되고 있습니다. 세계문학은 지구상의 다양한 문화들이 평등하게 소통하고, 이질적인 구성원들이 평화롭게 공존할 수 있는 문화적인 힘을 길러 줍니다.

을유세계문학전집은 세계문학을 통해 우리가 이런 힘을 길러 나가야 한다는 믿음으로 만들어졌습니다. 지난 5년간 이를 준비하기 위해 많은 노력을 기울였습니다. 세계 각국의 다양한 삶의 방식과 문화적 성취가 살아 있는 작품들, 새로운 번역이 필요한 고전들과 새롭게 소개해야 할 우리 시대의 작품들을 선정했습니다. 우리나라 최고의 역자들이 이들 작품 속 한 문장 한 문장의 숨결을 생생히 전하기 위해 심혈을 기울였습니다. 또한 역자들은 단순히 번역만 한 것이 아니라 다른 작품의 번역을 꼼꼼히 검토해 주었습니다. 을유세계문학전집은 번역된 작품 하나하나가 정본(定本)으로 인정받고 대우받을 수 있도록 최선을 다했습니다. 세계문학이 여러 경계를 넘어 우리 사회 안에서 주어진 소임을 하게 되기를 바라며 을유세계문학전집을 내놓습니다.


**을유세계문학전집 편집위원단**(가나다 순)

김월회(서울대 중문과 교수)

김헌(서울대 인문학연구원 교수)

박종소(서울대 노문과 교수)

손영주(서울대 영문과 교수)

신정환(한국외대 스페인어통번역학과 교수)

정지용(성균관대 프랑스어문학과 교수)

최윤영(서울대 독문과 교수)

# 을유세계문학전집

1. 마의 산(상) 토마스 만 | 홍성광 옮김
2. 마의 산(하) 토마스 만 | 홍성광 옮김
3. 리어 왕 · 맥베스 윌리엄 셰익스피어 | 이미영 옮김
4. 골짜기의 백합 오노레 드 발자크 | 정예영 옮김
5. 로빈슨 크루소 대니얼 디포 | 윤혜준 옮김
6. 시인의 죽음 다이허우잉 | 임우경 옮김
7. 커플들, 행인들 보토 슈트라우스 | 정항균 옮김
8. 천사의 음부 마누엘 푸익 | 송병선 옮김
9. 어둠의 심연 조지프 콘래드 | 이석구 옮김
10. 도화선 공상임 | 이정재 옮김
11. 휘페리온 프리드리히 횔덜린 | 장영태 옮김
12. 루쉰 소설 전집 루쉰 | 김시준 옮김
13. 꿈 에밀 졸라 | 최애영 옮김
14. 라이겐 아르투어 슈니츨러 | 홍진호 옮김
15. 로르카 시 선집 페데리코 가르시아 로르카 | 민용태 옮김
16. 소송 프란츠 카프카 | 이재황 옮김
17. 아메리카의 나치 문학 로베르토 볼라뇨 | 김현균 옮김
18. 빌헬름 텔 프리드리히 폰 쉴러 | 이재영 옮김
19. 아우스터리츠 W. G. 제발트 | 안미현 옮김
20. 요양객 헤르만 헤세 | 김현진 옮김
21. 워싱턴 스퀘어 헨리 제임스 | 유명숙 옮김
22. 개인적인 체험 오에 겐자부로 | 서은혜 옮김
23. 사형장으로의 초대 블라디미르 나보코프 | 박혜경 옮김
24. 좁은 문 · 전원 교향곡 앙드레 지드 | 이동렬 옮김
25. 예브게니 오네긴 알렉산드르 푸슈킨 | 김진영 옮김
26. 그라알 이야기 크레티앵 드 트루아 | 최애리 옮김
27. 유림외사(상) 오경재 | 홍상훈 외 옮김
28. 유림외사(하) 오경재 | 홍상훈 외 옮김
29. 폴란드 기병(상) 안토니오 무뇨스 몰리나 | 권미선 옮김
30. 폴란드 기병(하) 안토니오 무뇨스 몰리나 | 권미선 옮김
31. 라 셀레스티나 페르난도 데 로하스 | 안영옥 옮김
32. 고리오 영감 오노레 드 발자크 | 이동렬 옮김
33. 키 재기 외 히구치 이치요 | 임경화 옮김
34. 돈 후안 외 티르소 데 몰리나 | 전기순 옮김
35. 젊은 베르터의 고통 요한 볼프강 폰 괴테 | 정현규 옮김

36. 모스크바발 페투슈키행 열차 베네딕트 예로페예프 | 박종소 옮김
37. 죽은 혼 니콜라이 고골 | 이경완 옮김
38. 워더링 하이츠 에밀리 브론테 | 유명숙 옮김
39. 이즈의 무희 · 천 마리 학 · 호수 가와바타 야스나리 | 신인섭 옮김
40. 주홍 글자 너새니얼 호손 | 양석원 옮김
41. 젊은 의사의 수기 · 모르핀 미하일 불가코프 | 이병훈 옮김
42. 오이디푸스 왕 외 소포클레스 | 김기영 옮김
43. 야쿠비얀 빌딩 알라 알아스와니 | 김능우 옮김
44. 식(蝕) 3부작 마오둔 | 심혜영 옮김
45. 엿보는 자 알랭 로브그리예 | 최애영 옮김
46. 무사시노 외 구니키다 돗포 | 김영식 옮김
47. 위대한 개츠비 프랜시스 스콧 피츠제럴드 | 김태우 옮김
48. 1984년 조지 오웰 | 권진아 옮김
49. 저주받은 안뜰 외 이보 안드리치 | 김지향 옮김
50. 대통령 각하 미겔 앙헬 아스투리아스 | 송상기 옮김
51. 신사 트리스트럼 섄디의 인생과 생각 이야기 로렌스 스턴 | 김정희 옮김
52. 베를린 알렉산더 광장 알프레트 되블린 | 권혁준 옮김
53. 체호프 희곡선 안톤 파블로비치 체호프 | 박현섭 옮김
54. 서푼짜리 오페라 · 남자는 남자다 베르톨트 브레히트 | 김길웅 옮김
55. 죄와 벌(상) 표도르 도스토예프스키 | 김희숙 옮김
56. 죄와 벌(하) 표도르 도스토예프스키 | 김희숙 옮김
57. 체벤구르 안드레이 플라토노프 | 윤영순 옮김
58. 이력서들 알렉산더 클루게 | 이호성 옮김
59. 플라테로와 나 후안 라몬 히메네스 | 박채연 옮김
60. 오만과 편견 제인 오스틴 | 조선정 옮김
61. 브루노 슐츠 작품집 브루노 슐츠 | 정보라 옮김
62. 송사삼백수 주조모 엮음 | 김지현 옮김
63. 팡세 블레즈 파스칼 | 현미애 옮김
64. 제인 에어 샬럿 브론테 | 조애리 옮김
65. 데미안 헤르만 헤세 | 이영임 옮김
66. 에다 이야기 스노리 스툴루손 | 이민용 옮김
67. 프랑켄슈타인 메리 셸리 | 한애경 옮김
68. 문명소사 이보가 | 백승도 옮김
69. 우리 짜르의 사람들 류드밀라 울리츠카야 | 박종소 옮김
70. 사랑에 빠진 여인들 데이비드 허버트 로렌스 | 손영주 옮김
71. 시카고 알라 알아스와니 | 김능우 옮김
72. 변신 · 선고 외 프란츠 카프카 | 김태환 옮김
73. 노생거 사원 제인 오스틴 | 조선정 옮김

74. 파우스트 요한 볼프강 폰 괴테 | 장희창 옮김
75. 러시아의 밤 블라지미르 오도예프스키 | 김희숙 옮김
76. 콜리마 이야기 바를람 샬라모프 | 이종진 옮김
77. 오레스테이아 3부작 아이스퀼로스 | 김기영 옮김
78. 원잡극선 관한경 외 | 김우석 · 홍영림 옮김
79. 안전 통행증 · 사람들과 상황 보리스 파스테르나크 | 임혜영 옮김
80. 쾌락 가브리엘레 단눈치오 | 이현경 옮김
81. 지킬 박사와 하이드 씨 · 존 니컬슨 로버트 루이스 스티븐슨 | 윤혜준 옮김
82. 로미오와 줄리엣 윌리엄 셰익스피어 | 서경희 옮김
83. 마쿠나이마 마리우 지 안드라지 | 임호준 옮김
84. 재능 블라디미르 나보코프 | 박소연 옮김
85. 인형(상) 볼레스와프 프루스 | 정병권 옮김
86. 인형(하) 볼레스와프 프루스 | 정병권 옮김
87. 첫 번째 주머니 속 이야기 카렐 차페크 | 김규진 옮김
88. 페테르부르크에서 모스크바로의 여행 알렉산드르 라디셰프 | 서광진 옮김
89. 노인 유리 트리포노프 | 서선정 옮김
90. 돈키호테 성찰 호세 오르테가 이 가세트 | 신정환 옮김
91. 조플로야 샬럿 대커 | 박재영 옮김
92. 이상한 물질 테레지아 모라 | 최윤영 옮김
93. 사촌 퐁스 오노레 드 발자크 | 정예영 옮김
94. 걸리버 여행기 조너선 스위프트 | 이혜수 옮김
95. 프랑스어의 실종 아시아 제바르 | 장진영 옮김
96. 현란한 세상 레이날도 아레나스 | 변선희 옮김
97. 작품 에밀 졸라 | 권유현 옮김
98. 전쟁과 평화(상) 레프 톨스토이 | 박종소 · 최종술 옮김
99. 전쟁과 평화(중) 레프 톨스토이 | 박종소 · 최종술 옮김
100. 전쟁과 평화(하) 레프 톨스토이 | 박종소 · 최종술 옮김
101. 망자들 크리스티안 크라흐트 | 김태환 옮김
102. 맥티그 프랭크 노리스 | 김욱동 · 홍정아 옮김
103. 천로 역정 존 번연 | 정덕애 옮김
104. 황야의 이리 헤르만 헤세 | 권혁준 옮김
105. 이방인 알베르 카뮈 | 김진하 옮김
106. 아메리카의 비극(상) 시어도어 드라이저 | 김욱동 옮김
107. 아메리카의 비극(하) 시어도어 드라이저 | 김욱동 옮김
108. 갈라테아 2.2 리처드 파워스 | 이동신 옮김
109. 마담 보바리 귀스타브 플로베르 | 진인혜 옮김
110. 한눈팔기 나쓰메 소세키 | 서은혜 옮김

을유세계문학전집은 계속 출간됩니다.

# 을유세계문학전집 연표

BC 458 **오레스테이아 3부작**
아이스퀼로스 | 김기영 옮김 | 77 |
수록 작품 : 아가멤논, 제주를 바치는 여인들, 자비로운 여신들
**그리스어 원전 번역**
서울대 선정 동서고전 200선
시카고 대학 선정 그레이트 북스

BC 434 /432 **오이디푸스 왕 외**
소포클레스 | 김기영 옮김 | 42 |
수록 작품 : 안티고네, 오이디푸스 왕, 콜로노스의 오이디푸스
**그리스어 원전 번역**
「동아일보」 선정 '세계를 움직인 100권의 책'
서울대 권장 도서 200선
고려대 선정 교양 명저 60선
시카고 대학 선정 그레이트 북스

1191 **그라알 이야기**
크레티앵 드 트루아 | 최애리 옮김 | 26 |
국내 초역

1225 **에다 이야기**
스노리 스툴루손 | 이민용 옮김 | 66 |

1241 **원잡극선**
관한경 외 | 김우석 · 홍영림 옮김 | 78 |

1496 **라 셀레스티나**
페르난도 데 로하스 | 안영옥 옮김 | 31 |

1595 **로미오와 줄리엣**
윌리엄 셰익스피어 | 서경희 옮김 | 82 |
미국대학위원회 선정 SAT 추천 도서

1608 **리어 왕 · 맥베스**
윌리엄 셰익스피어 | 이미영 옮김 | 3 |

1630 **돈 후안 외**
티르소 데 몰리나 | 전기순 옮김 | 34 |
국내 초역 「불신자로 징계받은 자」 수록

1670 **팡세**
블레즈 파스칼 | 현미애 옮김 | 63 |

1678 **천로 역정**
존 번연 | 정덕애 옮김 | 103 |

1699 **도화선**
공상임 | 이정재 옮김 | 10 |
국내 초역

1719 **로빈슨 크루소**
대니얼 디포 | 윤혜준 옮김 | 5 |

1726 **걸리버 여행기**
조너선 스위프트 | 이혜수 옮김 | 94 |
미국대학위원회가 선정한 고교 추천 도서 101권
서울대학교 선정 동서양 고전 200선

1749 **유림외사**
오경재 | 홍상훈 외 옮김 | 27, 28 |

1759 **신사 트리스트럼 섄디의 인생과 생각 이야기**
로렌스 스턴 | 김정희 옮김 | 51 |
노벨연구소 선정 100대 세계 문학

1774 **젊은 베르터의 고통**
요한 볼프강 폰 괴테 | 정현규 옮김 | 35 |

1790 **페테르부르크에서 모스크바로의 여행**
A. N. 라디셰프 | 서광진 옮김 | 88 |

1799 **휘페리온**
프리드리히 횔덜린 | 장영태 옮김 | 11 |

1804 **빌헬름 텔**
프리드리히 폰 쉴러 | 이재영 옮김 | 18 |

1806 **조플로야**
샬럿 대커 | 박재영 옮김 | 91 |
국내 초역

1813 **오만과 편견**
제인 오스틴 | 조선정 옮김 | 60 |

1817 **노생거 사원**
제인 오스틴 | 조선정 옮김 | 73 |

1818 **프랑켄슈타인**
메리 셸리 | 한애경 옮김 | 67 |
뉴스위크 선정 세계 명저 10
옵서버 선정 최고의 소설 100
미국대학위원회 선정 SAT 추천 도서

1831 **예브게니 오네긴**
알렉산드르 푸슈킨 | 김진영 옮김 | 25 |

1831 **파우스트**
요한 볼프강 폰 괴테 | 장희창 옮김 | 74 |
서울대 권장 도서 100선
미국대학위원회 SAT 권장 도서

1835 **고리오 영감**
오노레 드 발자크 | 이동렬 옮김 | 32 |
서머싯 몸 선정 세계 10대 소설
연세 필독 도서 200선

1836 **골짜기의 백합**
오노레 드 발자크 | 정예영 옮김 | 4 |

1844 **러시아의 밤**
블라지미르 오도예프스키 | 김희숙 옮김 | 75 |

1847 **워더링 하이츠**
에밀리 브론테 | 유명숙 옮김 | 38 |
서머싯 몸 선정 세계 10대 소설
서울대 선정 동서 고전 200선
미국대학위원회 SAT 권장 도서

1847 **제인 에어**
샬럿 브론테 | 조애리 옮김 | 64 |
연세 필독 도서 200선
미국대학위원회 SAT 권장 도서
BBC 선정 영국인들이 가장 사랑하는 소설 100선
「가디언」 선정 가장 위대한 소설 100선

**사촌 퐁스**
오노레 드 발자크 | 정예영 옮김 | 93
국내 초역

1850 **주홍 글자**
너새니얼 호손 | 양석원 옮김 | 40 |

1855 **죽은 혼**
니콜라이 고골 | 이경완 옮김 | 37 |
국내 최초 원전 완역

1856 **마담 보바리**
귀스타브 플로베르 | 진인혜 옮김 | 109 |

1866 **죄와 벌**
표도르 도스토예프스키 | 김희숙 옮김 | 55, 56 |
미국대학위원회 SAT 권장 도서
하버드 대학교 권장 도서

1869 **전쟁과 평화**
레프 톨스토이 | 박종소 · 최종술 옮김 | 98, 99, 100 |
뉴스위크, 가디언, 노벨연구소 선정
세계 100대 도서

1880 **워싱턴 스퀘어**
헨리 제임스 | 유명숙 옮김 | 21 |

1886 **지킬 박사와 하이드 씨 · 존 니컬슨**
로버트 루이스 스티븐슨 | 윤혜준 옮김 | 81 |

**작품**
에밀 졸라 | 권유현 옮김 | 97 |

1888 **꿈**
에밀 졸라 | 최애영 옮김 | 13 |
국내 초역

1889 **쾌락**
가브리엘레 단눈치오 | 이현경 옮김 | 80 |
국내 초역

1890 **인형**
볼레스와프 프루스 | 정병권 옮김 | 85, 86 |
국내 초역

1896 **키 재기 외**
히구치 이치요 | 임경화 옮김 | 33 |
수록 작품: 섣달그믐, 키 재기, 탁류, 십삼야, 갈림길, 나 때문에

1896 **체호프 희곡선**
안톤 파블로비치 체호프 | 박현섭 옮김 | 53 |
수록 작품: 갈매기, 바냐 삼촌, 세 자매, 벚나무 동산

1899 **어둠의 심연**
조지프 콘래드 | 이석구 옮김 | 9 |
수록 작품: 어둠의 심연, 진보의 전초기지, 『청춘과 다른 두 이야기』 작가 노트, 『나르시서스호의 검둥이』 서문
미국대학위원회 SAT 권장 도서
연세 필독 도서 200선

**맥티그**
프랭크 노리스 | 김욱동 · 홍정아 옮김 | 102 |

1900 **라이겐**
아르투어 슈니츨러 | 홍진호 옮김 | 14 |
수록 작품: 라이겐, 아나톨, 구스틀 소위

1903 **문명소사**
이보가 | 백승도 옮김 | 68 |

1908 **무사시노 외**
구니키다 돗포 | 김영식 옮김 | 46 |
수록 작품: 겐 노인, 무사시노, 잊을 수 없는 사람들, 쇠고기와 감자, 소년의 비애, 그림의 슬픔, 가마쿠라 부인, 비범한 범인, 운명론자, 정직자, 여난, 봄 새, 궁사, 대나무 쪽문, 거짓 없는 기록
국내 초역 다수

1909 **좁은 문 · 전원 교향곡**
앙드레 지드 | 이동렬 옮김 | 24 |
1947년 노벨 문학상 수상 작가

1914 **플라테로와 나**
후안 라몬 히메네스 | 박채연 옮김 | 59 |
1956년 노벨 문학상 수상 작가

1914 **돈키호테 성찰**
호세 오르테가 이 가세트 | 신정환 옮김 | 90 |

1915 **변신 · 선고 외**
프란츠 카프카 | 김태환 옮김 | 72 |
수록 작품: 선고, 변신, 유형지에서, 신임 변호사, 시골 의사, 관람석에서, 낡은 책장, 법 앞에서, 자칼과 아랍인, 광산의 방문, 이웃 마을, 황제의 전갈, 가장의 근심, 열한 명의 아들, 형제 살해, 어떤 꿈, 학술원 보고, 최초의 고뇌, 단식술사 서울대 권장 도서 100선
연세 필독 도서 200선
미국대학위원회 SAT 권장 도서

1915 **한눈팔기**
나쓰메 소세키 | 서은혜 옮김 | 110 |

1919 **데미안**
헤르만 헤세 | 이영임 옮김 | 65 |
1946년 노벨 문학상 수상 작가
1946년 괴테상 수상 작가

1920 **사랑에 빠진 여인들**
데이비드 허버트 로렌스 | 손영주 옮김 | 70 |

1924 **마의 산**
토마스 만 | 홍성광 옮김 | 1, 2 |
1929년 노벨 문학상 수상 작가
서울대 권장 도서 100선
연세 필독 도서 200선
「뉴욕타임스」 선정 '20세기 최고의 책 100선'
미국대학위원회 SAT 권장 도서

**송사삼백수**
주조모 엮음 | 김지현 옮김 | 62 |

1925 **소송**
프란츠 카프카 | 이재황 옮김 | 16 |

1925 **요양객**
헤르만 헤세 | 김현진 옮김 | 20 |
수록 작품: 방랑, 요양객, 뉘른베르크 여행
1946년 노벨 문학상 수상 작가
국내 초역 「뉘른베르크 여행」 수록

**위대한 개츠비**
프랜시스 스콧 피츠제럴드 | 김태우 옮김 | 47 |
미 대학생 선정 '20세기 100대 영문 소설' 1위
모던 라이브러리 선정 '20세기 100대 영문학' 중 2위
미국대학위원회 추천 '서양 고전 100
「르몽드」 선정 '20세기의 책 100선'
「타임」 선정 '20세기 100대 영문 소설'

**아메리카의 비극**
시어도어 드라이저 | 김욱동 옮김 | 106, 107 |

**서푼짜리 오페라 · 남자는 남자다**
베르톨트 브레히트 | 김길웅 옮김 | 54 |

1927 **젊은 의사의 수기 · 모르핀**
미하일 불가코프 | 이병훈 옮김 | 41 |
국내 초역

**황야의 이리**
헤르만 헤세 | 권혁준 옮김 | 104 |
1946년 노벨 문학상 수상 작가
1946년 괴테상 수상 작가

1928 **체벤구르**
안드레이 플라토노프 | 윤영순 옮김 | 57 |
국내 초역

**마쿠나이마**
마리우 지 안드라지 | 임호준 옮김 | 83 |
국내 초역

1929 **첫 번째 주머니 속 이야기**
카렐 차페크 | 김규진 옮김 | 87 |

**베를린 알렉산더 광장**
알프레트 되블린 | 권혁준 옮김 | 52 |

1930 **식(蝕) 3부작**
마오둔 | 심혜영 옮김 | 44 |
국내 초역

1930 **안전 통행증 · 사람들과 상황**
보리스 파스테르나크 | 임혜영 옮김 | 79 |
원전 국내 초역

1934 **브루노 슐츠 작품집**
브루노 슐츠 | 정보라 옮김 | 61 |

1935 **루쉰 소설 전집**
루쉰 | 김시준 옮김 | 12 |
서울대 권장 도서 100선
연세 필독 도서 200선

1936 **로르카 시 선집**
페데리코 가르시아 로르카 | 민용태 옮김 | 15 |
국내 초역 시 다수 수록

1937 **재능**
블라디미르 나보코프 | 박소연 옮김 | 84 |
국내 초역

1938 **사형장으로의 초대**
블라디미르 나보코프 | 박혜경 옮김 | 23 |
국내 초역

1942 **이방인**
알베르 카뮈 지음 | 김진하 옮김 | 105 |
1957년 노벨 문학상 수상 작가

1946 **대통령 각하**
미겔 앙헬 아스투리아스 | 송상기 옮김 | 50 |
1967년 노벨 문학상 수상 작가

1949 **1984년**
조지 오웰 | 권진아 옮김 | 48 |
1999년 모던 라이브러리 선정 '20세기 100대 영문학'
2005년 「타임」 선정 '20세기 100대 영문 소설'
2009년 「뉴스위크」 선정 '역대 세계 최고의 명저' 2위

1954 **이즈의 무희 · 천 마리 학 · 호수**
가와바타 야스나리 | 신인섭 옮김 | 39 |
1952년 일본 예술원상 수상
1968년 노벨 문학상 수상 작가

1955 **엿보는 자**
알랭 로브그리예 | 최애영 옮김 | 45 |
1955년 비평가상 수상

1955 **저주받은 안뜰 외**
이보 안드리치 | 김지향 옮김 | 49 |
수록 작품: 저주받은 안뜰, 몸통, 술잔, 물방앗간에서, 올루야크 마을, 삼사라 여인숙에서 일어난 우스운 이야기
세르비아어 원전 번역
1961년 노벨 문학상 수상 작가

1962 **이력서들**
알렉산더 클루게 | 이호성 옮김 | 58 |

1964 **개인적인 체험**
오에 겐자부로 | 서은혜 옮김 | 22 |
1994년 노벨 문학상 수상 작가

1967 **콜리마 이야기**
바를람 샬라모프 | 이종진 옮김 | 76 |
국내 초역

1968 **현란한 세상**
레이날도 아레나스 | 변선희 옮김 | 96 |
국내 초역

1970 **모스크바발 페투슈키행 열차**
베네딕트 예로페예프 | 박종소 옮김 | 36 |
국내 초역

1978 **노인**
유리 트리포노프 | 서선정 옮김 | 89 |
국내 초역

1979 **천사의 음부**
마누엘 푸익 | 송병선 옮김 | 8 |

1981 **커플들, 행인들**
보토 슈트라우스 | 정항균 옮김 | 7 |
국내 초역

1982 **시인의 죽음**
다이허우잉 | 임우경 옮김 | 6 |

1991 **폴란드 기병**
안토니오 무뇨스 몰리나 | 권미선 옮김 | 29, 30 |
국내 초역
1991년 플라네타상 수상
1992년 스페인 국민상 소설 부문 수상

1995 **갈라테아 2.2**
리처드 파워스 | 이동신 옮김 | 108 |
국내 초역

1996 **아메리카의 나치 문학**
로베르토 볼라뇨 | 김현균 옮김 | 17 |
**국내 초역**

1999 **이상한 물질**
테라지아 모라 | 최윤영 옮김 | 92 |
**국내 초역**

2001 **아우스터리츠**
W. G. 제발트 | 안미현 옮김 | 19 |
**국내 초역**
전미 비평가 협회상 브레멘상
「인디펜던트」 외국 소설상 수상
「LA타임스」, 「뉴욕」, 「엔터테인먼트 위클리」
선정 2001년 최고의 책

2002 **야쿠비얀 빌딩**
알라 알아스와니 | 김능우 옮김 | 43 |
**국내 초역**
바쉬라힐 아랍 소설상
프랑스 툴롱 축전 소설 대상
이탈리아 토리노 그린차네 카부르 번역
문학상
그리스 카바피스상

2003 **프랑스어의 실종**
아시아 제바르 | 장진영 옮김 | 95 |
**국내 초역**

2005 **우리 짜르의 사람들**
류드밀라 울리츠카야 | 박종소 옮김 | 69 |
**국내 초역**

2016 **망자들**
크리스티안 크라흐트 | 김태환 옮김 | 101 |
**국내 초역**